KB186499

왕을 기록하는 여인

사관 上

** 일러두기

1. 이 글은 일부분 역사적 사실에 바탕을 두고 있지만, 어디까지나 소설이다
2. 등장인물 중 실존인물들에 대한 묘사는 작가의 상상력에 기초한 허구일 뿐 역사적 사실이 아님을 밝혀둔다.

왕을 기록하는 여인

사관 上

박준수 지음

Prologue

신하가 아뢰기를,

"중궁전에는 사관이 접근할 수 없으니, 여사女史를 두어 그로 하여금 기록하게 하는 것은 어떠하옵니까?"

임금이 이르기를,

"이제는 과인이 잠자리에서 나누는 대화마저도 기록하려 하는가?"

신하가 아뢰기를,

"그곳에서의 일에 대해 후인들이 모르는 것은 불가하옵니다."

임금이 이르기를,

"음… 하지만 글에 능한 여자를 찾기란 그리 쉬운 일이 아닐 것이다. 게다가 사필은 아무나 잡는 게 아니지 않은가?"

신하가 아뢰기를,

"여사는 다만 임금의 일상생활을 기록할 뿐이니, 반드시 글에 능해야만 하는 것은 아니옵니다."

하니 임금이 이르기를,

"…."

『조선왕조실록』 中에서…

차례

明政門
明政殿

예문관의 남장 여인

며칠 동안 품어오던 의문이 풀린 탓인지 세주의 표정은 한결 밝아 보였다. 그는 사초를 쓰던 중 잠시 붓을 내려놓고 등잔불을 응시하다 이내 실없는 웃음을 터뜨렸다. 이번에 새로 들어온 신입관원 생각만 하면, 하루 종일 저절로 터져 나오는 웃음을 참지 못하고 있던 터였다. 좀 늦은 감은 있었지만, 그래도 아침나절에 응교應敎 손광림이 신입관원의 정체에 대해 귀띔을 해주었기에 망정이지, 하마터면 더 이상 궁금증을 견디지 못해 필시 오늘쯤은 그 신입관원의 관복을 벗겨보았을지도 모를 일이었다. 다행히도 손광림의 귀띔 덕분에 그런 황당한 일은 피차간 면했지만, 지난 며칠 동안 있었던 그자에 관한 일들을 생각하면 그는 여전히 가슴 한 구석이 후끈거렸다.

닷새 전이었다. 예문관 전임사관傳任史官들이 회의를 하고 있을 때 갑자기 응교 손광림이 문을 열고 들어왔다. 모두 엉거주춤 자리에서 일어나 그를 맞았는데, 등 뒤에는 곱상하게 생긴 낯선 관원이 하나 서 있었다. 손광림이 상석으로 걸어가 앉고 사관들은 다시 제자리에 앉았지만, 그 관원은 수줍은 듯 고개를 숙인 채 그 자리에 가만히 서 있었다. 손광림이 마침 비어 있던 검열檢閱 정광유의 자리를 권하자, 그는 비로소 조용히 그 자리로 다가가 앉았다.

"이 사람에게 당분간 사관의 직무를 익히게 할 것이네."

손광림의 말에 봉교奉敎 김효천이 어리둥절한 표정으로 되물었다.

"분관分館(문과 급제자에게 실무를 익히도록 하기 위해 분속시키는 일) 시기가 아니지 않습니까?"

"이 사람은 분관자가 아니네."

"그럼? …."

좌중의 모든 눈이 낯선 관원에게로 향했다.

"차후에 외사外史(조정이 아닌 외방의 시사를 기록하는 사관)로 나갈 사람일세. 그러니 사관의 직무가 어떤 것인지 먼저 경험을 쌓아야 하지 않겠나."

"외사라 하셨습니까? 처음 듣습니다만…."

"소상한 일은 차후에 논하기로 함세. 아무튼 대제학 대감의 뜻이니, 그리들 알고 있게."

대제학의 뜻이라는 말에 좌중은 눈만 동그랗게 뜬 채 낯선 관원을 바라보았다. 그러자 자신에게 모여든 시선들이 부담스러운지 그는 살짝 고개를 떨어뜨렸다.

"인사를 나누게."

손광림의 목소리가 들리자, 신입관원은 고개를 반쯤 들며 자신을 소개했다.

"서은후라고 합니다. 앞으로 잘 부탁드립니다."

옆자리에 앉은 대교待敎 김제신이 호탕한 목소리로 말을 받았다.

"예문관에 온 것을 환영하네. 한데, 앞으로 자네를 어떻게 불러야 할지? '권지'라고 해야 하나?"

맞은편의 봉교 조명윤이 반박을 하고 나섰다.

"무슨 소린가? 예문관은 권지청權知廳(권지라는 임시관직을 받은 과거 합격자들이 분속되는 관청)도 아닌데."

김효천이 은후의 얼굴을 슬며시 들여다보며 물었다.

"자네, 과거 급제는 하였는가?"

은후가 난처한 표정으로 쭈뼛거리자, 손광림이 급히 끼어들었다.

"우선, 권지로 알고들 있게."

사관들이 돌아가며 가볍게 한마디씩 인사를 건넸다. 하지만 은후는 수줍은 듯 여전히 정면을 똑바로 바라보지 못했다. 김제신이 걸걸한 목소리로 한마디 했다.

"허허, 사내가 이렇게 숫기가 없어서야, 원. 고개를 좀 들어보게. 처음이라 서먹하겠지만, 그래도 당분간은 서로 얼굴을 맞대고 지내야 하지 않겠나?"

그제야 은후가 겨우 고개를 들었다. 그 순간, 그는 맞은편에 있던 대교 윤세주와 눈이 딱 마주쳤다. 둘은 동시에 흠칫 놀랐지만, 더욱 놀란 쪽은 세주였다. 그의 눈에는 상대의 얼굴이 마치 아름다운 여인처럼 보였던 것이다. 갸름한 얼굴선에 초롱초롱한 눈동자, 짙고 긴 눈썹 그리고 백옥과도 같은 피부는 영락없는 여인의 얼굴이었다. 세주는 무슨 사내가 저렇게 계집처럼 생겼나 하고 생각하며 잠시 넋을 잃고 쳐다보았다. 세주의 그런 시선이 거북했던지 은후는 곧 난처한 표정이 되어 또다시 시선을 아래로 떨어뜨리고 말았다. 세주만 그런 느낌을 가졌던 것은 아닌 듯했다. 마른침을 삼키며 검열 김유원이 감탄하듯 말했다.

"어느 댁 자제인지는 모르나, 정말 잘생겼소이다!"

김제신의 익살스러운 말투가 이어졌다.

"꽃미남이 따로 없구려. 그러고 보니 방 안에 분 냄새가 나는 것 같기도 하고."

좌중에 폭소가 터졌다. 김제신의 말에 은후는 갑자기 얼굴이 창백해지며 당황한 기색을 보였다. 이렇듯 사관들이 돌아가며 한마디씩 농을 하자, 은후는 어찌할 바를 몰라 했다. 결국 손광림이 나서서 구해 주었다.

"어허, 그만들 하게."

좌중의 분위기가 진정되자 손광림이 세주에게 시선을 돌리며 말했다.

"자네가 서 권지를 맡게."

세주는 새삼스럽다는 듯이 손광림과 은후를 번갈아 바라보며 반문했다.

"예?"

"검열은 입시사관으로서의 책무가 중하고 봉교는 시정기市政記 정리에 힘써야 하니, 대교인 자네가 적격일세. 그러니 자네가 서 권지를 맡아 주게."

세주는 썩 내키지 않은 표정으로 고개를 끄덕인 뒤 맞은편의 은후를 바라보았다. 은후는 여전히 고개를 숙인 채 시선을 아래로 깔고 있었다. 곧이어 손광림이 자리에서 일어나며 세주에게 춘추관으로 건너오라고 이른 뒤 은후를 데리고 방을 나갔다.

이튿날 세주와 은후는 예문관 서쪽 복도 끝에 있는 작은 방에서 마주 앉았다. 두 번째 만남이었지만 은후는 어제와 다름없이 여전히 세주의 시선을 피하고 있었다.

"응교 나리께서 사관의 직무에 대해 가르치도록 명하셨네."

은후의 작은 입술이 꼼질거렸다.

"열심히 배우고 익히겠습니다."

"이곳은 앞으로 자네가 머물 방이네. 한데… 자네는 올해, 어떻게 되는가?"

"스물넷입니다."

"음… 나보다 세 살이 아래로군."

세주는 은후의 얼굴을 찬찬히 살피며 말을 이었다.

"사관이란 자신의 기사記事에 목숨을 걸어야 하는 사람들이지. 자네, 그렇게 할 수 있겠는가?"

"예…."

"자네는 사관의 소임이 무엇이라고 생각하는가?"

갑작스러운 질문에 은후는 선뜻 대답을 하지 못했다.

"사필史筆을 잡을 사람이 사관의 소임에 대해 모른다고 해서야 말이 되겠는가?"

은후는 목소리를 가다듬고 자신의 생각을 말했다.

"임금과 백관들의 선악을 견문한 대로 기록하여 후세에 전하는 것이라 여깁니다."

"그럼, 그 기록을 후대에 전하는 까닭은 무엇이겠는가?"

"…후인들에게 감계鑑戒를 주기 위함이라고 생각합니다."

흡족한 얼굴로 세주가 고개를 끄덕였다.

"음, 잘 알고 있군. 어쨌든 역사를 기록한다는 것은 매우 중요한 일이지. 그것이 없으면 백 년 또는 천 년 뒤 후인들은, 옛날 그 시대에도 그저 사람들이 살았다고만 기억하지 않겠는가. 그러니 역사란 우리가 어떻게 살았는가, 또한 어떻게 살아야 하는가에 대한 기록이며, 동시에 선인들이 후인들에게 물려주는 유일한 선물이기도 하지."

세주가 서책을 한 권 내밀었다.

"꼼꼼히 읽어보게. 〈좌전左傳〉이네."

그날 이후, 세주는 며칠 동안 은후에게 사관이 지녀야 할 마음가짐뿐 아니라, 상대방의 말과 행동을 초서草書로 빠르게 흘려쓰는 요령, 기사를 취재하는 방법 등 사관이 직무를 수행하기 위해 반드시 갖추어야 할 사항들을 소상하게 가르쳤다.

그런 와중에도 세주는 줄곧 머릿속에서 한 가지 의문점을 떨쳐낼 수 없었다. 그것은 은후가 혹시 여인이 아닐까, 하는 생각이었다. 여인처럼 곱상하게 생긴 그의 모습이 사꾸만 마음에 걸렸던 것인데, 세주는 어느 순간부터 그가 남장을 한 여인일지도 모른다는 의심을 강하게 품게 된 것이다. 그렇다고 그의 관복을 벗겨 속을 들여다볼 수도 없는 노릇이니, 그는 혼란스럽기만 하던 참이었다.

결국 나흘째 되던 날, 세주는 은후가 여인이라는 확신을 갖게 되었다. 사람이 아무리 남장 또는 여장으로 자신의 성별을 감출 수 있다 하더라도, 남녀를 구별할 수 있는 특정한 신체 부위는 있기 마련인데, 바로 그것을 생각해 낸 것이다.

다음날 세주는 은후를 보자마자 목을 유심히 들여다보았다. 세주의 시선이 자꾸만 자신의 목 쪽으로 향하자 영문을 모르는 은후는 민망한 나머지 슬그머니 손을 들어 목을 가렸다. 역시 은후의 목에는 사내들에게만 나타나는 울대뼈가 보이지 않았다. 게다가 목을 가린 손 또한 여인의 것처럼 작고 곱지 않은가. 짐작했던 대로 상대는 남장을 한 여인이 틀림없는 듯했다. 그러자 마음이 더욱 어수선해진 세주는 아무 일에도 집중할 수가 없었고 은후의 정체에 대한 궁금증만 커져 갔다. 그러던 참에, 응교 손광림이 그를 조용히 춘추관으로 부른 것이었다.

세주와 마주앉은 손광림이 잠시 뜸을 들이다가 조용히 입을 열었다.

"실은… 서 권지는 외사로 나갈 사람이 아니라네. 또한…"

세주는 가만히 다음 말을 기다렸다.

"사내가 아닌 여인일세."

"…."

세주의 반응에 별다른 변화가 없자, 오히려 손광림이 놀라는 눈치였다.

"허허, 자네도 눈치를 챘던 모양이로군."

"…."

세주가 가볍게 고개만 끄덕이자, 손광림이 조용히 물어왔다.

"자네 혹 여사女史라고 들어 보았나?"

"옛날 중국에 있었다던 여자 사관을 말씀하시는 건지요?"

손광림이 고개를 끄덕였다.

"그러하네. 사관이 접근할 수 없는 궁궐 깊은 곳의 일들을 기록하던 여사관을 말하는 것이지."

"그럼, 서 권지가 앞으로 여사의 직임을 맡게 될 것입니까?"

"그렇게 되지 않을까 생각하네만…."

"아직 결정된 것은 아니라는 말씀으로 들립니다."

"맞네."

"제 소견으로는 전하께서 쉽게 윤허하시지 않을 것으로 보입니다만."

"물론, 임금의 잠자리까지 사관이 엿본다는 것은 쉽게 받아들일 수 있는 일이 아니지."

"그럼 어찌하여 그런 일을 전하의 윤허도 없이… 실행하려 하십니까?"

"때가 되면 전하께 상주上奏할 요량인 것 같네."

"일의 순서로 따지자면, 먼저 전하의 윤허를 득한 후에 서 권지를 가르치는 것이 옳은 일이 아닐는지요?"

"자네의 걱정을 모르는 바는 아닐세. 하지만 다 그럴 만한 이유가 있다네."

"…."

"아마 육 년 전인가 싶어. 당시 춘추관 동지사로 계시던 김승찬 대감이 경연經筵 도중에 전하께 여사의 필요성을 한 차례 아뢰어 올린 적이 있었지. 그때 전하께서는, 글을 아는 여인을 찾기 어렵다는 이유로 윤허하지 않으셨네. 전하의 속뜻이 무엇이었겠는가. 그렇지 않아도 사관들이 한시도 떨어지지 않고 일거수일투족을 지켜보고 있어 성가신 마당에, 이제는 침전의 일까지 기록해야 된다고 아뢴 격이니, 윤허하실 리가 있었겠는가. 하여, 이번에는 여사로 쓸 여인을 먼저 뽑아 충분히 준비를 시킨 뒤, 적당한 기회를 보아서 전하께 아뢰어 올릴 참인 듯하네. 그렇게 하면 전하께서도 지난번과 같은 이유를 들어 여사의 제도를 불허하시지는 못하실 게 아닌가."

가만히 듣고 있던 세주가 슬쩍 물었다.

"어느 분의 생각이신지… 혹여, 영상 대감의 뜻인지요?"

손광림이 난처한지 짐짓 헛기침을 했다.

"흠, 그것까지는 알 것 없네."

"지금에 와서 갑자기 여사가 필요해진 연유가 무엇입니까? 정녕, 사관의 발길이 닿지 않는 궁궐 깊은 곳에서도 임금이 함부로 하지 않았다는 것을 후세에 전하기 위함입니까? 아니면… 다른 목적이 있는 것인지요?"

"다른 목적이라니?"

"전하를 하루 종일 감시하고자 하는 윗분들의 뜻은 아닌지…."

손광림이 갑자기 팔을 휘저으며 세주의 말을 가로막았다.

"어허, 목소리를 낮추게. 큰일 날 소리!"

세주가 멈칫하며 말을 삼키자 손광림이 나직이 말을 이었다.

"아무튼 서 권지가 여인이라는 사실은 자네만 알고 있도록 하게. 두 사람은 날마다 서로 얼굴을 맞대고 지내야 하니 자네에게만은 숨길 수 없어서 미리 알려주는 것이네. 그러니 다른 사관들에게는 비밀로 해 두게."

등잔불이 미세하게 흔들렸다. 사초를 쓰다말고 잠시 딴생각에 빠져들었던 세주는 다시 정신을 차리고 천천히 붓끝에 먹을 적셨다. 그리고 오늘 낮 조계朝啓에서 보고 들었던 바를 떠올리며 사초(가장사초家藏史草: 사관이 퇴궐 후 집에서 개별적으로 작성해 보관하다가 실록청이 열리면 납입함)를 계속 써내려가기 시작했다.

…호조참판으로 제수된 이내헌은 평소 행동이 바르지 못하고 탐욕이 깊어 예전에 그가 외방에서 직임을 맡고 있을 때 인근 백성들의 원망이 많았다고 한다. 또한, 동지중추원사가 된 심원평은 국법으로 분경奔競을 엄히 금하고 있음에도 높은 관직에 오르기 위해 함부로 권귀權貴의 집에 분경하였다. 그러

니 어찌 이번 인사를 공평하다고 할 수 있겠는가. 상(임금)이 이런 일들에 대해 전혀 모르시는 것은 조정에서 간언하는 신하들이 사라졌기 때문이다.

밤이 깊었다. 세주는 다 쓴 사초를 조심스럽게 접어 문갑에 넣고 자물쇠를 채웠다. 그리고 곧 잠자리에 누워 은후의 일을 떠올리며, 혼자 중얼거렸다.

"그것 참! 일부러 사내 흉내를 내는 모습이 어찌 보면 귀엽기도 하단 말이야…. 그 깜찍한 녀석을 어떻게 혼을 내주지? 아니지, 이제 깜찍한 낭자라고 해야 하나? 허허, 이거 참…."

근정전 서편의 아침은 언제나 분주했다. 그곳은 예문관을 비롯해 춘추관, 승정원, 홍문관 등 여러 궐내각사闕內各司가 밀집해 있는 곳이다.

세주가 영추문(경복궁 서문)을 막 들어섰을 때, 마침 앞쪽에서 걸어가고 있는 은후의 뒷모습이 관원들의 옷자락 사이로 얼핏얼핏 보였다. 지나가는 관원들마다 야릇한 눈길로 그녀를 힐끔거리며 쳐다보았지만 그녀는 남들의 시선을 일부러 의식하지 않으려는 듯 앞만 보며 걷고 있었다. 세주는 그녀를 향해 빠른 걸음으로 성큼성큼 다가갔다.

"거기, 서 권지 아닌가?"

뒤에서 누군가 자신을 부르는 소리에 은후는 살짝 고개를 돌렸다. 싱긋이 웃으며 세주가 다가오자, 그녀가 고개를 꾸뻑 숙였다.

“안녕하십니까, 대교 나리.”

세주가 장난기 섞인 투로 말을 받았다.

“에이, 이 사람. 나리는 무슨! 사부라고 부르게.”

“예?”

“어제도 말하지 않았나. 내가 자네를 가르치고 있으니 당연히 사부가 아닌가. 아니 그런가? 하하하….”

세주의 호탕한 모습에 은후는 멋쩍은 표정으로 대답했다.

“예… 사부님.”

세주가 은후의 귀에 입을 바싹 대고 속삭였다.

“그냥 ‘사부’라고 부르게!”

순간, 화들짝 놀란 은후가 자신도 모르게 어깨를 올려 귀를 막았다. 그런 모습에 세주는 더욱 장난기가 발동했다.

“자네, 왜 그러는가? 어, 이것 보게. 귓불까지 붉어졌네. 하하하….”

세주의 놀림에 은후는 애써 태연한 척 자세를 가다듬었다.

“그, 그럼 앞으로 사부라 부르지요.”

은후는 일부러 사내 흉내를 내려는 듯 어깨를 펴고 당당하게 걸어갔다. 세주는 한걸음 뒤에서 그녀를 따라가며 슬며시 미소를 지었다.

예문관에 당도하자 뒤를 따르던 세주가 앞으로 나서며 일렀다.

“나는 회의에 참석해야 하니, 자네는 먼저 방으로 가 있게.”

대청마루로 올라선 세주는 오른편에 있는 회의실로 향했고,

은후는 긴 복도 끝에 있는 구석방으로 걸어갔다.

세주가 회의실에 들어서자 지난밤 입직사관이었던 대교 김제신이 하품을 하며 뒤따라 들어왔다. 곧이어 응교 손광림이 나타나자, 전임사관들이 모두 일어나 그를 맞았다. 손광림이 자리에 앉으며 좌우를 둘러보며 물었다.

"오늘 입번入番은 누구인가?"

봉교 조명윤이 나섰다.

"저와 검열 이지벽입니다."

"오늘 조참朝參에는 많은 신료들이 참석할 걸세. 전展 내에서 오가는 말들을 한마디도 놓치는 일이 없도록 바짝 신경을 써야 하네."

"예, 응교 나리."

손광림은 고개를 돌려 세주를 바라보았다.

"자네는 춘추관으로 가서 그동안 각 아문에서 보고한 시행사施行事가 잘 정리되어 있는지 확인해 보게."

"예, 나리."

"그래, 서 권지는 어떻던가?"

"총명하여 막힘이 없습니다."

"그거 다행이군. 계속 힘써 주게."

조명윤이 불쑥 나섰다.

"서 권지는 곱상하게 생긴 것도 그렇지만, 목소리도 꼭 여인 같단 말이야."

김제신이 뒤를 이었다.

"어제 아침 입궐하다 영추문에서 만났는데, 마치 평소 연모하던 여인을 만난 것처럼 내 가슴이 두근거리기까지 하더군."

모두가 폭소를 터뜨렸지만 세주는 진지한 표정으로 손광림을 쳐다보았다. 손광림은 난감한 듯 헛기침을 하더니 그만 자리에서 일어섰다.

"자, 자, 농은 그만하고. 곧 조참이 열릴 것이니, 그만들 일어나게."

회의실을 나선 사관들은 각자 맡은 일을 위해 흩어졌다. 세주는 곧장 은후가 머무는 방으로 걸음을 옮겼다. 복도 모퉁이를 돌자 때마침 맞은편에서 걸어오던 늙은 사내 하나가 옆으로 비켜서며 가볍게 고개를 숙였다. 세주는 곁눈질로 사내를 힐끔 살폈다. 낯빛은 온화해 보였지만 눈빛은 강했다. 복색으로 보아하니, 참하관인 듯했다.

은후의 방 앞에 선 세주는 짧은 헛기침으로 인기척을 낸 뒤, 문을 열고 안으로 들어갔다.

"방금 누가 들렀었나?"

세주가 탁자에 앉으며 묻자, 읽고 있던 서책을 덮으며 은후는 태연한 얼굴로 대답했다.

"한 늙은 사내가 어떤 겸춘추를 찾고 있었는데, 방을 잘못 찾았나 봅니다."

"허, 싱거운 사람을 보았나. 겸춘추를 만나려면 춘추관으로 갈 것이지."

"그러게 말입니다."

세주는 은후 앞에 놓인 서책을 보며 물었다.

"자네, 이 〈좌전〉은 읽고 있는가?"

"예."

"그럼 한마디 물어보겠네. 포폄褒貶이란 무슨 뜻인가?"

"시비와 선악을 엄중히 평가한다는 뜻이 아닌지요."

세주가 고개를 끄덕이더니 이어 물었다.

"평가라… 그렇다면 그 평가는 어떠해야 한다고 생각하는가?"

은후는 머뭇거림이 없었다.

"어떤 행위자를 평가할 때는 공정하고 엄격해야 하며 아울러 객관적이어야 한다고 생각합니다."

"자네는 역사를 기술하는 데 있어서 완전한 객관성이 존재한다고 믿는가?"

"이 세상에 완전한 것이 어디 있겠습니까. 다만 힘쓸 따름이지요."

세주는 넌지시 미소를 지으며 속으로 허, 제법인 걸, 하고 생각했다.

"그래 자네 말이 맞네. 완전한 객관성이란 존재하지 않는 법이지. 역사를 기술함에 있어서의 객관성도 결국은 평가자 개인의 주관에서 비롯될 수밖에 없으니 말이야."

"…"

"그렇다고 그 주관이라는 것이 개인의 자유로운 평가를 의미하는 것은 결코 아니네. 그러니 평가자의 주관이 객관성을 띠기 위해서는 어떠해야 하는지 잘 생각해 보길 바라네."

대화는 반 시진 넘게 계속되었다. 세주는 은후를 가르칠 때마다 매번 느끼곤 했지만, 그녀는 사관으로서 갖추어야 할 지식을 궐에 들어오기 전에 이미 어느 정도 습득한 것으로 보였다. 게다가 양갓집 여인의 신분도 아닌 듯한데, 어떻게 글은 배웠으며 또한 무슨 목적으로 역사서를 탐독하여 익혔는지 짐작할 길이 없었다. 어쨌든 의문스러운 면이 한두 가지가 아니었지만 사내가 아니라는 것만은 확실했으니, 그동안 그녀에 대해 품어 오던 궁금증은 어느 정도 풀린 셈이었다.

세주는 손광림의 지시대로 춘추관에 들러 시정사에 관한 문서들이 잘 정리되어 있는지 살펴볼 예정이었다. 세주가 자리에서 일어서자 은후가 춘추관 구경을 하고 싶다며 자신도 데려가 주기를 청했다. 세주는 별다른 내색도 하지 않고 흔쾌히 그녀를 데리고 예문관을 나섰다.

엄중한 궐 안에도 봄은 찾아들었다. 어느새 경회루 못가의 나뭇가지마다 파란 새싹들이 촘촘히 돋아나고 있었다. 찬바람이 뚝 끊긴 봄의 연못은 너무도 평화로웠고, 잔잔한 수면에 비쳐진 경회루의 모습은 더욱 선명했다.

세주와 은후는 경회루 못가를 따라 서쪽의 춘추관으로 향했다. 그때, 맞은편에서 술 좋아하기로 소문난 승정원 주서注書 남건주가 걸어오고 있었다. 똑바로 걸어오는 동안 그의 시선은 계속 은후에게 꽂혀 있었다. 마침내 서로 가까워지자 그는 세주에게 시선을 놀리며 물었다.

"못 보던 얼굴인데, 누구신가?"

"요즘 예문관에서 춘추의 의리를 익히고 있는 사람입니다."

"예문관 분관자는 아닐 테고…. 무슨 소린지 통 모르겠군."

"향후 외사로 나가게 될 권지입니다."

남건주가 은후의 얼굴을 흘깃거렸다. 그러자 은후는 연못 쪽으로 고개를 돌려 상대의 시선을 피하더니 먼저 앞으로 걸어갔다. 남건주가 세주에게 바짝 다가와 귓속말로 소곤거렸다.

"사내는 분명한가?"

세주는 펄쩍 뛰는 시늉을 했다.

"그, 그 무슨 농을 그렇게 하십니까?"

"아니, 뭔 사내가 저렇게 여인처럼 곱게 생겼는가? 저 엉덩이를 좀 보게. 걸음을 옮길 때마다 좌우로 흔들리는 것 같지 않은가?"

"참, 주서 나리도. 좀 곱상하게 생겨서 그렇지 사내인 것은 틀림없습니다."

"확인해 보았는가?"

세주가 눈을 홉뜨며 반문했다.

"무슨?"

"아랫도리 말일세."

"주, 주서 나리!"

"어허, 왜 이리 반응이 험하신가? 농일세. 어험!"

남건주는 익살스러운 표정으로 시침을 떼더니 태연히 걸음을 옮겼다. 그리고 몇 걸음 걸어가다 뒤돌아보며 두어 차례 고개를 갸웃했다.

세주와 은후는 춘추관 건물 안으로 들어섰다. 은후가 주위를 두리번거리는 사이 세주는 시정사에 관한 문서들이 보관되어 있는 복도 중앙의 서고로 걸어갔다. 세주의 뒤를 따라가며 은후는 춘추관 내부를 주의 깊게 살폈다.

서고가 있는 방 앞에 이르자 때마침 옆방에서 기사관 송민우가 나오고 있었는데, 그의 뒤를 따라 나오는 사람이 있었다. 가만히 보니, 한 시진 전에 어떤 겸춘추를 만나러 예문관에 들렀다던 바로 그 늙은 사내였다. 세주가 다가서며 송민우에게 인사를 건넸다.

"안녕하신지요."

"어서 오시게. 서고에 볼일이 있어 왔는가?"

"예. 한데…."

세주가 뒤에 서 있는 사람을 힐끗 쳐다보았다.

"아, 이 사람 말인가?"

"한 시진 전에 예문관에서도 만났던 것 같은데, 뉘신가요?"

"조지서(종이 만드는 일을 담당하던 관청)에서 일하는 지장紙匠일세."

"창의문 밖에 있는 조지서에서 궐에는 웬일로…."

"본래 교서관에 종이를 나르는 사람인데, 지난해부터는 이곳 춘추관까지 이 사람이 자진해서 가져다준다네. 오늘도 종이 백 권을 가지고 왔지 뭔가. 여하튼 고마운 사람일세."

송민우가 뒤를 돌아보며 말했다.

"자네, 인사 여쭙게. 여기 이분은 한림翰林일세."

뒤에 서 있던 늙수그레한 사내가 정중히 고개를 숙였다.

"서치성이라고 하옵니다. 일손이 바쁠 때는 지장 노릇도 겸하고 있지만 주로 종이를 각 아문으로 나르는 일을 맡고 있습죠."

세주가 고개를 끄덕였다.

"그러신가."

서치성이 붙임성 있게 굽실거렸다.

"이왕이면 예문관의 종이도 소인이 직접 가져다 드리겠사옵니다."

송민우가 대답을 가로챘다.

"거, 잘됐구먼. 직접 가져다준다니."

곧이어 서치성이 옆으로 비켜 나오면서 고개를 숙였다.

"그럼, 소인은 이만…."

서치성은 뒤쪽에 서 있는 은후에게는 단 한 번의 눈길도 주지 않고 그냥 지나쳤다. 곱상하게 생긴 관원의 얼굴이 그의 눈에는 들어오지 않는 모양이었다. 송민우가 턱짓으로 은후를 가리키며 물었다.

"예문관에서 학습하고 있다는 그 권지인가?"

"그렇습니다."

송민우가 눈을 크게 뜨고 은후의 몸을 위아래로 훑어보자, 그녀는 무안한 표정을 지으며 몸을 옆으로 비스듬히 돌렸다. 송민우의 시선이 마지막으로 머문 곳은 역시 그녀의 얼굴이었다.

"헛소문이 아니었구먼. 잘생겼네 그려."

세주가 은후를 돌아보며 말했다.

"인사 올리게. 기사관을 겸하고 계시는 홍문관 박사博士 나리시네."

은후는 자세를 바로 하며 인사를 올렸다.

"처음 뵙습니다. 서은후라 합니다."

은후의 목소리에 송민우는 눈을 껌뻑거리더니 지나가는 말투로 한마디 던졌다.

"목소리 또한 청량하기 그지없구먼. 자, 또 보세."

송민우가 떠나가자 세주는 곧바로 서고 안으로 들어갔다. 뒤따라 들어온 은후의 첫 시선은 서가에 있는 문서로 향했다. 높은 서각에 빼곡히 꽂혀 있는 문서들을 바라보며 그녀는 넋이 나간 듯 눈을 떼지 못했다.

"여기 서각 안에 있는 문서들은 각 아문의 시행사를 기록한 것들이네. 이 문서들을 날짜별로 정리해 두었다가 나중에 시정기로 편찬하지."

은후가 서각의 문서를 손끝으로 매만지며 물었다.

"이 방에는 시정기가 보관되어 있지 않습니까?"

"시정기는 실록을 편찬하는 중요한 자료이다 보니, 안전한 곳에 따로 보관하고 있네."

은후의 눈빛이 반짝였다.

"그럼, 어디에 보관하고 있는지요?"

세주가 얼굴을 들이밀며 농담처럼 말했다.

"꼬치꼬치 캐묻는 것을 보니, 제자님은 호기심이 많구먼."

갑작스레 세주의 얼굴이 다가오자 은후는 주춤 물러섰다.

"아, 아니. 그냥 궁금하여 여쭈어 본 것입니다."

"어차피 자네도 알아야 하니 설명을 해 주지. 각 아문의 시행사는 해당 소속의 겸춘추들이 작성해 이곳 춘추관에 제출하고 나중에 사관들이 정리하여 책으로 만든다네."

은후가 고개를 끄덕였다.

"…."

"시정기는 바로 옆 건물에 보관되어 있네. 아까 여기 들어오면서 보질 않았나. 왼쪽에 있는 팔작지붕으로 지어진 작은 건물 말일세."

"그럼 그곳이 내사고內史庫입니까?"

"아닐세. 실록이 보관되어 있는 내사고는 따로 있지. 동쪽의 상서원과 접한 곳에 실록각이라는 작은 건물이 있는데, 바로 그곳이라네."

은후는 조심스럽게 물었다.

"…시정기가 보관되어 있는 건물을 왜 내금위들이 지키고 있는 겁니까?"

"응? 그, 그것은 말이야…. 아무튼 자네는 알 것 없네."

세주는 서각으로 다가가더니 이번 달의 문서들을 뽑아 들고 탁자로 걸어갔다. 그는 의자에 앉으며 은후에게 손짓했다.

"자네도 이리로 와서 이 문서들을 살펴보게."

은후가 맞은편에 앉자 세주는 문서들을 내밀었다. 건네받은 문서들을 잠시 훑어보던 은후가 고개를 갸웃했다.

"입시사초入侍史草는 보이질 않습니다만…."

"사초는 사관 이외에 누구도 함부로 볼 수 없는 것이네."

"필화筆禍의 우려 때문입니까?"

"그런 셈이지. 사초의 내용이 밖으로 새어 나가면 공정하고 객관적인 사실에 입각한 실록 편찬이 어려워지기 때문이지. 또한 권세를 가진 자들이 자신에게 불리한 사실을 사서에 싣도록 가만히 보고 있겠는가?"

"그럼 입시사초는 시정기가 있는 곳에 보관되어 있습니까?"

"그렇다네."

세주는 다시 문서를 들여다보며 일일이 그 내용을 확인하기 시작했다. 은후는 아직도 궁금한 것들이 남아 있는 듯했다.

"저…."

문서를 들여다보고 있던 세주가 고개를 들었다.

"또 궁금한 게 있는가?"

"저… 선왕의 실록도 사고에 봉안되어 있는지요?"

세주가 눈을 치뜨며 물었다.

"선왕이라면… 문종 임금을 일컫는 것인가?"

"아닙니다."

"그럼 어느 임금을? …."

은후는 망설이는 기색을 보였다.

"그것이 저…."

"서, 설마?"

"노산군(단종)…."

"뭐!"

깜짝 놀란 세주는 벌떡 일어나려다 뒤로 넘어질 뻔했다. 그는 재빨리 문 쪽으로 다가가 빠끔히 문을 열고 밖을 살핀 뒤 제자리로 돌아와 앉았다. 놀란 마음을 진정시키려는 듯 그는 한동안 아무런 말도 하지 않았다. 은후는 세주의 행동을 보면서 자신이 뭔가 큰 잘못을 했다는 사실을 금방 알아차렸다. 자꾸만 문 쪽으로 시선을 보내던 세주가 진지한 얼굴로 단호하게 말했다.

"이보게, 서 권지. 앞으론 절대 노산군이라는 말을 입 밖으로 꺼내지 말게."

굳은 표정을 짓고 있던 은후는 작은 목소리로 겨우 대답했다.

"예…."

하지만 은후는 이해가 되지 않는다는 표정이었다. 세주가 속삭이듯 한마디 덧붙였다.

"폐위되어 군君으로 강봉降封된 분일세. 그러니 실록을 편찬했을 리가 있겠는가."

"그래도 선위하시기 전까지는 이 나라의 임금이셨으니, 그 기간 동안의 통치에 대해서는 당연히 기록을 남겨야 하는 것은 아닙니까?"

"남기긴 남겨야 하겠지. 하지만 '실록實錄'이라는 이름으로 남길 수는 없을 것이네."

"그렇다면…."

"아마도 그 기록은 '일기日記'라는 형식이 되겠지."

"그럼, 노산군… 일기?"

세주는 또다시 문 쪽을 살피며 간청이라도 하듯 말했다.

"서 권지, 제발 그 목소리 좀 낮추게. 자, 자, 이제 그만하지. 노산군의 일에 대해서는 앞으로 절대 입 밖에 꺼내지 말게. 알겠는가?"

은후는 대답 대신 고개를 끄덕였다. 사실 노산군의 일은 세상이 다 아는 공개된 비밀이었다. 하지만 세상은, 들어서 알고 있는 것은 어쩔 수 없이 인정하되 말하는 것은 절대 허락하지 않았다. 이제 그녀도 노산군의 일을 함부로 거론했다가는 목숨이 위태로워질 수 있다는 걸 어렴풋이 느끼는 듯했다. 이렇듯 세상은, 사람들에게 스스로 침묵할 것을 강요했고 언로言路는 십수 년째 꽉 막혀 있었다.

왕위에 오른 지 14년째인 수양은 커다란 위기감에 빠져 있었다. 요즘 들어 그의 병세는 날로 악화되어 이제는 회복될 기미마저 보이지 않았다. 만일 이대로 자신이 죽는다면 이 나라는 공신들의 나라가 될 것이 분명했고, 어쩌면 어린 세자가 보위를 온전히 이어갈 수 없을지도 모르는 일이었다. 그래서인지, 요즘 들어 수양은 짜증이 부쩍 더 늘었고, 신경은 극도로 예민해져 있었다. 심지어, 이제는 환청까지 들리곤 하여 낮에는 백성들의 비웃는 소리가 궐남을 넘어 편전까지 들려오는 듯했고, 밤이 되면 자신이 죽인 사람들이 귀신이 되어 나타나는 악몽에 시달렸다.

수양은 하루 종일 편전에 누워 정난공신과 적개공신을 두고 저울질을 했다. 그는 정난공신들을 대체할 새로운 대안세력으로 이제 적개공신들을 생각하고 있었다. 하지만 그들은 아직 젊고 경륜이 미천하여 어린 세자를 굳건히 지킬 수 있을지는 확신할 수 없었다. 그렇다고 교만하기 이를 데 없는 정난공신들을 저대로 내버려 둘 수도 없는 노릇이어서, 수양의 초조감은 극에 달해 있었다.

수양이 정난공신들을 멀리하고 적개공신들을 우대하기 시작한 결정적인 이유는 다섯 달 전에 발생했던 그 사건 때문이었다. 이시애의 난을 겨우 진압한 뒤인 지난해 시월, 나라가 몹시 어수선한 지경에 있을 때 춘추관에 보관하고 있던 정난일기靖難日記가 갑자기 사라지는 해괴한 일이 일어났다. 그 일을 두고 수양은 공신들(정난공신)을 의심했고, 반면 공신들은 그들대로 수양을 의심했다.

정난일기는 계유癸酉년에 수양대군이 김종서, 황보인, 안평대군 등 수십 명을 죽이고 정권을 잡았던 일을 그들의 시각에서 기록한 일종의 시정기였다. 수양은 임금의 자리에 오른 지 9년이 지난 뒤인 갑신년 시월에 한명회와 신숙주 등을 불러 정난일기를 찬술하도록 명했는데, 그때 펴낸 정난일기가 어느 날 감쪽같이 사라지고 말았던 것이다. 이 일에 대해, 수양은 공신들이 자신들이 했던 행위를 역사에 남기지 않으려 일부러 숨겼을 것이라 의심했고, 공신들은 임금이 자신들을 압박하기 위해 일부러 꾸민 일이 아닌가 하고, 오히려 수양에게 의심의 눈초리를 보냈던 것이다.

옥좌를 차지했던 초기에는 천하를 다 차지한 것만 같은 자신감으로 두려울 것이 전혀 없던 수양이었다. 하지만 세월이 흐르면서 그에게도 서서히 두려움이 몰려왔다. 바로 역사에 대한 두려움이었다. 그래서 그는 어린 조카를 죽이고 왕위를 찬탈한 자신의 행위를 정당화하기 위해 무척이나 애를 썼다. 훗날 자신이 어떤 인군人君의 모습으로 역사에 남을지 뒤늦게 고민하기 시작한 것이다. 그러한 일환으로 수양은 공신들에게 정난일기를 찬술하도록 명했는데, 그것은 자신이 죽은 후에 기록될 내용을 자신이 살아 있을 때 확정짓겠다는 뜻이었다.

요즘 들어 수양이 공신들에 대해 괘씸하게 생각하는 것은, 그들이 권력의 단물만 빨아먹고 동업자 의식은 전혀 없다는 데 있었다. 수양은 아직도 그날의 일을 생생하게 기억하고 있었다. 처음 정난일기를 찬술하라는 명을 내렸을 때, 공신들 중 누구 하나 적극적으로 나서 앞장서는 모습을 보이는 사람이 없었다. 그들은 처음부터 정난일기에 자신들의 이름이 거론되는 것 자체가 싫었던 것이다. 정난일기는 훗날 실록을 편찬할 때 중요한 사료로 쓰이게 될 것이 분명했고, 그렇다면 자신들의 이름 또한 사서에 오르내리게 될 것이 틀림없었다. 아무리 지금은 자신들의 관점에서 역사를 기술한다 하더라도 훗날에는 자신들의 행위가 결코 정당하게 평가받지 못할 것이라는 사실을 그들은 이미 짐작하고 있었던 것이다.

하지만 통치자인 수양은 그들과 입장이 달랐다. 그는 좋든 싫든 역사의 중심에서 벗어날 수 없는 운명이었고, 그래서 어떻게든 자신의 지난날 행위를 정당화할 수밖에 없는 처지였다. 이렇듯 군신 간에 입장이 다르다 보니, 수양은 공신들에 대해 배신감을 느낄 수밖에 없었고, 자연히 그들이 정난일기를 숨겼을 것이라고 의심했다.

조계가 끝난 뒤 윤대輪對가 이어졌다. 병마에 지친 수양은 거의 말을 하지 않고 듣기만 했다. 피부병으로 인해 가려운지 그는 가끔 얼굴을 찡그리며 몸을 뒤틀었다.

윤대에 들었던 신하들이 물러가자 편전 밖에 와 있던 세자가 곧장 안으로 들었다. 비스듬히 안석에 기대어 있던 수양은 천천히 몸을 곧추 세웠다. 그리고 세자에게 무슨 말인가 하려다 말고 구석의 사관에게 시선을 옮겼다.

"너는 왜 물러가지 않고 거기 있는 것이냐?"

윤대가 끝난 뒤에도 여전히 물러가지 않고 있던 사관 김유원은 고개를 숙인 채 묵묵부답이었다.

"…."

또다시 가려움증이 밀려오는지 수양은 얼굴을 찡그렸다. 그리고 기운 없는 목소리로 사관에게 나직이 일렀다.

"아비와 자식의 만남이다. 그러니 사관은 그만 물러가라."

옆에 있던 승지가 낮게 헛기침을 하며 눈치를 주자, 그제야 김유원이 초책草冊을 들고 일어나 뒷걸음으로 물러갔다. 문이 닫히자 수양이 중얼거렸다.

"물러가라고 한 말까지 기록하지는 않을는지…."

수양이 이번에는 승지에게도 물러가라는 손짓을 했다. 승지가 허리를 굽히고 조용히 방을 나가자 수양은 세자 황晄에게 근엄한 시선을 보냈다.

"항시 사관을 경계해야 한다."

"예, 아바마마."

대답을 하면서도 세자 황은 영문을 모르겠다는 표정이었다. 세자의 모습을 지켜보던 수양이 넌지시 물었다.

"이 아비의 말뜻을 알겠느냐?"

황이 시원한 대답을 내놓지 못하고 우물거리자 수양의 얼굴에 답답하다는 기색이 드러났다.

"사관이 곁에 있을 때는 늘 말과 행동을 조심하라는 뜻이다. 그들은 비록 말직末職에 있는 관원이지만 바로 그들의 붓끝에 의해 임금의 선악이 후세에 전해지는 법이다. 그러니 언제 어디서나 그들이 지켜보고 있다는 걸 절대로 잊어서는 아니 된다. 명심 또 명심하여라."

그제야 아비의 말뜻을 알아들은 황이 사뭇 진지한 표정을 지으며 대답했다.

"예, 아바마마. 명심하겠나이다."

수양은 호흡이 고르지 못했다. 팔을 뒤로 뻗어 등을 긁으려

했지만 가려운 부위까지 손끝이 닿지 않아서인지 그는 몸을 뒤틀었다. 그런 아비의 모습을 안타까운 심정으로 바라보고 있던 황이 조용히 아뢰었다.

"어의를 부르겠사옵니다."

"아니다. 그만두어라."

수양은 팔을 내리고 자세를 가다듬었다.

"지금부터 세자는 아비의 말을 잘 새겨듣도록 하여라."

"예, 말씀하시옵소서."

수양은 세자의 눈을 똑바로 들여다보았다.

"세자는 계유년의 정난에 대해 아는 바가 있느냐?"

황이 더듬거리며 아뢰었다.

"잘은… 모르겠사오나, 아바마마께서 김종서, 황보인 등을 비롯한 여러 역신을 물리치시고 사직을 보존하신 계유년의 일을 일컬음이 아니옵니까?"

"음, 그래, 맞다."

수양은 잠시 말을 끊었다가, 심각한 어조로 말을 이었다.

"이 아비는 아무래도 그때의 일 마음에 걸리는구나."

"…."

"그때의 일을 사관들이 어떻게 사록에 남길지가 몹시 궁금하구나."

황이 조심스럽게 아뢰었다.

"당시의 일은 사직을 보존하기 위한 불가피한 일이 아니었사옵니까. 그러니 사록에는 아바마마의 결단과 용맹을 칭송하는 문자들로 가득할 것이옵니다.”

수양이 아들을 무심히 바라보며 말했다.

“세자야, 세상일이란 그리 간단한 것이 아니니라.”

황은 아비의 말뜻을 이해하지 못했다.

“….”

“세자가 보위에 오르게 되면 사국史局을 열어 실록을 편찬하게 될 것이다. 아무리 임금이라 하더라도 사관이 쓴 사초는 함부로 볼 수 없는 법, 그때의 일을 사관들이 어떻게 기록했는지 아비로서는 전혀 알 길이 없구나. 훗날, 계유년의 일에 대해 큰 시비가 일지도 모르니, 세자는 각별히 신경을 쓰도록 하여라.”

“예, 잘 알겠사옵니다.”

얼굴에 난 부스럼 주위가 가려운지 수양은 손끝으로 주변을 눌렀다. 황은 안쓰러운 표정으로 그런 아비의 모습을 바라보았다. 지금 아비의 고통이 전신에 뻗친 피부병이 아니라 마음에 있음을 황은 어렴풋이 알고 있었다. 궐담 너머에서 들려오는 소문들을 황 역시 듣고 있던 터였다. 어린 조카를 죽이고 왕위를 빼앗았다는 아비에 대한 나쁜 소문들을 그가 모를 리 없었다. 비록 자신의 나이 겨우 네 살 때의 일이었지만, 계유년에 아비가 죽인 사람들의 피가 한강 물을 붉게 물들였다는 섬뜩한 소문을 그 또한 듣고 있었다.

“세자가… 경오년 생이었지?”

아들을 바라보던 수양이 대뜸 세자의 나이를 물었다.

“예, 올해 열아홉이옵니다.”

"열아홉, 열아홉이라…."

수양은 아들의 나이를 되뇌었다. 자신이 죽고 난 뒤 공신들의 등쌀에 아들이 얼마나 버틸 수 있을지 그는 벌써부터 걱정이 태산이었다. 아직 미숙하기 짝이 없는 세자를 바라보며, 그는 자신의 아들보다 더 어린 아들을 남겨두고 눈을 감아야 했던, 형 문종 임금을 떠올렸다.

봄이 되자 해가 제법 길어졌다. 퇴궐 무렵인데도 해는 아직 영추문 위에 반쯤 걸려 있었다. 모처럼 일찍 퇴궐을 하게 된 세주는 은후와 함께 육조거리를 걸어 내려갔다. 육조거리의 동쪽 끝에 있는 기로소耆老所 담장 근처에 이르렀을 때 세주가 은후에게 물었다.

"자네 집이 나와 같은 방향이라고 했던가?"

"예, 하지만 저는 종루에서 남쪽으로 조금 더 내려갑니다."

"그럼 종루까지 함께 걷지."

두 사람은 종루를 향해 시전대로를 나란히 걸었다. 세주는 자신의 걸음걸이가 빨라 은후보다 두어 발치 앞서게 되면 일부러 걸음을 늦추어 그녀와 어깨를 나란히 맞추곤 했다. 은후는 길을 걷는 내내 무표정한 얼굴로 거리 좌우 풍경에만 시선을 두었다. 아무래도 그녀는 뭔가 깊은 생각에 빠져 있는 것이 분명했다. 그녀에게 무슨 생각을 그렇게 하느냐고 묻고 싶었지만 세주는 꾹 눌러 참았다. 여인이 사내의 모습을 하고 있으니 답답하고 근심이 생기는 것은 당연한 이치일 거라고 그는 나름대로 생각해 보았다.

해가 뉘엿거리고 있었다. 어느새 둘은 종루 네거리에 닿았다. 세주는 이대로 은후와 헤어지기가 아쉬웠다. 그에게는 모처럼 생긴 둘만의 시간이었다. 은후가 남쪽으로 걸음을 옮기려 할 때 세주가 그녀의 손목을 낚아챘다. 흠칫 놀란 은후는 세주의 손에서 손목을 빼내려고 팔에 힘을 주었다. 하지만 세주는 아랑곳하지 않고 그녀의 손목을 더욱 세게 잡아끌었다.

"서 권지, 잠깐 이리로 따라와 보게."

은후는 세주의 손에 이끌려 그가 가는 곳으로 무작정 따라갔다. 세주는 대로 맞은편 포전布廛가게 모퉁이에 있는 노점상 앞으로 그녀를 데리고 갔다. 좌판에 다채로운 방물을 펼쳐 놓고 서 있던 아낙네가 다가오는 두 사내를 보고 헤실헤실 웃었다.

"어서 오시지요…."

세주가 슬쩍 미소를 지었다.

"사내가 방물 구경하는 것이 그리도 이상하오?"

아낙네가 손사래를 치며 호들갑을 떨었다.

"아, 아닙니다요. 자, 자, 좋은 물건들이 많이 있으니 구경이나 하십시오."

세주가 고개를 돌려 은후를 바라보자 그녀는 이미 좌판 위에 놓인 방물 하나를 뚫어지게 내려다보고 있었다. 역시 그녀는 여인임에 틀림이 없었다. 그녀의 시선이 향하는 곳을 노점 아낙은 놓치지 않았다.

"솜씨 좋은 장색匠色이 만든 물건입죠."

은후가 내려나보고 있던 것은 매화잠(매화 무늬를 새긴 비녀)이었다.

"그러게, 참 잘 만든 것 같소."

"자네에게, 어린 누이가 있던가?"

세주가 난데없는 질문을 하자, 은후는 어물쩍 대답했다.

"예? 아, 예…."

세주가 제비부리댕기 하나를 집어 들었다.

"이 댕기 어떤가? 내가 자네 누이에게 선물을 하고 싶은데."

"그, 그러실 필요 없습니다."

세주는 또다시 장난기가 발동했다.

"아닐세, 내가 자네 누이에게 주는 것이니 꼭 전해주도록 하게. 아마 자네와 닮았다면 인물이 고울 것 같은데, 아니 그런가?"

그래도 은후가 한사코 사양을 하자 세주는 좀 더 짓궂은 농담을 던졌다.

"그럼, 자네가 가지는 것은 어떤가?"

"예?"

"자네는 상투를 풀고 댕기를 물려도 참 잘 어울릴 것 같네만."

결국 은후는 눈을 흘기며 정색을 했다.

"사부! 농이 지나치십니다."

"아니, 왜 이리 목청을 높이는가? 그러고 보니 혹시 자네…."

순간, 은후는 세주를 빤히 쳐다보며 그의 다음 말을 긴장하며 기다렸다.

"…얼굴에, 무슨 불만이라도 있는가?"

“예? 무슨…?”

“여인처럼 생겼다고 할 때마다 기겁을 하니, 하는 말이네. 하하하….”

은후는 말을 더듬거렸다.

“아, 아니, 자꾸 놀리시니까….”

“농을 좀 했네. 어쨌든 이 댕기는 자네 누이에게 선물하는 것이니 그리 알고 받게. 나에게는 이런 예쁜 댕기를 받아줄 누이가 없다네.”

노점 아낙의 둥그런 눈이 요리조리 두 사람 사이를 오가며 살폈다. 그녀의 눈에는 둘의 모습이, 마치 한 쌍의 다정한 남녀 같기도 하고 어쩌면 은밀히 남색을 즐기는 사이 같기도 한 모양이었다. 그런데 그 아낙만 그런 눈으로 두 사람을 지켜보고 있던 것은 아닌 듯했다. 두 사람의 다정한 모습을 맞은편 포전 가게 옆에서 한 아리따운 여인이 내내 지켜보고 있었다. 주변에는 그녀를 향한 뭇 사내들의 시선이 끊이지 않았지만, 그녀는 그런 시선 따위에는 아랑곳하지 않고 오로지 한 곳만을 응시하고 있었다. 은후를 바라보는 그녀의 눈에는 이미 다른 사내들을 담을 여유 공간이 없는 듯했다.

“와! 정말 소문대로 절세미인이 따로 없구먼….”

“도원각에 새로 왔다는 그 기생 아닌가. 이름이 뭐라더라?”

“이 사람아, 아직 이름도 모르나? 설화 아닌가.”

“맞다! 설화. 와, 양귀비가 살아 돌아와도 저 정도는 아닐 거야….”

사내들이 넋을 잃고 저마다 한마디씩 하고 있을 때 지나가던 아낙들이 눈을 흘기며 수군거렸다.

"그저 사내들이란… 저, 저, 침 흘리는 것 좀 봐. 어이쿠! 망측스러워라."

주변의 수군거림과 시선 따위에는 조금도 아랑곳하지 않고 오로지 은후에게만 시선을 집중하고 있던 설화가 몸종 순심의 팔을 툭 쳤다.

"심아, 저기 관복을 입은 분들이 육조거리 어느 관아 소속인지 알아보고 오렴."

설화의 의도를 알아챈 순심이 군말 없이 냅다 쪼르르 달려갔다. 그녀가 방물 노점 가까이 다가갈 때쯤 세주와 은후는 막 걸음을 옮기려 하고 있었다. 그 광경을 멀찍이서 지켜보고 있던 설화의 얼굴에 실망한 기색이 살짝 비쳤다.

세주는 은후를 따라 남쪽 길로 방향을 잡았다.

"사부는 이쪽 길이 아니지 않습니까?"

잠시 나란히 걷던 은후가 묻자, 세주는 능글맞게 씩 웃었다.

"어? 그렇군. 이왕 이렇게 되었으니, 우리 어디 가서 술이라도 한잔하는 게 어떤가?"

은후는 그다지 내키지 않는 기색이었다.

"다음에 하시지요. 관복을 입고 술을 마신다는 게…."

"그런가? 그럼, 다음에는 꼭 한잔하세."

돌아서려던 세주가 다시 물었다.

"자네 집이 광통방이라고 했던가?"

"광교 부근입니다."

"예서 멀지 않은 곳이로군. 자, 그럼 나는 이만 가네."

두 사람은 동시에 돌아서며 정반대로 걸어가기 시작했다. 잠시 후 세주가 힐끔 뒤돌아보았을 때 어느새 은후는 지전가게 앞을 지나가고 있었다. 세주는 동쪽 대로를 따라 견평방 집을 향해 걸어가며 혼자 실실거렸다. 길게 땋은 머리끝에 예쁜 댕기를 물린 은후의 모습을, 그는 상상하고 있었다.

삼월 말이었다. 아침 일찍부터 예문관의 전임사관들이 회의실로 모여들었다. 그들은 회의실 문을 굳게 닫아걸고 신입 사관을 뽑는 절차에 들어갔다. 이번에 대교 김제신이 승정원 주서로 옮겨감에 따라 예문관에 한 명의 결원이 생겼기 때문이다. 김제신의 자리는 이번에 대교가 된 검열 정광유가 채우게 되었고, 따라서 검열 한 자리가 비게 된 것이다.

"그럼, 이번 문과 급제자 중 하계환은 어떠한가?"

봉교 김효천의 제안에 검열 김유원이 나서며 동조했다.

"저는 찬성입니다. 하계환이라면 벌열(나라에 공이 많은 집안) 가문의 자제가 아닙니까. 아마 가계家系를 조사해 보아도 사조四祖까지 흠이 없을 겁니다."

봉교 조명윤이 고개를 끄덕였다.

"그런 사람이라면 나도 반대할 이유는 없네."

김효천이 주위를 둘러보며 물었다.

"하계환을 천거하는 데 반대하는 사람 있는가?"

모두 반대 의사가 없음을 표했다.

"그럼 하계환을 천거하는 것으로 하겠네. 또 천거할 사람이 있으면 말해 주게."

김효천의 말이 끝나자 조명윤이 기다렸다는 듯이 재빨리 나섰다.

"김광겸은 어떠한가? 나는 그를 꼭 추천하고 싶네."

그러자 곧바로 세주가 나섰다.

"그 사람은 지난번에도 천거하려다 흠이 있어 그만두었던 적이 있지 않습니까. 저는 불가하다고 여깁니다."

검열 이지벽이 세주를 거들었다.

"동감입니다. 그는 재행才行도 넉넉하지 못할 뿐더러, 예문관에 분관되기 위해 권세가에게 은밀히 부탁까지 했다는 소문이 돌지 않았습니까."

조명윤의 얼굴이 붉어졌다.

"그것은 어디까지나 소문에 지나지 않는 것이네. 그리고 그에게 재행이 있느니 없느니 여기서 논할 것이 아니라, 우선 그를 천거하여 당상들의 의견을 들어보는 것이 좋지 않겠는가?"

세주는 완강하게 자신의 주장을 굽히지 않았다.

"절대 불가합니다. 지난번 천거에서 탈락한 사람을 재차 천거할 만큼 조정에 인재가 없는 것도 아니고, 또한 그의 춘장椿丈되시는 이조참판께서도 얼마 전에 불미스러운 일로 대간들의 입에까지 오르내리지 않았습니까."

"어험!"

조명윤이 불쾌한 심기를 드러내자 김효천이 다른 사관들에게 눈길을 돌렸다.

"김광겸에 대해 다른 의견들이 있는가?"

이번에는 검열 채길두가 조명윤의 눈치를 슬쩍 살피며 나섰다.

"김광겸의 천거는 그만두는 것이 옳을 듯합니다. 흠이 있는 사람을 한림으로 천거했다가 만일 대간들의 탄핵이라도 받게 되면 어찌합니까?"

나머지 사관들이 고개를 끄덕였다. 세주의 완강한 기세에 부딪친 조명윤은 눈을 아래로 깔고 그만 침묵했다. 좌중의 반응을 살피던 김효천이 김광겸의 천거에 대해 결론을 내렸다.

"그럼 교서관 정자正字로 있는 김광겸은 천거하지 않는 것으로 하겠네."

다들 침묵하거나 고개를 끄덕임으로써 그의 말을 긍정했다. 회의는 계속 이어졌다. 전임사관들은 한림 후보자를 뽑기 위해 신중에 신중을 거듭했다.

늦은 오후 무렵이 가까워서야 한림 후보자 세 명이 결정되었다. 전임사관들은 관례에 따라 한림 후보자를 당상들에게 자천自薦하여 올렸다. 회의가 끝나자 사관들은 대부분 피곤한 기색으로 예문관을 나섰다.

이틀이 지났다. 몇몇 아문의 당상들이 의정부로 모여들었다. 오늘은 그제 예문관에서 올린 한림 후보들에 대한 회천回薦이 있는 날이었다. 의정부 회의실에서는 영의정을 비롯해 예문관, 춘추관, 홍문관의 당상들이 모여 앉아 한담을 나누고 있었다. 예문관 직제학 심찬이 문을 열고 들어와 영의정 조석문에게 한림 후보자 명단을 건넸다. 지난해 말 영의정에 오른 조석문이 눈을 깜빡이며 잠시 명단을 들여다보더니 옆에 앉은 좌의정 홍달손에게 명단을 넘겼다. 춘추관 감사를 겸하고 있던 홍달손이 명단을 받아들며 말문을 열었다.

"어디 한번 봅시다. 이번 문과 급제자 안명윤과 하계환 그리고 홍문관 정자 이균필이라…."

홍달손은 기대하고 있던 사람이 명단에 보이지 않는다는 표정이었다. 한참이나 명단을 요리조리 살피던 그가 퉁명스럽게 말했다.

"이번 문과에 급제한 자가 두 명이나 천거되었군요. 이런! 아직 실직實職 경험도 없는 자들을 천거하다니."

홍달손이 못마땅한 기색을 보이며 명단을 옆으로 밀자, 가만히 지켜보고 있던 영의정 조석문이 홍달손의 안색을 살피며 입을 열었다.

"문과 급제자들이니 그래도 영리한 인재들 아닙니까. 좌상은 천거된 자들이 마음에 들지 않는 모양입니다그려."

"실직에 있는 자들 중에서 골랐으면 좋았을 터인데 말입니다. 뭐, 예를 들면… 교서관 정자 김광겸 같은 훌륭한 인재도 있지 않습니까."

조석문은 못들은 척 대꾸를 하지 않았다. 명단을 돌려보고 있던 당상들이 고개를 들었다. 홍문관 대제학 권효우가 홍달손을 보며 말했다.

"좌상 대감의 뜻은 알겠으나, 한림 후보자는 예문관 전임사관들이 자천하는 것이니 받아들일 수밖에요."

홍달손의 대답은 여전히 퉁명스러웠다.

"누가 뭐라 합니까? 그저 젊고 훌륭한 인재들이 조정에 넘쳐나고 있다는 말이지요. 어험!"

조석문이 자세를 바로 고쳐 앉으며 근엄한 표정으로 좌중을 둘러보았다.

"자, 진정들 하세요. 사관을 가려 뽑는 일은 몹시 중한 일입니다. 9품 말직 관원 한 명을 뽑기 위해 아침부터 당상들이 이렇게 모이지 않았습니까."

그리고 예문관 직제학 심찬에게 말했다.

"명단에 있는 후보자들에 대해 말씀해 보세요."

심찬이 따로 준비해온 문서를 펼쳤다.

"신 급제자 안명윤은 이조판서를 지낸 안현세의 자제로 재주와 성품이 고루 뛰어나다는 평이 있습니다. 그리고 역시 이번 문과에 급제한 하계환은 대사헌을 지낸 하제중의 자제로서 유학자가 지녀야 할 덕목뿐만 아니라 문장 또한 뛰어나다는 평입니다. 마지막으로 천거된 홍문관 정자 이균필은 성균관 지사를 지낸 이공근의 자제로서 그 또한 재주로 보나 성품으로 보나 한림이 되기에 충분하다는 평입니다."

춘추관 동지사 주세길이 확인하듯 물었다.

"벌열 가문의 자제들이니 세계世系에는 흠이 없겠군요?"

"예, 세 집안 모두 사조를 두루 살폈으나, 흠이 될 만한 점은 찾지 못했습니다."

눈을 지그시 감고 있던 우의정 강순이 입을 열었다.

"사관은 예로부터 삼장三長(재, 학, 식)을 모두 갖춘 사람이어야 한다고 하였습니다. 그런 면에서 보면 홍문관 정자 이균필이 어울린다고 여깁니다만."

홍달손이 즉각 거들고 나섰다.

"그렇습니다. 또한 실직의 경험이 중한 것인데, 이균필은 지금 홍문관 정자로 있으니 적격이지요."

주세길이 고개를 갸웃거렸다.

"저도 그가 홍문관 권지로 있을 때 몇 번 이야기를 나누어 본 적이 있는데, 학문이 깊다는 것은 느꼈습니다만…."

조석문이 주세길을 바라보며 고개를 끄덕였다.

"계속해 보세요. 회천하는 자리에서 꺼릴 것이 뭐가 있겠습니까?"

"…기개가 다소 약하다는 평이 있습니다."

"그렇다면 문제로군요. 그런 심약한 사람이 어찌 사필을 잡을 수 있겠소."

홍문관 대제학 권효우가 감싸고 나섰다.

"마음이 여린 탓이지, 사관의 일에 임하면 결코 흔들림이 없을 것입니다."

"사필은 어떠한 상황에서도 흔들림이 없어야 하는 것인데, 기개가 약하면 직필直筆이 흔들릴 수밖에 없습니다."

조석문의 말에 심찬이 동조하고 나섰다.

"그렇습니다. 차라리 학식이 다소 모자라는 것이 더 나을지도 모릅니다. 사관에게는 직필이 무엇보다 우선입니다. 그러기 위해서는 어떠한 위협에도 굴하지 않는 강건한 기개가 필요하지요."

홍달손이 목청을 높였다.

"아니, 사관에게 누가 위협을 가한다고 그런 말씀을 하시는 겐지요."

조석문이 홍달손에게 시선을 던지며 반박했다.

"그렇지가 않아요, 좌상 대감. 아무리 삼장지재三長之才를 두루 갖춘 인재라 하더라도, 기개가 굳세지 않으면 사필이 흔들리게 되어 있어요."

적개공신 조석문과 정난공신 홍달손 사이에 팽팽한 신경전이 이어졌다.

"자, 다음 후보자들은 어떤지 말씀해 보세요."

조석문이 자신을 바라보자, 심찬이 말을 이었다.

"이번에 급제한 안명윤은 기개도 있고 삼장의 재주도 갖추었으나, 성균관 시절 학우들과 어울리는 데 다소 소홀했다는 후문이 있습니다."

"그럼 하계환은 어떻소?"

"그는 품성뿐만 아니라 문장도 반듯하고 학우들과도 사이가 좋았다고 하더군요."

서너 명의 당상들이 고개를 끄덕였다. 조석문이 당상들에 다른 의견을 물었다. 하지만 이번에는 누구도 자신의 의견을 말하는 이가 없었다. 조석문이 마무리를 지었다.

"홍문관 정자 이균필은 흠이 있는 것 같으니, 그를 제외한 나머지 두 사람 중에서 고르는 것으로 합시다."

당상들이 저마다 고개를 끄덕이자, 주세길이 조석문에게 말했다.

"오후에 두 사람을 불러 취재取才하는 것으로 하시지요."

"그럼, 오후에 두 사람을 의정부로 부르세요."

회의가 끝나자 당상들은 각자의 소속 관아로 흩어졌다. 홍달손은 내내 불편한 심기를 감추지 못한 채 의정부를 떠났고, 심찬은 회의 결과를 전하기 위해 곧장 궐로 들어갔다.

한편, 전임사관들은 예문관에 모여 당상들의 회의 결과를 초조하게 기다리고 있었다. 직제학 심찬이 결과를 알려주자 모두가 환한 표정으로 바뀌었다. 검열 이지벽은 세주에게 결과를 전하고자 즉시 밖으로 뛰쳐나갔다.

문밖에서 인기척이 들리자 세주가 고개를 돌렸다. 곧이어 방문이 열리더니 검열 이지벽의 얼굴이 안으로 쑥 들어왔다.

"무슨 일인가?"

"오후에 신 급제자 두 명에 대한 취재가 있을 거랍니다."

"그래?"

"예, 방금 전에 직제학께서 알려주고 가셨습니다."

세주의 표정 또한 덩달아 밝아졌다. 취재를 한다는 것은 천거한 후보자들에게 치명적 흠결이 없음을 뜻하는 것이고, 동시에 잘못된 추천으로 인해 사관들이 자핵自劾하거나 탄핵당할 염려가 없어졌다는 뜻이기도 했다.

이지벽이 물러가자 은후가 나지막한 목소리로 물었다.

"결원이 생겨 새로 검열을 뽑고 있는 중이라지요?"

"취재만 거치면 이제 곧 회천이 마무리 될 것이네."

"취재는 어떤 식으로 하는지요?"

"당상들이 한림 후보자를 면전으로 불러 이것저것 물어보기도 하고 〈강목綱目〉, 〈좌전左傳〉, 〈송원절요宋元節要〉와 같은 역사서를 강講하게 하여 학식의 깊이를 평가해 보기도 하지."

"참으로 어려운 절차를 거치는군요."

호기심 어린 얼굴로 은후가 묻자 세주는 은근히 그녀의 마음을 떠보았다.

"자네도 외사를 그만두고 한림이 되어보는 것은 어떤가? 내가 보기에 자네는 삼장의 재주를 두루 갖추고 있는 듯 보이네만."

은후는 쑥스러운 표정을 지었다.

"놀리지 마십시오, 사부."

"아닐세, 자네는 충분히 재주가 있어. 한데…."

세주가 말끝을 흐리자 은후는 곧바로 궁금한 눈빛으로 세주의 얼굴을 살폈다.

"…."

"사관이 되는 것도 어렵지만, 어쩌면 그 후에 허참례許參禮를 무사히 통과하는 게 더 어려울 수도 있지."

"그렇습니까?"

"허참례를 잘 통과해야만 다른 사관들과 무리 없이 지낼 수 있으니 말이야."

"허참례는 까다로운가요?"

은후가 더욱 궁금한 얼굴을 하며 묻자, 세주는 자못 진지한 척 했다.

"한림들의 허참례는 아주 독특하지. 궁금하지 않은가?"

은후가 궁금한 표정을 짓자, 세주는 앞으로 몸을 바짝 기울이며 무슨 큰 비밀을 털어놓듯이 작은 소리로 속삭였다.

"그럼, 말해주지. 신입 한림은 자신이 깨끗한 사람이라는 것을 다른 한림들 앞에서 증명하는 의식을 치르게 된다네. 술자리가 무르익어 갈 즈음, 신입 한림은 자리에서 일어나 몸에 걸친 옷을 모두 벗고 두 팔을 벌리고는 '나는 깨끗한 사람이다!' 하고 하늘에 맹세를 한다네."

세주는 자신의 말에 몰입하고 있는 은후의 진지한 표정을 보고 당장에라도 웃음이 터질 지경이었지만 억지로 눌러 참으면서 말을 이어 나갔다.

"그리고 발가벗은 채로 한림들에게 술을 한 잔씩 돌리고 나서 덩실덩실 춤을 추어야 하는데, 그때 가장 선임인 봉교가 '통通!' 하고 외치면 그제야 허참례가 무사히 끝나게 되는 것이지."

은후는 눈을 동그랗게 뜨고 마치 넋이 나간 사람처럼 멍하니 앉아 있었다.

"…."

"처음에는 나도 사람들 앞에서 발가벗는다는 게 창피했지만, 지나고 보니 별로 그렇지도 않더라고. 어때, 자네도 한림이 되어보고 싶지 않은가?"

은후는 허우적거리듯 손사래를 쳤다.

"아, 아닙니다, 사부. 저, 저는 한림이 되고 싶은 마음이 조금도 없습니다."

"외사도 한림이나 마찬가지로 사필을 잡는 사람인데, 그럼 어찌하여 외사가 되려고 하는가?"

"그게, 실은…."

은후가 머뭇거리며 난처해하자 세주는 그만 장난을 그치고 슬쩍 말머리를 돌려 이전의 이야기로 되돌아갔다. 하지만 은후는 세주의 말이 계속 귓가에 맴돌아 정신을 집중하지 못했다. 이미 그녀는, 허참례를 치르는 신입 한림의 망측스러운 알몸을 머릿속에 떠올리고 있었다.

미시에 접어든 지도 한참이 지났다. 오전에 흩어졌던 당상들이 다시 의정부로 모여들었다. 영의정 조석문이 마지막으로 방에 들어와 조용히 자리에 앉으며 이조참의 김여협에게 시선을 보내며 물었다.

"오전에 전하를 뵈었다고요?"

김여협이 공손하게 대답했다.

"예, 영상 대감. 한림을 뽑는 일이 무엇보다 중한지라, 잠시 바쁜 일을 뒤로 미루고 이렇게 참석하였습니다."

조석문이 고개를 끄덕여 시작하자는 뜻을 알리자 직제학 심찬이 밖을 향해 목청을 높였다.

"들라 하게!"

곧 문이 열리며 밖에서 대기하고 있던 젊은 관원 하나가 들어왔다. 그는 문 앞에서 정중히 고개를 숙여 예를 올렸다.

"하계환이라고 하옵니다."

심찬이 손으로 자리를 가리켰다.

"저기 앉으시게."

하계환이 자리로 다가가 앉자, 먼저 춘추관 동지사 주세길이 물었다.

"대사헌을 지내신 하 대감의 자제라 들었네. 그래, 자네는 사관의 직임이 무엇이라 생각하는가?"

하계환은 이미 준비라도 한 듯이 망설임 없이 대답을 내놓았다.

"당대의 일들을 가리지 않고 그대로 후세에 전하는 것이라 여깁니다."

"직서直書를 말하는 것인가?"

"그렇사옵니다."

"사실史實을 바르게 기록하는 것이 사관의 직임이라, 이 말인가?"

"예. 하지만 거기에만 머물러서는 아니 될 것이라 여깁니다."

다른 질문을 하려다 말고 주세길이 빤히 쳐다보았다.

"말해 보시게."

"사관이 직서에만 몰두하다 보면 자칫 모든 것을 후대의 평가에만 맡기려는 타성에 젖을 수 있으니, 그것을 경계해야 한다는 뜻입니다."

"그럼 사론史論을 적극적으로 펼쳐야 한다는 뜻인가?"

"소인은 그래야 한다고 생각합니다."

당상들은 서로의 얼굴을 쳐다보았다. 사관으로서 사론을 적극 펼치겠다는 것은 권신들에게는 달가운 일이 아니었다. 하계환의 말을 가만히 듣고 있던 좌의정 홍달손은 갑자기 상대가 위험한 인물이라는 생각이 스쳤는지 넌지시 물어왔다.

"자네는… 계유년의 일을 어떻게 생각하는가?"

생뚱맞은 질문에 지금까지 거침없던 하계환도 곧바로 대답을 내놓지 못했다.

"…예?"

좌중의 당상들 또한 황당하다는 반응이었다. 그러자 조석문이 급히 가로막고 나섰다.

"무슨 질문이 그러하오?"

"사론을 적극적으로 펼쳐야 한다기에 그저 물어본 것뿐입니다."

"사관의 사론은 군왕도 알 수 없는 것이오. 그것이 밖으로 알려지면 어떤 일이 생긴다는 것쯤은 잘 알지 않소. 게다가 이 자리는 사관의 자질을 검정하기 위함이지 개인의 사론이나 사관史觀을 알아보기 위함이 아닙니다."

홍달손은 그래도 은근히 걱정이 되는 모양이었다. 향후 지금의 사관들에 의해 계유년의 일들이 실록으로 꾸며질 것이 분명한데, 이런 당돌한 인물을 사관으로 뽑는다는 것은 여간 께름칙한 일이 아니었다. 홍달손은 자신이 곧 좌의정 자리에서 물러나게 되리라는 걸 알고 있었기에, 그 전에 뭔가 확실히 해 두어야 한다는 중압감을 느꼈다. 홍달손이 다시 물었다.

"사관이 사론을 빙자하여 역사를 올바로 기록하지 않는다면, 그 또한 큰 폐단이 되지 않겠는가?"

잠시 주춤했던 하계환이 다시 거침없는 대답을 쏟아냈다.

"그것은 그리 염려할 필요가 없는 줄 아옵니다. 사관의 사론 또한 후대에 평가를 받기 때문이지요. 그러니 역사를 왜곡하거나 사실史實을 곡필로 기록하여 전한다면 후인들의 웃음거리가 되지 않겠습니까."

홍달손은 자꾸 자신만 우스워지는 느낌이 들었던지 더 이상 질문하지 않고 입을 굳게 닫았다. 다른 당상들이 질문을 이어갔다. 계속 까다로운 질문들이 날아들었지만, 하계환은 자신의 생각을 거침없이 펼쳤다. 반시진이 더 지난 뒤 '강목'을 강講하는 것으로 하계환의 취재는 모두 끝났다.

하계환이 방을 나가자 당상들은 그에 대한 의견을 나누었다. 그리고 잠시 뒤 다음 후보자 안명윤이 안으로 들어오자 또다시 취재가 시작되었다.

세주는 오늘도 은후와 함께 퇴궐했다. 두 사람이 육조거리로 막 접어들었을 때 의정부 관아 앞에서 수군거리고 있는 하급 관원들이 보였다. 세주는 일부러 그들 옆으로 걸어가면서 그들이 수군거리는 말에 슬쩍 귀를 기울였다. 두 한림 후보자의 취재 결과에 대한 말들이 오가고 있었다.

당상들은 역시 유력한 한림 후보였던 하계환을 회천한 모양이었다. 하급 관원들은 이제 출세가 보장된 새로운 한림의 탄생을 부러워했고, 반면 자신들의 초라한 신세를 한탄하기도 했다. 해질 무렵의 육조거리는 청요직淸要職에 대한 부러움과 자신들의 문지門地를 탓하는 하급 관원들의 탄식 소리가 뒤섞여 한바탕 시끌벅적했다.

종루가 가까워 오고 있었다. 세주는 걸음이 느린 은후를 위해 천천히 보조를 맞추며 걸었다. 옆에서 걷고 있던 은후가 말했다.

"한림이 되기 위한 자격은 참으로 까다로운 것 같습니다."

뒷짐을 지고 걷던 세주가 무심히 대답했다.

"역사를 다루는 막중한 소임 때문이지…."

"삼장의 재주가 아무리 뛰어나도 미혼자는 한림이 될 수 없다고 들었습니다만."

"그, 그렇지."

"어째서입니까?"

"특정한 가문과 맺어지는 것을 막기 위함이지."

은후는 서너 걸음을 더 걷다가 무심코 물었다.

"사부는 응당 혼인을 하셨겠지요?"

세주의 대답은 의외였다.

"응? 뭐, 그렇다고 볼 수도 있지…."

은후는 걸음을 멈추고 따지듯 물었다.

"사부! 무슨 대답이 그렇습니까?"

세주는 조금 당황한 기색을 보였다.

"…사정이 좀 있다네."

"…."

은후는 더 이상 묻지 않았다. 뭔가 말 못할 속사정이 있는 것이 분명해 보였다. 그녀는 걸음을 옮기며 새삼스러운 눈길로 세주를 힐끔 쳐다보았다. 그가 아직 혼인을 하지 않은 사내라는 사실이 묘한 느낌으로 다가왔다. 한동안 두 사람은 말없이 시전거리 풍경에만 눈길을 주고 걸었다. 어느덧 종루 네거리에 이르자 은후가 고개를 숙이며 작별을 고했다.

"그럼, 저는 이쪽으로…."

은후는 남쪽으로 발걸음을 돌렸다. 별다른 말없이 그녀와 헤어진 뒤 곧장 집을 향해 걷던 세주는 잠시 뒤, 깜박 잊고 전하지 못한 말이 생각나 급히 걸음을 멈추고 뒤를 돌아보았다. 하지만 은후의 모습은 이미 오가는 행인들에 가려져 보이지 않았다. 저 멀리 지전가게 뒷골목으로 사라지는 가냘픈 한 사내의 뒷모습이 언뜻 그녀인 듯싶기도 했다.

다음날, 춘추관의 분위기가 예사롭지 않았다. 춘추관 서고에 들렀던 기사관 김탁우가 서각에서 지난해 말 감쪽같이 사라졌던 정난일기를 발견했기 때문이다. 그는 어떻게 해야 할지 얼른 판단을 내리지 못하고 그저 정난일기를 손에 든 채 부들부들 떨고만 있었다. 마침 서고로 들어온 기주관記注官 사헌부 지평 장광손이 새파랗게 질려 있는 김탁우를 보고는 눈을 동그랗게 떴다.

"자네 왜 그러는가?"

김탁우가 대답을 하지 못하고 머뭇거리자, 장광손은 가까이 다가와 재차 물었다.

"웬 땀을 그리도 흘리는가? 어디 몸이라도 좋지 않은가?"

김탁우는 떨리는 손을 앞으로 내밀었다. 장광손은 무심결에 책을 받아들며 훑어보았다.

"이게 무슨 책인가?"

책 표제를 들여다보던 장광손의 눈이 커졌다.

"아, 아니 이것은!"

장광손 역시 너무도 놀란 나머지 말을 잇지 못했다. 어느새 그의 손도 심하게 떨리고 있었다. 그는 목소리를 낮추며 추궁하듯 물었다.

"어디서 발견한 것인가?"

여전히 떨고 있던 김탁우가 겨우 정신을 차리며 대답했다.

"서각에서…."

"이 책이 저기 서각에 꽂혀 있었다는 말인가?"

"그, 그렇습니다."

"허허, 지난해 이 책을 찾기 위해 서각을 수백 수천 번도 더 뒤져보지 않았던가. 그렇게 샅샅이 찾아도 나오지 않던 책이 저기에 얌전히 꽂혀 있더란 말이지?"

김탁우는 또 말문을 닫았다. 자신이 생각해도 황당하기 그지없는 일이었다. 장광손은 기가 찬다는 표정으로 정난일기를 내려다보았다.

"귀신이 곡할 노릇 아닌가. 이 일을 어쩐다?"

장광손 또한 어찌해야 할지 선뜻 갈피를 잡지 못했다. 잠시 방 안을 서성이던 장광손이 김탁우의 얼굴을 빤히 들여다보았다.

"우선 자네는 이 사실을 누구에게도 말하지 말게."

"예?"

"말이 밖으로 새어 나갔다간 목이 열 개라도 모자라네. 그러니 자네는 입을 다물고 있도록 하게. 이 일은 내가 알아서 처리할 것이니."

김탁우는 불안한 표정으로 고개만 끄덕였다. 장광손은 급히 책을 품속에 넣고 곧장 밖으로 나갔다.

장광손이 급히 달려간 곳은 빈청이었다. 마침 빈청에서는 상당부원군 한명회와 고령군 신숙주, 하동군 정인지, 인산군 홍윤성 등이 둘러앉아 이야기를 나누고 있었다. 홍윤성이 한명회를 바라보며 슬쩍 물었다.

"이번에 좌의정 자리가 바뀐다면서요?"

"아마 연성군 대감이 좌의정에 오를 것 같네 그려."

홍윤성이 눈알을 부라렸다.

"박원형 대감이 좌의정으로요?"

"이시애의 난을 평정하는 데 큰 공을 세웠으니, 전하께서 배려하신 것이겠지."

홍윤성의 입에서 불만이 터져 나왔다.

"요즘 전하의 안정眼睛에는 우리 정난공신들이 보이시질 않는 것 같습니다. 홍 대감께서 좌의정에 오른 지 얼마나 되었다고…."

정인지가 나서며 말렸다.

"어허, 누가 듣겠소."

"들으라 하지요. 제가 틀린 말을 했습니까."

한명회가 못마땅한 듯이 홍윤성을 쳐다보며 혀를 찼다.

"말 좀 조심하라고 그리 일렀거늘. 쯧쯧…."

한마디 더 내뱉으려던 홍윤성은 한명회의 핀잔에 입을 다물었다.

한명회가 차분하게 달래는 투로 말했다.

"사실 우리끼리니 말이지, 홍 대감이 넉 달이나마 좌의정 자리에 있게 된 것도 감지덕지할 일이 아닌가. 우리를 보고 돌아가며 해 먹는다고 그동안 말들이 많지 않았는가. 그러니 자중하시게."

그때였다. 밖에서 누군가 찾아온 듯 기척이 있더니 방문이 열리며 대사헌 양성지가 들어왔다. 그는 비어 있는 자리로 가면서 밖을 향해 말했다.

"들어오너라."

문밖에서 기주관 장광손이 허리를 굽힌 채 안으로 들어왔다.

"이 사람은 사헌부 소속 겸춘추가 아닌지요?"

정인지의 물음에 양성지는 자신도 이유를 모르겠다는 표정이었다.

"저도 지금 문 앞에서 만났습니다."

양성지가 장광손에게 시선을 주며 말했다.

"그래, 다급해 보이는데 무슨 일인가?"

장광손은 품속으로 손을 집어넣어 정난일기를 꺼낸 뒤 양성지에게 건넸다. 무슨 책인지 알리가 없는 좌중은 그저 멀뚱히 지켜만 보았다. 건네받은 책의 표제를 본 양성지의 얼굴이 갑자기 굳어졌다. 옆에서 지켜보고 있던 홍윤성이 물었다.

"무슨 책이기에 그리 놀라시는 게요?"

양성지가 책을 건네자, 홍윤성이 표제를 훑어보더니 깜짝 놀라며 외쳤다.

"이, 이것은 그 정난일기가 아닙니까?"

홍윤성의 말에 좌중이 화들짝 놀랐다. 양성지가 멍한 표정으로 중얼거렸다.

"역시 내가 잘못 본 것은 아닌가 보군요…."

홍윤성이 장광손에게 물었다.

"어떻게 된 것이냐?"

"그것이, 저…."

"허허, 답답하다! 빨리 말해 보게."

장광손은 마음을 가라앉히고 천천히 설명하기 시작했다. 잠시 뒤, 그의 설명을 들은 좌중은 벌어진 입을 다물지 못하고 서로의 얼굴만 쳐다보았다. 조용히 앉아 있던 한명회가 입을 열었다.

"이러다가 또 험한 꼴을 당하는 것은 아닌지 걱정이구려."

신숙주가 말을 받았다.

"그러게 말입니다. 허허, 참."

두 사람은 지난해 함경도에서 일어난 이시애의 난을 떠올렸다. 당시에도 그들은 임금으로부터 오해를 받아 큰 곤욕을 치른 적이 있었다. 이번 일 또한 그때처럼 임금으로부터 오해를 사게 되지는 않을지 벌써부터 걱정하는 눈치였다. 두 사람이 걱정하는 바를 곧바로 알아차린 정인지가 말했다.

"전하께서 오해하시지 않게 빨리 아뢰어야 하지 않겠습니까?"

홍윤성도 거들었다.

"맞습니다. 머뭇거리다 전하의 귀에 먼저 들어가기라도 하면…."

한명회는 선뜻 결정을 내리지 못하고 머뭇거렸다. 보아하니, 이번 일은 임금이 꾸민 일일 수도 있고, 아니면 누군가 자신들과 임금 사이를 갈라놓으려는 모함일 수도 있는 일이었다.

"허허, 이런 괴이한 일이 다 있나…."

한명회가 곤혹스러운 듯 가만히 수염만 쓸어내리고 있자, 양성지가 슬며시 나서며 재촉했다.

"하동군 대감의 말씀처럼 전하께 빨리 아뢰어 올리는 것이 어떻습니까?"

한명회는 눈을 가늘게 뜬 채 대답이 없었다.

"그렇게 하시지요, 대감."

홍윤성의 성마른 목소리에 이윽고 한명회가 눈을 번쩍 치켜뜨며 자세를 고쳐 앉았다.

"이 일을 또 누가 알고 있는가?"

긴장감을 숨기지 못하고 있던 장광손이 떨리는 목소리로 공손히 아뢰었다.

"말씀드린 대로 소인과 기사관 김탁우 둘뿐이옵니다."

"그 겸춘추는 어디 소속인가?"

"홍문관 부수찬副修撰으로 있사옵니다."

"음, 자네는 이만 나가보게. 그리고 그자의 입을 잘 단속하고."

장광손이 물러가자 신숙주가 기다렸다는 듯이 물어왔다.

"이보시오, 상당군 대감. 어찌 하시려고?"

한명회가 입가에 야릇한 미소를 흘렸다.

"아무래도 걸려든 것 같소이다그려."

양성지가 말뜻을 몰라 눈을 껌뻑거렸다.

"무슨… 말씀입니까?"

"누군가 우리를 노리는 게 분명한 것 같소. 지난해 그렇게 찾아도 나오지 않던 이 책자가 지금 홀연히 나타났어요. 이게 무슨 뜻이겠소이까?"

"그럼, 누군가의 음모라는 말씀이시군요."

"그렇지 않고서야 이 일을 어찌 설명하겠습니까?"

홍윤성이 불쑥 끼어들었다.

"감히, 누가 우리 공신들을 건드린다는 겁니까. 내 이것들을!"

분위기 파악도 못하고 홍윤성이 언성을 높이자 한명회가 손을 내저었다. 정인지가 걱정스러운 얼굴로 한명회를 바라보았다.

"그렇다면 큰일이 아닙니까. 무슨 대책이라도 세워야 하지 않겠소이까?"

"아직은 말씀드리기 이르지만, 저는 상대가 무얼 노리는지 대충은 짐작합니다. 이대로 전하께 고하여 올리면, 필시 전하께서는 우리를 의심할 것이 틀림없어요. 허니, 먼저 방도를 마련해야 합니다."

양성지가 고개를 가로저었다.

"전하께서도 은밀한 눈과 귀가 있으신데, 하루나 이틀이 지나면 전부 아시지 않겠습니까?"

"명일 아침까지는 묘책을 찾아야겠지요."

"마땅한 묘책이 없으면 어찌해야 하는지요?"

"그때는 즉시 전하께 고하여 올려야지요. 머뭇거리다가는 전하께 더 큰 오해를 살 수 있으니 말입니다."

한명회의 눈치를 살피던 홍윤성이 슬쩍 물었다.

"아까 말씀하신 그 상대는 누구를… 말씀하시는 겐지요?"

"아직 내 짐작일 뿐이니…."

한명회는 말을 끊고 양성지를 바라보았다.

"조금 전에 나간 겸춘추가 사헌부 소속이라지요?"

"예, 지평 장광손입니다."

"그나마 다행이군요. 사헌부 소속이니 대사헌께서 그자를 불러 한 번 더 입단속을 시키세요."

한동안, 좌중은 말없이 허공만 쳐다보았다. 전혀 예상치 못했던 뜻밖의 일에 방 안의 분위기는 찬물을 끼얹은 듯 조용했다. 모두들 임금의 오해를 피할 묘책을 궁리해 보았지만, 끝내 마땅한 수를 떠올리지는 못하고 있었다.

다시 나타난 정난일기

지난해 감쪽같이 사라졌던 정난일기가 다시 나타났는데도 기쁜 기색을 보이는 관원들은 아무도 없었다. 오히려 그들은 그것이 영원히 나타나지 않기를 바라고 있었다는 듯 불안한 모습들이었다. 이제 궐 안의 평화가 깨어지는 것은 분명해 보였다.

오후 내내 은후는 세주와 함께 시간을 보냈다. 아침나절 손광림이 세주를 불러 은후에게 입시사관이 반드시 숙지해야 할 내용들에 대해 서둘러 가르치라고 지시했다. 하지만 그는 이유에 대해서는 일절 말하지 않고, 그저 위에서 내려온 명을 전하는 것뿐이라고 짧게 말했을 뿐이었다.

은후를 가르치다 말고 세주가 은근슬쩍 다른 말을 꺼냈다.

"자네에게 왜 입시사관의 일을 가르치라고 하는 것인지 모르겠군. 자네는 외사로 나갈 사람인데 말이야."

은후는 조금 난감한 표정을 보였다.

"그, 글쎄요. 저로서도 연유를…."

은후는 향후 자신이 여사女史의 직임을 맡게 될 것이라는 사실을 세주는 전혀 모르고 있을 거라고 여겼다. 그에게만은 자신이 남장을 한 여인이며 또한 앞으로 여사의 직임을 맡게 될 거라는 사실을 밝히고 싶었다. 하지만 윗선의 지엄한 명이 있은 터라, 그녀는 이러지도 저러지도 못하고 속만 끓였다. 그러니 결국 여사가 되는 그날까지 사내 행세를 해야만 하고 또 그때까지 세주를 계속 속일 수밖에 없는 일이었다.

은후가 어물쩍 넘기려 하자 이번에도 세주는 더 이상 묻지 않았다.

"그냥 궁금해서 물어본 것이라네. 자, 계속하지. 이번에는 군신 간의 대화를 놓치지 않고 기록할 수 있는 방법에 대해 알아보도록 하겠네."

은후는 세주의 말에 정신을 집중했다.

"실제로 정사政事를 다루는 현장에서 쏟아져 나오는 말들을 모두 받아 적는다는 건 결코 쉬운 일이 아닐세. 그렇다고 대화 내용을 빠뜨린다는 것 또한 있을 수 없는 일이지. 그래서 요령이 필요한 법이네."

은후는 눈을 반짝이며 귀를 기울였다.

"무엇보다 속기 요령이 중요한데, 우선 오가는 대화의 골자만 빠르게 초서로 써 두는 것이지. 그리고 물러나온 뒤 기억을 되살려 나머지 부분을 채워 넣어 완성하면 되는 것이네."

"아, 그런 요령이 있었군요."

"특히 조참처럼 많은 신료가 모이는 자리에서는 화자話者가 누구인지 헛갈리기 쉬우니 더욱 신경을 써야 하네."
"잘 새겨듣겠습니다. 그런데 당일의 입시사초는 반드시 춘추관에 제출해야 하는 것으로 들었습니다만."
"그렇지. 입시사초는 절대 밖으로 가지고 나갈 수 없네."
"어쨌든, 한림들은 참으로 대단한 분들인 것 같습니다."
"그럴 수밖에. 군신 간의 대화를 곧바로 한자로 옮겨 적는 게 결코 쉬운 일은 아니니…."
"그러니 조선 최고의 천재들만이 한림이 되는 것이겠지요."
내내 긴장해 있던 은후가 모처럼 농담 투로 말하자 세주도 농을 했다.
"그런 천재에 나도 포함된다는 말 같은데?"
"사부가 빠질 수는 없지요, 하하하…."
일부러 사내처럼 웃으려고 애쓰는 은후의 모습이 세주의 눈에는 귀엽게 보였지만, 한편으론 안쓰러운 생각도 들었다. 그는 은후가 하루빨리 답답한 사내의 옷차림을 벗어던지고 어여쁜 여인의 모습으로 되돌아왔으면 싶었다.
아무 말 없이 자신을 빤히 바라보고 있는 세주와 눈이 마주치자, 은후는 부끄러운 듯 웃음기를 거두고는 살짝 고개를 돌렸다. 세주도 시선을 거두며 말했다.
"오늘은 그만하도록 하지."
"예, 사부."
"아, 참! 저녁에 허참례가 있는데 자네도 꼭 참석해야 하니, 나와 함께 가세."

은후는 깜짝 놀라 되물었다.

“허, 허참례요?”

“아니, 왜 그렇게 놀라는가?”

“예? 아닙니다.”

세주는 짓궂은 웃음을 지어 보였다.

“신입이 알몸으로 덩실덩실 춤을 추는 모습을 자네는 보고 싶지 않은가? 난 아주 재미있을 것 같은데. 자, 자, 어서 가세.”

궐을 나선 지 반 시진 가까이 지났다. 은후는 무척 당혹스러웠다. 길을 걷는 동안 그녀는 어떻게든 이 상황을 모면할 궁리만 하고 있었다. 신입사관이 옷을 훌러덩 벗고 춤을 추는 광경을 바로 눈앞에서 바라볼 용기가 도저히 나지 않았다. 하지만 시간은 자꾸만 가까워 오는데 허참례에 빠질 만한 좋은 핑계거리는 여간해서 떠오르질 않았다.

드디어 종루가 보이기 시작했다. 은후는 더욱더 마음이 다급해졌다. 그녀는 슬쩍 꾀병을 부려 보기로 했다. 잠시 후, 종루 네거리에 이르렀을 때, 그녀는 이마에 손을 얹으며 어지럽다는 시늉을 했다.

“사부… 아무래도 저는 아니 되겠습니다.”

세주가 고개를 돌렸다.

“응? 무슨 일인가?”

“갑자기 열이 나고 머리가 어지러워… 아무래도 허참례 참석은 무리인 듯싶습니다만.”

곧바로 세주의 목소리가 날아들었다.

"그 무슨 소린가! 아니 되네. 어찌 보면 자네도 예문관 신입이 아닌가. 자네, 오늘 허참례에 참석하지 않으면 예문관에서 쫓겨날지도 모르네."

은후는 자신의 꾀병이 통하지 않자, 이제는 인상까지 찡그려가며 정말 아픈 척을 했다. 하지만 이미 은후의 속마음을 읽고 있는 세주는 시치미를 뚝 떼고 꿈쩍도 하지 않았다. 이쯤 되면 동정이라도 할 성 싶은데 상대가 그런 기미조차 보이지 않으니, 그녀로서는 참으로 답답하고 난감했다.

"안심하게, 자네에게 옷을 벗으란 말은 누구도 하지 않을 테니. 그러니, 어서 가세."

세주가 소맷자락을 당기자, 은후는 어쩔 수 없이 걸음을 옮겼다.

"허참례는 어디에서?"

"관인방에 있는 기방에서 하기로 했다네."

"그럼 이쪽이 아니지 않습니까?"

"관복을 입은 채로 기방을 드나들 수는 없지 않은가. 이리로 따라와 보게."

세주는 무명천을 파는 장랑長廊거리를 향해 걸음을 옮겼다.

"어디로 가시는 것인지요?"

"우선 따라와 보라니까."

은후가 여전히 머뭇거리자 세주는 더욱 재촉을 했다.

"빨리 따라오지 않고 뭣, 하는가!"

은후는 세주의 재촉을 이기지 못하고 순순히 뒤를 따랐다. 잠시 뒤 그들이 도착한 곳은 백목전이 즐비하게 늘어서 있는 시전거리였다. 세주는 걸음을 멈추지 않고 곧장 한 가게 안으로 쑥 들어갔다. 하지만 은후는 뒤따라 들어가지 않고 제자리에 선 채 안쪽을 기웃거리기만 했다. 세주가 밖을 향해 빨리 들어오라는 손짓을 보내자 그제야 그녀는 할 수 없이 조심스럽게 안으로 들어갔다.

은후가 가게 안으로 들어서자 수염이 텁수룩한 사내가 고개를 숙였다. 그리곤 두 사람을 가게 뒤쪽의 작은 방으로 안내한 뒤 조용히 물러갔다.

은후는 잔뜩 경계하는 낯빛으로 방 안 이곳저곳을 둘러보았다. 불안해하는 그녀의 기색을 알아차린 세주가 안심시키려는 듯 말했다.

"내가 잘 아는 사람이 하는 가게라네."

"여기는 왜…?"

세주가 횃대에 걸려 있는 의관을 가리켰다.

"저 옷으로 빨리 갈아입게."

"예?"

"오늘 허참례가 있으니 따로 평복을 준비해 오라고 전했어야 했는데, 어제 그만 깜빡 잊었지 뭔가. 하여, 아침에 입궐하던 길에 내가 따로 준비해 두었네. 자, 이쪽이 자네 것이니 어서 입어보게."

세주는 횃대에서 옷을 내려 은후에게 건네주었다. 옷을 받아

든 그녀는 짐짓 태연한 척 했지만 속으로는 어쩔 줄 몰라 했다.

"사부 먼저 갈아입으시지요."

"같이 갈아입으세. 사내들끼리 부끄러울 게 뭐 있는가?"

세주가 관모를 훌렁 벗자, 은후는 당황해서 문고리를 잡았다.

"저는 밖에 나가 있겠습니다."

"어허, 그냥 같이 갈아입으면 되지. 어서 벗고 갈아입게."

"아, 아닙니다. 사부 먼저 갈아입으십시오. 그럼, 전 잠시 나가 있겠습니다."

은후는 뒤도 돌아보지 않고 횡하니 밖으로 나가버렸다. 세주는 옷을 갈아입으며 작은 소리로 키득거렸다.

한편, 도원각에서는 막 허참례가 벌어질 참이었다. 평복으로 갈아입은 세주와 은후가 운종가 뒷길에 있는 도원각에 당도해 마당으로 들어서자, 마침 마루에 있던 기생 춘심이 두 사람을 보고 버선발로 뛰어 내려와 살갑게 맞았다.

"어서 오시어요, 나리들."

초저녁 휘황한 등불빛을 받아 은후의 얼굴 윤곽이 뚜렷하게 드러나자, 춘심이 은근한 눈길을 던지며 바짝 다가와 팔짱을 꽉 끼었다.

"이분은 도련님 같은데…."

여인의 가슴이 몸에 닿자 은후는 무안해 하며 팔을 빼내려고 안간힘을 썼다. 하지만 그럴수록 춘심은 상대의 팔을 더욱 옥죄며 놓아주지 않았다. 옆에서 웃음을 띤 얼굴로 지켜보던 세주가 한마디, 툭 던졌다.

"그 사람은 아직 도령이라네, 잘 좀 부탁함세."

춘심이 더욱 노골적으로 추파를 던졌다.

"오늘 밤은 이년이 도련님을 뫼시겠사옵니다."

춘심은 정말로 한눈에 반한 듯 은후의 팔을 꽉 붙잡고는 신을 벗을 틈도 주지 않고 무작정 마루 위로 끌어올렸다. 세주는 뒷짐을 진 채 그 모습을 느긋하게 바라보며 웃었다.

춘심이 안내하는 방문 앞에 당도하자 안에서는 이미 시끌벅적한 사내들의 목소리가 흘러나오고 있었다. 춘심이 은후의 팔을 놓고 살며시 문을 열었다. 방 안에는 벌써 거하게 차려진 큰 술상을 앞에 놓고 한림들이 둘러앉아 한담을 나누고 있었다. 은후가 나타나자 시끄럽던 방 안이 일순간 조용해졌다.

이번에 대교가 된 정광유가 손짓을 하며 은후를 불렀다.

"자네 왔는가? 어서 들어오게."

은후가 방으로 들어서자 세주도 뒤따라 들어서며 인사를 했다.

"조금 늦었습니다."

세주는 곧바로 빈자리를 찾아 앉았지만, 은후는 여전히 우두커니 서 있었다. 봉교 조명윤이 은후에게 말했다.

"자네도 어서 앉게."

그제야 은후는 구석 쪽으로 다가가 조용히 앉았다.

"자, 이제 다들 모였으니 허참례를 시작하도록 하겠네. 오늘 상관장上官長(허참례 주관자)은 우리 한림들 중에서 가장 선임이신 김봉교 나리일세."

조명윤의 말이 끝나자, 봉교 김효천이 입을 열었다.

"신래新來가 들어올 때마다 으레 해왔던 신고식은 앞으로 간단하게 하는 게 좋겠네. 각 아문의 신고식이 너무 요란스러워 이제는 폐풍弊風이 되어 버렸다고 말들이 많지 않은가. 그러니 우리 예문관에서는 앞으로 허참례만 간단히 치르고 신참례와 면신례 같은 신고식은 하지 않기로 하세. 오늘 겸춘추들을 부르지 않은 것도 그 때문이라네."

두 번째 선임인 봉교 조명윤이 맞장구쳤다.

"맞습니다. 그동안 신래 신고식이 얼마나 악명 높았습니까. 몸에 흙탕물을 바르게 하는가 하면 심지어는 한겨울에 연못에 빠뜨리는 등 이루 말할 수 없는 가혹한 신고식이 전통이라는 명분 하에 이어져 왔지요. 이제는 모두가 걱정할 지경에까지 이르렀으니, 그런 폐습弊習은 마땅히 버려야 할 것입니다."

그때까지 긴장을 해서 진땀을 흘리고 있던 신입 하계환이 그제야 조금 안도하는 눈치를 보였다. 정광유가 아쉬운 표정을 지으며 농담처럼 내뱉었다.

"저는 신고식 잔치를 치르느라 집 기둥뿌리까지 뽑았습니다. 이제 재미를 좀 볼 차례가 되어 즐기려고 했더니만…."

조명윤이 웃으며 쳐다봤다.

"허, 이 사람. 교서관 그쪽도 악명이 높다지?"

교서관 출신인 정광유가 머리를 흔들며 손사래를 쳤다.

"아이쿠, 말도 마십시오. 처음에는 신귀新鬼라고 하면서 저를 아예 없는 사람 취급을 하지 뭡니까. 겨우 면신례까지 마치고 나니 그제야 동료로 받아 주더군요. 그때 일을 생각하면, 어휴…."

정광유의 말을 들으며 좌중의 한림들은 제각각 자신들이 치렀던 신고식을 떠올렸다. 그때의 일들이 아직 그들의 머릿속에는 잊지 못할 추억이 아닌 악몽 같은 기억으로 남아 있는지, 대부분은 진저리를 치는 모습이었다. 봉교 김효천이 분위기를 바꾸었다.

"자, 자, 그렇다고 허참례의 즐거움을 모두 버리자는 말은 아니었네. 이 자리에서 만큼은 마음껏 즐기도록 하세."

검열 김유원이 들뜬 목소리로 외쳤다.

"상관장의 말씀이 끝났으니, 이제 시작하도록 하겠습니다. 밖에 누구 있는가!"

곧이어 문이 열리고 밖에서 대기하고 있던 여인이 들어와 공손히 큰절을 올렸다.

"한림 나리들께 인사 올립니다. 이곳에서 행수 노릇을 하는 홍매라 하옵니다."

홍매는 서른 안팎으로 나이는 좀 들어 보였지만, 그래도 기품은 있어 보였다. 그녀는 고개를 들고 상석에 앉아 있는 김효천을 향해 여쭈었다.

"잔치를 시작하올까요?"

"그래, 어서 시작하도록 하세."

홍매가 밖을 향해 고개를 돌렸다.

"모두 들어오너라."

드디어 문이 활짝 열리며 곱게 단장한 기생들이 줄지어 들어왔다. 갑자기 방 안에 분내가 진동하자 사내들의 마음도 후끈거리기 시작했다.

방 안으로 들어선 기생들은 차례로 한림들 사이사이에 끼어들어 자리를 잡고 앉았다. 춘심은 상석으로 가려다가 말석에 앉은 은후를 발견하고는 은후 곁에 앉으려는 초월이의 옆구리를 슬쩍 꼬집었다. 그러자 눈치를 챈 초월이가 슬그머니 상석으로 가고 춘심이 은후의 옆자리를 차지했다.

자리를 잡은 기생들은 먼저 제 짝들의 잔에 술을 따랐다. 잠시 뒤, 신입 하계환이 상관장을 세 번 외치는 것으로 잔치가 시작되었다. 술잔이 서너 순배 돌자 이제 홍매가 물러가려고 슬그머니 일어났다. 상관장 김효천의 왼쪽에 앉아 있던 조명윤이 그녀를 올려다보며 말했다.

"이보게, 행수. 본시 상관장은 두 명의 여인을 좌우에 끼고 술을 마시는 법이네. 한데 지금은 오른쪽 자리가 비어 있지 않은가?"

홍매가 눈웃음을 치며 대답했다.

"나으리, 어찌 모를 리 있겠사옵니까. 곧 들일 것입니다."

홍매가 긴 치마를 살짝 들어 올리며 밖으로 나가자 문 쪽을 바라보던 김효천이 말석에 조용히 앉아 있던 은후를 불렀다.

"거기, 서 권지."

술도 마시지 않고 얌전히 앉아 있던 은후가 번쩍 고개를 들었다. 김효천이 그녀를 바라보며 손짓했다.

"자네는 예문관의 손님이나 다름없네. 어서, 이리 오게."

은후가 자리에서 일어나 상석으로 걸어가자, 기생들의 눈이 한 곳으로 향했다. 그제야 모두 은후의 존재를 알아챈 듯했다. 자신들보다도 곱게 생긴 사내의 모습에 기생들은 그저 멍한 시선으로 바라보기만 했다. 은후 곁에 앉으려다 상석에 앉게 된 초월이가 맞은편에 앉은 춘심을 향해 눈을 찡긋했다.

은후는 상석으로 다가와 김효천의 오른쪽에 앉았다.

"자, 서 권지. 한잔 쭉 들이켜게."

김효천이 술이 담긴 잔을 건네자 은후는 그것을 받아들고 난처한 얼굴로 가만히 앉아 있었다. 김효천이 재차 술을 권했다.

"어서, 한잔 쭉 들이켜게."

은후는 옆으로 고개를 돌린 뒤 술잔에 입술을 살짝 댔다. 그때 방문을 열고 들어온 홍매가 뒤쪽을 향해 말했다.

"들어오너라."

홍매가 옆으로 비켜서자 머리에 풍성한 가채를 얹은 미색의 여인이 나타났다. 몸에 착 달라붙은 색스러운 저고리를 입은 그녀는 온몸에 비싼 장신구를 걸쳐 한껏 멋을 부리고 있었다. 방 안의 사내들은 양귀비의 현신을 보는 듯 헤벌쭉 벌어진 입을 다물지 못했고, 기방 출입이 처음인 신입 하계환은 아예 제 무릎에 술을 쏟기까지 했다. 방금 전까지만 해도 예뻐 보이던 제 짝들이 일순간 초라해 보인 탓인지, 사내들은 잡고 있던 제 짝의 손을 슬그머니 놓았다.

"설화라 하옵니다."

목소리 또한 옥구슬이 은쟁반 위를 구르는 듯했다. 그녀의 나긋나긋한 목소리에 그나마 조금은 남아 있던 사내들의 애간장이 마저 녹아내렸다.

문 앞에서 고개를 숙여 정중히 인사를 올린 설화는 사뿐사뿐 걸어와 은후와 상관장 김효천 사이에 다소곳이 앉았다. 사내들은 여전히 그녀의 모습에서 눈을 떼지 못하고 있었고, 그녀 또한 그런 시선들을 충분히 감지하고 있는지 더욱 도도한 표정이었다.

홍매는 짝 없이 홀로 앉아 있는 춘심을 밖으로 데리고 나갔다. 설화의 등장으로 잔치 분위기는 더욱 달아올랐다. 신입 하계환이 제 짝과 함께 일어나 덩실덩실 춤을 추기 시작했다. 그의 춤이 끝나자 이번에는 검열 채길두가 일어나 춤을 추었다. 한림들은 차례로 돌아가며 선임에게 술을 따르고 한바탕 춤을 추었다. 은후는 상기된 얼굴로 조용히 앉아 구경만 했다. 가끔씩 우스꽝스러운 춤을 볼 때면 손바닥으로 입을 가리고 소리 없이 웃었다.

설화는 은근히 자존심이 상했다. 방 안의 분위기가 조금 어수선하긴 해도, 시종 사내들의 관심은 오로지 자신에게 향하고 있음을 그녀는 느끼고 있었다. 한데, 오직 한 사내만이 자신에게 눈곱만큼도 관심을 보이지 않는 것이 아닌가. 가만히 보니, 지난번 종루 저자에서 보았던 바로 그 사내였다. 그녀는 호기심이 생겨 제 쪽에서 먼저 말을 걸어볼까도 생각해 보았지만, 그건 절대 안 될 말이었다. 결코 제 자존심이 허락하지 않는 일이었다. 이렇듯, 곁에 앉아 있는 사내에게 온통 신경이 곤두서 있는 그녀에게 뜻밖의 기회가 날아들었다.

상관장 김효천이 은후를 가리키며 기생들에게 말했다.

"여기 이 사람은 아직 혼인을 하지 않은 도령이니, 오늘 밤 자네들이 어찌 좀 해보게. 하하하…."

기생들이 모두 까르르 웃었다. 김효천이 턱짓으로 옆에 앉은 설화에게 은후를 가리켰다.

"서 권지에게 술 좀 권해 보게. 아까부터 한 모금도 입에 대지 않고 저러고 있다네."

설화가 두 손으로 술병을 곱게 받쳐 들었다.

"한잔 올리겠습니다."

"난 괜찮네."

은후의 시선은 여전히 다른 곳을 향하고 있었다. 옆에 앉은 자신에게 곁눈질이라도 한 번쯤 해줄 법한데 아예 관심조차 없으니, 설화는 그만 오기가 생겼다.

"이년이 한잔 따르겠습니다. 받으시지요."

그러자 은후가 힐끔 쳐다보았다.

"난 술을 좋아하지 않네."

은후의 무뚝뚝한 대답에 설화는 정말로 자존심이 상하고 말았다. 마음속에 품었던 상대에 대한 호기심이 이제는 미움으로 변해가고 있었다.

검열 이지백의 춤추는 모습을 보고 은후가 작은 소리를 내며 웃었다. 옆에서 함께 웃고 있던 세주가 은후의 귀에다 대고 뭔가 속삭이자, 그녀는 더욱 활짝 웃었다. 그 모습을 본 설회의 가슴속에서는 이제 시샘하는 마음도 꿈틀대기 시작했다.

허참례 분위기가 한참 무르익어 갈 무렵, 신입 하계환이 갑자기 겉옷을 벗어던졌다. 세주와 속삭이고 있던 은후는 기겁을 하며 고개를 홱 돌렸다. 아마도 지난번 세주가 했던 말이 그녀의 머릿속에 떠오른 듯했다. 신입은 허참례 때 발가벗은 채로 자신이 깨끗하다는 것을 하늘에 맹세한다고 했는데, 지금이 바로 그때일 거라고 그녀는 생각했다. 발가벗은 사내의 알몸을 바라볼 용기가 도저히 나지 않은 그녀는, 결국 잠시 자리를 피하는 것이 상책이라 여기고 조용히 일어나 밖으로 나갔다.

"자네, 옷은 왜 벗는가?"

하계환의 괴이한 행동에 대교 정광유가 물었다. 하계환이 저고리 옷고름을 더듬거리며 혀가 꼬인 목소리로 대답했다.

"몸에 열이 나서 견딜 수가 없습니다."

세주가 하계환의 짝이 된 기생을 보고는 말했다.

"저러다가 저고리마저 벗어던지겠다. 이제 술은 그만 따르게."

봉교 조명윤도 웃으며 한마디 했다.

"거참, 희한한 술버릇이로구만. 하하하…."

한림들은 하계환의 이상한 술버릇에 돌아가며 한마디씩 했고, 그때마다 좌중에서는 폭소가 터졌다.

방 안의 분위기가 한껏 달아오르고 있을 무렵, 설화는 살그머니 밖으로 나갔다. 은후는 건물 모퉁이 처마 아래에서 뒷짐을 진 채 홀로 달을 바라보고 있었다. 사내 흉내를 내는 것이 이제 제법 몸에 익었던 탓인지, 뒷짐을 지고 서 있는 그녀의 모습은 어엿한 사내처럼 보이기도 했다.

"방으로 들어가시지 않고 어찌 여기 계시옵니까?"

등 뒤에서 들려오는 여인의 목소리에 은후는 고개를 돌렸다.

"달빛이 고와 구경하는 중이네."

설화가 가까이 다가왔다. 상대의 무관심으로 자존심에 상처를 입은 그녀는 마음을 진정시키며 다시 살갑게 말을 걸었다.

"달이 외로워 보입니다. 나머지 반쪽도 곧 채워지겠지요?"

은후는 달을 바라본 채 대답했다.

"이번 보름은 지났으니, 다음을 기다려야겠지…."

그저 물었으니 답할 뿐, 역시 상대는 눈길 한 번 주지 않았다. 설화는 너무나 자존심이 상했다. 참으로 이해할 수 없는 사내가 아닌가. 내로라하는 장안의 사내들이 자신과 말이라도 한번 섞어보려고 환장을 하며 달려드는 판이건만 이 사내는 시종 자신에게 눈길 한번 주지 않으니, 혹시 여인에게는 전혀 관심이 없는, 남색을 탐하는 그런 사내는 아닌지, 설화의 머릿속에는 별별 생각들이 다 스쳤다. 결국 돌아올 대답을 잔뜩 기대했던 설화는 상대의 성의 없는 대답에 실망하여 다음 말을 잇지 못했다. 그때였다.

"저…."

드디어 상대가 먼저 말을 걸어오자 설화는 얼씨구나 반가운 마음에 자신도 모르게 환한 얼굴을 내보였다.

"예, 말씀하시어요."

"방 안의 분위기는 어떠한가?"

뜬금없는 물음이었다.

"예?"

"신입이 허참례 맹세를 하고 있던가?"

역시 알 수 없는 물음이었다. 설화는 어리둥절한 표정으로 은후를 바라보았다.

"무슨 말씀인지…."

"허참례에서 신입이 발가벗고 하늘에 맹세하는 절차가 있다고 들었네. 지금 그것을 하고 있는가?"

갈수록 첩첩산중이란 말은 이런 때 어울리는 듯했다. 도대체 이 사내가 지금 무엇을 묻고 있는 것인지 설화는 알 수가 없었다. 결국 그녀가 그만 까르르 웃음을 터뜨리자, 은후는 궁금하다는 눈초리로 물었다.

"어찌 그러는가?"

설화는 가까스로 웃음을 그쳤다.

"도련님께서 어디서 무슨 말을 들었는지 이년은 모르오나, 지난번 예문관 허참례 때는 그런 절차가 없었다고 들었습니다."

"저, 정말인가?"

"신래 신고식이 아무리 악명이 높다 하나 발가벗기까지야 하겠습니까. 세상에 그런 신고식은 듣도 보도 못했습니다."

설화는 터져 나오는 웃음을 참지 못하여 또다시 까르르 웃었다. 은후는 눈을 깜빡거리며 고개를 갸웃거렸다. 자신이 생각해도 그런 허무맹랑한 신고식은 없을 것만 같았다. 이번에도 또 세주에게 당한 듯한 생각이 들자 그녀는 머쓱한 표정을 지었다.

"흠, 그럼 이만…."

은후는 겸연쩍은 얼굴을 하고 먼저 자리를 떴다. 마침 부엌에서 쟁반을 들고 나오던 몸종 순심이 설화에게 다가왔다.

"혹시 저자거리에서 보았던 그분이 아닙니까?"

"맞다, 심아."

순심은 은후의 뒤태를 유심히 바라보며 말했다.

"어쩜 저리도 곱게 생겼을까. 여인이라 해도 의심할 사람이 없겠는걸요."

은후가 대청마루로 올라서는 것을 보고 순심이 또다시 한마디 했다.

"지난 번 함께 계시던 그분도 오셨습니까?"

"그런 것 같더구나."

"근데 아씨, 그 두 분은 혹시 남색을 즐기는 사이가 아닌지…."

설화가 잠깐 넋을 잃고 있다가 정신을 차리며 벌컥 화를 냈다.

"에끼! 못하는 말이 없구나."

설화는 가시눈을 뜨고 순심을 나무란 뒤 대청마루로 향했다. 홀로 남겨진 순심은 입을 삐쭉거리며 부엌으로 발길을 돌렸다. 그때 뒷간 쪽에서 걸어오던 술손이 순심의 앞을 가로막았다. 순심은 재빨리 옆으로 비켜서며 고개를 숙였다. 술손이 더욱 바짝 다가오며 물었다.

"지금 남색이라고 했느냐?"

순심이 놀라 고개를 들었다.

"예?"

"아, 아니다. 내가 잘못들은 것 같구나. 한데, 지금 저 방에서 술을 마시고 있는 사람들은 누구인가?"

순심은 고분고분 대답했다.

"한림 나리들이옵니다."

"한림들이?"

"예, 나리. 허참례 잔치를 벌이고 있는 중이옵니다."

술손이 갑자기 불쾌한 얼굴로 방 쪽을 노려보았다.

"잘난 것들, 어디 두고 보라지."

중얼거리듯 한마디 내뱉은 술손은 곧장 건너편 사랑채로 향했다.

은후와 설화가 술자리로 되돌아간 지도 한참이 지났다. 한껏 달아오른 잔치판의 흥은 여전히 식을 줄 몰랐고, 밤이 깊어갈수록 더욱 무르익어 갔다.

이튿날 아침, 빈청에는 짙은 긴장감이 감돌고 있었다. 어제, 빈청에 함께 있었던 공신들이 정난일기의 일로 다시 모여들었다. 밤새 묘책을 찾아내지 못했는지 다들 말없이 허공만 쳐다보며 헛기침만 해댔다. 그들은 아직 빈청에 나타나지 않은 한명회에게 기대를 걸고 있는 눈치였다. 때가 되었는데도 한명회가 나타나지 않자, 성질 급한 홍윤성이 조바심을 내며 중얼거렸다.

"허허, 상당군 대감께서는 오늘따라 왜 이리 늦으시는고."

정인지 또한 걱정스런 표정으로 중얼거렸다.

"마땅한 묘책이란 게 있기는 할런지…."

신숙주가 정인지를 보며 고개를 끄덕였다.

"그러게 말입니다."

그때 인기척도 없이 갑자기 문이 열렸다. 모두 일제히 문 쪽으로 고개를 돌리자 한명회가 축 처진 모습을 하고 안으로 들어왔다. 밤새 묘책을 찾느라 고민했는지 얼굴이 몹시 초췌해 보였다. 홍윤성이 기다리지 못하고 먼저 물었다.

"상당군 대감. 묘책은 찾으셨는지요?"

막 자리에 앉은 한명회가 미간을 찌푸렸다. 그의 표정만 살피고 있던 좌중은 속으로 틀렸구나 하고 생각했다.

"…뾰족한 수가 없구려."

한명회가 고개를 흔들자, 좌중은 잠깐 미뤘던 실망스러운 기색을 곧바로 드러냈다. 양성지가 조심스럽게 물었다.

"그럼 빨리 전하께 아뢰는 것이 좋지 않겠습니까?"

이번에는 신숙주도 동조했다.

"대감, 그렇게 하는 것이 좋겠소이다."

다들 서로의 얼굴을 쳐다보며 고개를 끄덕였다. 이윽고 가만히 탁자만 내려다보던 한명회가 고개를 들었다.

"알겠소이다."

홍윤성이 참지 못하고 재촉했다.

"그럼, 상당군 대감께서 지금 강녕전으로 가셔서 아뢰시지요."

한명회가 짜증스러운 목소리로 대꾸했다.

"이보시게, 내가 아뢸 일이 아니지 않은가?"

"그래도 전하와 가장 가까운 분은 대감이 아닙니까. 다른 분들은 전하의 불호령을 견디지 못할 것입니다. 그러니 대감께서 나서시는 것이…."

한명회가 답답하다는 기색을 보였다.

"춘추관에서 일어난 일이니, 그곳의 최고 책임자가 나서야 하는 법이 아닌가. 모든 일에는 절차가 있는 법일세."

정인지가 고개를 끄덕였다.

"그럼, 삼정승 중에서 어느 한 분이 나서야 하겠군요."

"그래야겠지요, 어찌 되었든 삼정승은 겸춘추가 아닙니까?"

"아무래도 춘추관 영사領事이신 영의정 대감이 좋을 듯합니다."

"그렇게 하는 것이 모양새가 있겠지요."

홍윤성이 다시 나섰다.

"그럼, 당장 영의정 대감께 자초지종을 전해야 하지 않겠습니까?"

아무도 대답이 없자 홍윤성은 자신이 영의정을 모셔 오겠다며 자리에서 일어나 밖으로 나갔다. 한명회는 어제 발견된 정난일기에 대해 물어볼 것이 있다며 장광손과 김탁우를 빈청으로 들이라 했다. 그들을 기다리는 동안 빈청은 또다시 긴 침묵에 잠겼다.

사시巳時가 끝나갈 무렵, 영의정 조석문은 빈청을 나섰다. 강녕전으로 향하는 그의 발길은 역시 무거워 보였다. 그는 강녕전 월대 앞에서 잠시 걸음을 멈추고 숨을 크게 한번 들이마셨다. 이윽고 그가 월대를 오르자 대청마루에 서 있던 환관 전균이 마루 끝으로 걸어 나와 고개를 숙였다. 조석문이 마루 위로 올라서며 물었다.

"전하의 병세는 어떠하신가?"

"조금 전에 어의가 다녀갔습니다만, 별다른 차도가 없으시다 하옵니다."

"음… 고하시게."

환관 전균이 방 안을 향해 나직이 고했다.

"전하, 영의정 대감께서 드셨사옵니다."

안에서 희미한 목소리가 흘러나왔다. 환관이 문을 열었다. 안으로 걸음을 내딛는 조석문의 몸짓이 오늘따라 매우 조심스러웠다. 수양은 안석에 겨우 몸을 기대 앉아 영의정을 맞이했다. 조석문은 부스럼이 난 임금의 얼굴을 똑바로 바라보는 것이 도리가 아니라고 여겼는지 일부러 시선을 아래로 깔았다. 수양 역시 자신의 흉한 얼굴을 신하에게 내보이는 것이 민망했던지 가까이 오라는 말을 하지 않았다.

"무슨 일로 왔소?"

조석문이 말을 꺼내지 못하고 머뭇거리자, 상대의 기색을 눈치 챈 수양이 먼저 물었다.

"전하…."

조석문은 여전히 머뭇거렸다. 앉아 있는 것조차 힘겨워 하는 임금에게 어려운 말을 꺼내려 하니, 그는 차마 입이 떨어지지 않았다.

"어찌 그리 뜸을 들이시오?"

수양이 재촉하자 조석문은 마지못해 용기를 냈다.

"지난해 춘추관에서 갑자기 사라졌던 정난일기가… 다시 나타났사옵니다."

수양이 깜짝 놀라며 몸을 곧추세웠다.

"지금 무어라 했소. 정난일기가 어쨌다고요?"

"정난일기를 찾았사옵니다."

노기를 띤 목소리로 수양이 퉁명스럽게 물었다.

"그래, 그것이 어디에 있던가요?"

"춘추관 서각에…."

"그럼, 잃어버렸던 그 자리에서 다시 찾았단 말이오?"

임금의 진노는 불을 보듯 빤한 것이었다. 조석문은 기어들어가는 목소리로 겨우 대답했다.

"그, 그렇다 하옵니다."

수양은 어이가 없는지 제대로 말을 잇지 못했다.

"허허…."

조석문은 긴장했다. 그는 임금의 다음 말에 촉각을 곤두세웠다.

"…."

수양은 입을 꾹 다문 채 분기를 가라앉히려 애쓰는 모습이었다.

"누가 그 책자를 발견하였소?"

"기사관 김탁우라는 자가 처음 발견하여 기주관 장광손에게 알린 모양입니다."

"그것은 지금 어디에 있소?"

"춘추관에 보관하고 있사옵니다."

수양은 여전히 믿지 못하겠다는 낯빛을 보였다.

"음… 책자를 처음 발견했다는 그자를 당장 들게 하시오. 내가 직접 추궁을 해봐야겠소."

"예, 전하."

조석문이 일어나려 하자 수양이 넌지시 물었다.

"이 일을 상당군도 알고 있겠지요?"

"예, 그런 줄 아옵니다."

조석문은 뒷걸음질로 조용히 물러나와 빈청으로 향했다.

한편, 빈청에서는 더욱 이상한 일이 벌어지고 있었다. 정난일기를 처음 발견한 기사관 김탁우가 아무런 이유도 없이 입궐하지 않은 것이다. 기주관 장광손을 빈청으로 불러 그 연유를 물었으나 그 또한 알 리가 없었다. 빈청에서는 김탁우의 집으로 급히 사람을 보내 당장 데려오도록 조치한 뒤 소식이 오기만을 초조하게 기다렸다.

궐내를 살피고 돌아온 장관손이 문을 열고 들어서자 홍윤성이 물었다.

"어찌 되었는가? 입궐하지 않은 것이 확실하던가?"

장광손이 이마의 땀을 훔치며 대답했다.

"그런 것 같습니다."

"그자는 홍문관 부수찬이 아닌가. 홍문관 사람들에게도 알이 보았는가?"

"예, 인산군 대감."

"음, 필시 공좌부公座簿(일종의 출근부)에 그자의 이름이 없는 것을 보면 입궐하지 않은 것은 분명한데…."

한명회는 고개를 가늘게 흔들며 중얼거렸다.

"음, 일이 되어가는 모양새를 보니, 쉽지 않겠어…."

좌중의 시선들이 한명회에게 쏠렸다. 하지만 그는 더 이상 입을 열지 않고 묘한 표정만 지었다.

잠시 후 강녕전으로 갔었던 영의정 조석문이 문을 열고 들어왔다. 그의 이마에는 옅은 진땀이 배어나 있었다. 역시 첫 물음은 홍윤성의 차지였다.

"영상 대감, 전하께서는 뭐라 하시던가요?"

조석문이 자리에 앉으며 이마의 땀을 소매 끝으로 찍었다. 상기된 그의 낯빛으로 보아, 임금의 불호령이 있었던 것이 분명해 보였다.

"…노여움이 매우 크셨습니다."

다들 예상이나 했다는 듯이 별다른 반응을 보이지 않았다. 조석문은 고개를 돌려 장광손을 쳐다보며 입을 열었다.

"자네는 당장 춘추관으로 가서 그 기사관을 불러오게."

장광손이 대답을 못하고 머뭇거리자 양성지가 대신 나섰다.

"괴이하게도 그자가 아직 입궐을 하지 않았습니다."

"예? 허허, 큰일이군요. 지금 전하께서 그자를 급히 찾고 계십니다. 대체 입궐하지 않은 연유가 뭐랍니까?"

"아직은 모릅니다. 그자의 집으로 사람을 보내 놓고 이렇게 다들 기다리고 있는 중입니다."

홍윤성이 초조한 기색을 보였다.

"허허, 이거야 원. 소식이 오려면 아직 반 시진은 더 기다려야 할 텐데…."

정인지가 조석문에게 말했다.

"이제 전하께서도 아셨으니, 삽시간에 소문이 퍼지겠군요."

"가장 높은 곳에 계시는 분이 가장 나중에 아는 법이니, 전하께서 아셨으면 이제 모두 다 알고 있다고 보아야 하겠지요. 허니, 춘추관과 예문관의 관원들이 이번 일로 동요하지 않도록 신속하게 조치를 취해야 합니다."

한명회는 조용히 눈을 감고 있었다. 그는 다음에 벌어질 일들을 미리 머릿속에 그려보는 듯했다. 그리고 또다시 좌중의 사람들이 알아들을 수 없는 말로 중얼거렸다.

"일이 고약하게 돌아가고 있어…."

그 시각, 예문관에서는 응교 손광림이 사관들을 모아놓고 회의를 하고 있었다. 지난밤 치른 허참례 때문인지 사관들은 모두들 얼굴이 푸석푸석하고 지친 기색이 뚜렷했다. 손광림의 말이 이어지는 도중에도 몇몇은 아예 꾸벅꾸벅 졸고 있었다.

"허참례를 두 번 했다가는 몸들이 온전하겠는가. 그만 정신들 차리게!"

한림들은 졸음을 떨치려고 머리를 흔들거나 비뚜름한 자세를 바로 고쳐 앉았다. 손광림이 정광유를 바라보며 말했다.

"자네가 검열 하계환과 짝을 이루도록 하게. 신입이라 모든 것이 낯설기만 할 터, 자네가 선임으로서 잘 가르쳐 주게나."

밖에서 들려오는 인기척에 손광림이 하던 말을 멈추고 고개를 돌렸다. 곧이어 문이 빠끔히 열리면서 관원 하나가 얼굴을 들이밀었다.

"누구신가?"

손광림의 물음에 엉거주춤 안으로 들어온 그가 말했다.

"영의정 대감의 분부를 받고 왔습니다."

"영상 대감께서? 그래 무슨 일인가?"

"지금 빈청으로 들라 하셨습니다."

"나를? … 그래, 알았네."

관원이 밖으로 나가자 손광림은 하던 이야기를 서둘러 마무리 짓고 곧장 방을 나섰다.

빈청의 분위기는 아침부터 시종 무거웠지만, 영의정 조석문이 강녕전에서 돌아온 뒤부터는 걷잡을 수 없는 지경이었다. 기사관 김탁우의 집으로 갔던 관원마저 혼자 돌아오자 궐 안 분위기는 최악으로 치달았다. 공신들은 빈청에 모여 대책을 논의했지만 마땅한 해결책을 찾지 못해 우왕좌왕하기만 했다.

손광림과 춘추관 수찬관修撰官으로 있는 부제학 허찬걸이 문을 열고 들어오자, 대화를 나누고 있던 조석문이 두 사람에게 손짓을 했다.

"내가 두 분을 불렀소. 이리들 앉으시오."

두 사람이 빈자리에 나란히 앉자, 조석문은 그동안의 일에 대해 설명을 해주었다. 그들 역시 크게 놀라는 눈치였지만 자리가 자리인 만큼 큰 내색은 하지 않았다. 관원들이 괜한 소문에 휩쓸리거나 동요하지 않도록 하라는 조석문의 당부에 두 사람은 고개를 숙여 답하고 물러갔다.

좌중은 또다시 웅성거리는 소리로 시끄러웠다. 신숙주가 소란스러워진 분위기를 가라앉히며 입을 열었다.

"자, 조용히들 해보세요. 지금 전하께서 그자를 당장 데려오라 하셨는데, 이러고 있을 수는 없지 않소."

홍윤성이 호응했다.

"그러게 말입니다. 허허, 이 일을 어찌합니까. 그렇다고 지난밤 그자가 홀연히 사라졌다고 전하께 아뢸 수도 없는 노릇이고…."

한명회가 입가에 야릇한 미소를 흘리며 입을 열었다.

"어쩔 수 없지 않은가. 사실을 사실대로 고할 수밖에."

양성지가 한명회를 바라보며 의견을 구했다.

"그럼, 기주관 장광손이라도 강녕전에 들여보내는 것이 어떻겠습니까?"

"그렇게라도 해서 전하의 노여움을 달래야지요. 자칫하면 전하께서 우리 공신들을 오해하실 수도 있는 일 아니요. 말이 나왔으니 말이지, 처음 정난일기를 만든다고 할 때 다들 그 일기에 자신들의 이름이 오르내릴까 얼마나 꺼려했습니까. 그러니 이번 일에 대해 전하께서 우리를 의심하시는 것은 어쩌면 당연한 일이에요."

한명회의 말에 누구도 반박하지 못했다. 사실, 계유년의 일을 기록으로 남긴다는 것 자체가 공신들에게는 그다지 달갑지 않은 일이었다. 지금이야 자신들의 시각에서 당시의 일에 대해 기록을 한다지만, 먼 훗날 그 기록이 재평가될 경우 결코 자신들에게 유리하지만은 않을 것임을 그들 또한 잘 알고 있었다. 그럴 바에는 차라리 상세한 기록을 남기지 않는 것이 그들 입장에서는 더욱 좋은 일이었다.

조석문이 양성지에게 물었다.

"장광손은 어디 있습니까?"

"빈청 밖에서 대기하고 있습니다."

"지금 그를 강녕전으로 보내야겠습니다."

그러자 양성지가 밖을 향해 소리쳤다.

"기주관 장광손을 들여보내라!"

장광손이 안으로 들어왔다. 그리고 곧바로 다시 문이 열리더니 젊은 환관 하나가 들어와 가느다란 목소리로 임금의 명을 전했다.

"전하께서 기사관 김탁우를 빨리 들이라 하시옵니다. 하옵고, 상당군 대감도 찾으시옵니다."

한명회는 마치 예상이나 했다는 듯이 연유도 묻지 않고 자리에서 일어서며 우두커니 서 있는 장광손에게 말했다.

"자네는 나를 따르게."

장광손은 영문도 모른 채 한명회의 뒤를 따랐다.

김탁우를 빨리 들이라는 수양의 성화에 강녕전 환관들은 안절부절 못하고 있었다. 영의정이 물러간 지 한참이 지났는데도 김탁우를 데려오지 않자, 수양은 공신들이 지금 입을 맞추고 있을 것이라고 의심했다. 한명회가 향오문嚮五門으로 들어서자 월대까지 나와 서성이던 환관 전균이 마당으로 달려 내려왔다.

"어서 오십시오. 전하께서 기다리고 계시옵니다."

전균은 허리를 펴면서 뒤따라온 장광손에게 시선을 보냈다.

"어서 가서 전하께 고하시게. 전후 사정은 내가 아뢸 것이니."

한명회의 말에 전균은 즉시 월대 계단을 올라갔다. 잠시 뒤, 전균은 방문 앞에서 호흡을 가다듬으며 떨리는 목소리로 나직이 아뢰었다.

"전하, 상당군께서 드셨사옵니다. 하옵고…."

전균의 말이 미처 끝내기도 전에 안에서 노기를 띤 목소리가 흘러나왔다.

"뭘 꾸물거리느냐!"

환관이 서둘러 문을 열었다. 한명회가 먼저 안으로 들어가고 그 뒤를 장광손이 긴장한 얼굴로 따라 들어갔다. 수양은 두 사람이 채 앉기도 전에 서둘러 물어왔다.

"네가 정난일기를 처음 발견한 자더냐?"

임금의 물음에 장광손은 오금이 저려왔다.

"저, 전하, 신은…."

장광손이 긴장하여 제대로 대답을 못하자 한명회가 나서며 거들었다.

"전하, 이자는 기주관으로 있는 사헌부 지평 장광손입니다."

수양이 대뜸 눈을 부라렸다.

"아니, 왜 엉뚱한 자를 데려왔소?"

한명회 역시 시원하게 대답하지 못했다.

"전하, 그것이…."

"왜 그러시오? 기사관인가 하는 그자는 지금 어디 있소?"

"실은… 그자의 행방이 묘연합니다."

"무슨 말인지 통 모르겠소이다."

"오늘 그자가 입궐하지 않아 사람을 보내 알아보니, 간밤에 찾아온 누군가와 함께 집을 나간 뒤 아직 소식이 없다 합니다."

수양은 어이가 없다는 기색을 드러냈다. 임금의 안색을 살피던 한명회가 조심스럽게 말을 이었다.

"그자를 찾는 대로 즉시 데려오겠습니다."

수양은 뒤쪽에 있는 장광손을 힐끔 쳐다보았다.

"그런데 저 겸춘추는 왜 데려왔소?"

"그 기사관으로부터 정난일기를 처음 건네받은 자이기에 우선 그자를 대신하여…."

수양은 지체 없이 장광손에게 물었다.

"그때의 일을 말해 보라."

장광손은 떨리는 마음을 차분히 하려고 애쓰며 아뢰었다.

"아뢰겠나이다. 어제 아침 입궐하여 춘추관 서고에 들렀더니, 기사관 김탁우가 손에 책을 한 권 들고 부들부들 떨고 있었사옵니다. 하도 괴이하여, 신이 다가가 그에게 물었더니 대답은 하지 않고 그 책을 제게 내밀었사옵니다. 신이 책의 표제를 살펴보니 '정난일기'라고 적혀 있기에 깜짝 놀라 그에게 물었더니, 서각에 꽂혀 있었다고 하였사옵니다. 하여, 신은 그 즉시 빈청으로 달려가 당상들께 자초지종을 알렸던 것이옵니다."

수양이 장광손을 노려보며 다그쳤다.

"모두 사실이렷다!"

장광손은 더욱 납작 엎드렸다.

"전하, 어찌 거짓을 고하겠나이까."

"알았다. 그자의 행방을 찾으면 모두 드러날 일이니."

수양이 한명회에게 무슨 말인가 하려다 멈추고, 뒤쪽에 엎드려 있는 장광손에게 말했다.

"너는 그만 물러가라."

장광손은 후들거리는 다리를 겨우 수습하여 뒷걸음질로 물러갔다. 잠시 방 안에 고요가 찾아들었다. 한명회는 임금의 말을 조용히 기다렸다. 수양이 넌지시 물었다.

"어제의 일을 어찌 하루가 지난 뒤에야 알리는 것이오?"

한명회는 난감했다.

"너무나 괴이하고 당황스러운 일인지라 그 내막을 소상히 살핀 뒤 상주하는 것이 옳을 듯하여 그리하였사옵니다."

"그래도 내게 먼저 알렸어야 하지 않소?"

"송구할 따름이옵니다."

"뭐, 되었소. 내가 상당군을 붙삽고 이런 밀까지 할 필요야 있겠소."

"…."

"그런데… 상당군."

"예, 전하."

"계유년의 일에 대해 공신들은 어찌 생각하고 있소?"

"예? 무슨, 말씀이온지…."

"공신들이 그때의 일을 되도록 숨기고 싶어 하는 것 같아서 하는 말이오."

한명회는 머뭇거리지 않았다. 잘못했다가는 또다시 임금에게 말려들 것이 뻔했다. 그는 지체 없이 대답했다.

"천부당만부당한 일이옵니다."

수양은 한명회의 마음을 슬쩍 떠보았다.

"…그때의 일이 그리도 부끄러운 일이었소?"

한명회가 목소리에 힘을 주었다.

"전하, 어찌 그런 말씀을 다 하시옵니까."

수양이 언성을 조금 높였다.

"공신들은 정난일기의 찬술을 처음부터 탐탁지 않게 여긴 것으로 알고 있소. 그럼 그것은 무엇이오?"

아뿔싸! 한명회는 정신이 번쩍 들었다. 드디어 임금이 오랫동안 속에 감추어 두고 있던 말을 꺼내는 것이었다. 그는 변명을 지어내서라도 즉시 임금의 마음을 달래야 한다는 것을 직감했다.

"훗날 불순한 무리가 그 기록을 가지고 시빗거리로 삼지 않을까 염려하는 마음이 컸기 때문일 것입니다. 자세한 기록을 남길수록 오히려 악용될 소지가 있지 않겠사옵니까."

한명회는 고개를 들지 못했다. 자신이 생각해도 참으로 궁색한 변명이었다. 그런 신하를 지그시 바라보는 수양 또한, 그것이 변명이라는 것쯤 모를 리 없었다. 하지만 공신들로부터 그러한 충성이라도 받아내야 하는 처지의 임금이었으니, 수양의 심기는 이만저만 불편한 것이 아니었다.

"상당군의 말인즉슨, 훗날 시빗거리를 없애기 위해 괜한 기록을 남기지 말자, 이거 아니오?"

한명회가 대답을 하려다 멈칫했다. 가만히 생각해 보니, 말이 좀 이상했다. 그는 이 대목에서 대답을 잘 해야만 했다.

"예? 아니, 그런 것이 아니오라…."

수양의 말투가 낮게 가라앉았다.

"상당군, 나는 임금으로서 공신들과는 입장이 달라요. 그때의 일을 명확하게 남기지 않으면 오히려 불순한 무리가 그것을 빌미로 마구 이야기를 지어내지 않을까 염려가 되었던 겁니다. 그래서 내가 보위에 있는 동안 그때의 일들을 마무리 짓고 싶었던 것이었소. 다른 사람들은 몰라도 상당군만은 내 뜻을 잘 알 것이라 믿었거늘…."

"황공하옵니다. 신이 전하의 뜻을 헤아리는 데 아직 미흡하여…."

한명회는 더 이상 변명을 하지 않았다. 수양도 이쯤 해 두는 것이 좋을 것 같았는지 더는 언급하지 않았다. 곧이어 수양은 슬쩍 말머리를 돌렸다.

"…그자 말이요. 어찌하여 종적이 묘연할까요?"

말을 던진 뒤 수양은 상대의 표정을 지그시 살폈다. 이번 일에 대해 여전히 공신들을 의심하고 있는 눈초리였다. 임금을 의심하는 마음은 한명회 역시 다르지 않았다. 그도 임금의 마음을 슬쩍 떠보았다.

"제 스스로 종적을 감춘 것인지, 아니면…."

수양은 한명회의 입에서 뒤이어 나올 말에 귀를 기울였다.

"누군가에 의해 변고를 당한 것은 아닌지…."

"변고를 당해요? 대체 그 누군가가 어떤 자인 것 같소?"

"그저 신의 짐작일 뿐이옵니다."

한동안 둘은 은근한 신경전을 펼쳤다. 수양은 공신들을 의심했고, 한명회는 임금을 의심했다. 수양이 인상을 찌푸렸다. 또 등에서 가려움증이 밀려오는 듯 몸을 뒤틀었다. 가만히 임금의 안색을 살피던 한명회가 조용히 아뢰었다.

"그럼, 신은 이만 물러가겠사옵니다."

수양이 고개를 끄덕이자, 한명회는 뒷걸음질로 조용히 물러나왔다.

궐은 온통 봄기운으로 가득했으나, 누구도 그것을 마음 놓고 느끼지는 못했다. 보름이 지나도록 기사관 김탁우의 행방은 오리무중이었다. 공신들은 날마다 빈청에 모여 대책을 논의했지만, 언제나 똑같은 말들만 난무할 뿐이었다. 수양은 김탁우를 데려오라며 온갖 성화를 부렸고 그럴수록 공신들은 더욱더 전전긍긍했다. 궐은 어느새 겨울로 되돌아가 있었다.

이번 일로 인해 은후의 예문관 생활도 다소 위축되었다. 그녀에게는 궐에서 가급적 남의 눈에 띄지 않게 행동하라는 명이 내려왔다. 뜻하지 않은 명을 받은 그녀는 갑자기 궐이 처음 들어왔을 때처럼 낯설게만 느껴졌다.

하지만 그녀는 자신의 본분을 다하는 데 있어서는 조금도 위축되거나 게으름을 피우지 않았다. 오히려 날이 갈수록 자신이 갖추어야 할 지식을 습득하는 데 집착을 보일 정도여서, 그런 그녀를 세주마저도 가끔은 이해하기 어려울 때가 있었다.

사실 손광림의 지시로 인해 어쩔 수 없이 맡게 되었을 뿐, 처음부터 세주는 은후를 맡아 가르치고 싶은 마음이 전혀 없었다. 사관으로서 맡은 바 직임이 막중하고 바쁜 탓도 있었지만 무엇보다 계집처럼 유약해 보이는 자가 과연 예문관 권지 생활을 끝까지 해낼 수 있을까, 하는 의구심 때문이었다. 지금에 와서야 그는 자신의 그런 생각이 쓸데없는 편견이었음을 깨닫게 되었지만 처음에는 썩 마음이 내키지 않았던 것도 사실이었다.

"사부, 무슨 생각을 그리 하십니까?"

은후의 목소리에 잠시 딴 생각에 빠져 있던 세주가 정신을 차렸다.

"아, 아닐세."

세주는 자세를 고치며 목소리를 가다듬었다.

"자, 계속하지. 지난번에 포폄에 대해 물어본 적이 있는데, 이번에는 그 원칙에 대해 이야기 해보도록 하지. 인물이나 시정에 대해 기록할 때는 매우 엄중해야 하므로, 공자께서는 〈춘추春秋〉에서 그 필법과 포폄에 대해 원칙을 세웠지."

은후는 초롱초롱한 눈망울을 하고 세주의 말에 귀를 기울였다.

"첫째는 용자用字를 구별하여 쓰는 것이고 그 다음은 표현하는 방법일세. 자, 여기를 보게."

세주는 좌전의 한 문구를 손가락으로 짚었다.

"불이 났을 때도 화火와 재災로 구별하여 쓰지 않은가. 하늘이 불을 낼 경우는 화火가 아니라 재災라고 표현하지. 또한 시弑와 살殺도 마찬가지네. 이곳을 보게. 군주가 그 나라 사람에 의해 죽임을 당한 경우는 시弑라 쓰고, 다른 나라 사람에 의한 경우는 장戕이라 쓰고 있지. 그리고 다른 나라에 쳐들어갈 때도 그 용자를 구별하여 쓰지. 벌伐과 침侵 또는 입入, 취取, 멸滅로 구별하여 쓰는데, 여기서 벌伐은 요란스럽게 쳐들어갈 경우이고, 침侵은 조용히 쳐들어갈 때이며, 큰 군대를 동원해 차지할 경우는 멸滅이라 하지."

"그럼 취取와 입入은 어떤 경우에 씁니까?"

"무력을 사용하지 않고 쉽게 차지한 경우 취取라고 하고, 점령을 하고도 땅을 차지하지 않으면 입入이라 하네."

은후가 고개를 끄덕였다. 그러자 세주는 흡족해 하며 말을 이어 나갔다.

"이제 표현 방법에 대해 이야기를 해보도록 하지. 춘추에서는 군주의 잘못을 기록할 때 직설을 피하고 완곡하게 표현하는 방법을 취하고 있는데, 여기 '여름 중구에 성을 쌓았다'라는 구절을 보게. 전란에 대비해 성을 쌓는 것은 당연한 이치인데도 굳이 사서에서 언급한 이유는 무엇인지 아는가? 그것은 농사철에 인력을 동원했기에 에둘러 군주를 비판한 것으로 볼 수 있지."

세주는 다시 책자를 넘겼다.

"자, 다음은 직필直筆과 곡필曲筆에 대해 알아보도록 하지. 좌전을 읽다 보면 시군弑君에 관한 기록들을 볼 수 있는데, '조순이 군주를 시해하다'라고 쓴 동호董狐의 기록을 자네도 보았을 것이네. 그런데 조순이 직접 군주를 시해하지 않았는데도 사관 동호가 그렇게 쓴 연유는 무엇 때문이겠는가? 자네는 동호가 곡필을 했다고 여기는가?"

은후의 목소리에는 자신감이 배어 있었다.

"아닙니다. 동호는 곡필을 하지 않았습니다."

"그의 동생 조천이 군주를 시해했으니 '조천이 군주를 시해하다'라고 적어야 직필이 되지 않겠는가?"

"아니지요. 조순은 동생을 처벌하지 않았습니다. 그것은 서로 뜻이 통했음을 자인한 셈이 되지요. 또한 조순은 동생의 행동을 막을 위치에 있었는데도 그렇게 하지 않았으니, 그 책임을 면할 길이 없는 것입니다. 그래서 '조순이 군주를 시해하다'라고 적는 것이 직필입니다."

드디어 세주는 매우 흡족해 하며 크게 웃었다.

"자네 참으로 영특하군. 놀라워. 하하하…."

은후가 수줍은 듯 다소곳한 태도로 말했다.

"아직 멀었는걸요."

순간, 두 사람은 동시에 놀랐다. 하지만 더욱 놀란 쪽은 은후였다. 기쁜 마음에 잠시 방심한 그녀가 자신도 모르게 여인의 목소리를 내고 말았던 것이다. 그녀가 당황한 얼굴로 어쩔 줄 몰라 하자 세주는 짐짓 모른 체 재빨리 다음 말을 이어나갔다.

"춘추의 문장은 너무 간결하여 사건의 내막을 알기가 상당히 어렵게 되어 있지. 하지만 좌전은 그 시말始末이 상세하니, 춘추의 필법을 이해하기 위해서는 이 좌전을 꼼꼼히 읽어 보아야 하네."

다행히도 상대가 눈치를 채지 못한 듯하자 은후는 겨우 마음을 놓았다.

"예, 사부."

세주가 책자를 덮으며 말했다.

"오늘은 이만하도록 하지."

은후가 머뭇거리는 기색을 보이며 말을 꺼냈다.

"저…."

자리에서 일어나려던 세주가 물었다.

"무슨, 할 말이라도 있는가?"

"…만일 어떤 군주가 큰 권력을 가진 신하의 핍박에 못 이겨 어쩔 수 없이 옥좌를 내어 주었다면, 그 일은 어떻게 기록해야 직필이겠습니까?"

전혀 뜻밖의 물음이었다. 하지만 세주의 대답은 그리 오래 걸리지 않았다.

"음, '신하가 군주의 자리를 찬탈하였다.' 아마 이렇게 쓰는 것이 직필이지 않겠나?"

"…."

"자네 생각은 어떠한가?"

"저의 생각도 같습니다."

"한데, 어찌하여 그런 것을 묻는가?"

"아, 아닙니다. 사서를 읽다 보니 생각이 나서 그저 여쭈어 본 것뿐입니다."

"어느 사서를 보았는가?"

세주가 캐묻자 은후는 당황한 얼굴로 얼버무렸다.

"기억이, 흐릿하여…."

"그럼, 다음에 생각나면 말해 주게. 이만 일어나지."

대수롭지 않게 여기며 세주는 자리에서 일어났다.

잠시 뒤, 함께 마루를 걸어 나오던 은후를 보며 세주가 말했다.

"난 잠시 응교 나리를 뵙고 올 테니, 자네는 영추문 밖에서 기다리고 있게."

세주는 서둘러 손광림의 방으로 향했다.

먼저 궐을 나온 은후는 영추문 밖에 서서 세주를 기다렸다. 지나가던 관원들마다 묘한 눈길로 그녀를 힐끔거렸다. 그녀는 남들의 시선을 피하기 위해 문에서 조금 떨어진 곳으로 걸어갔다. 일각쯤 지나자 세주가 영추문 밖으로 나와 주위를 두리번거렸다. 멀찍이서 그 모습을 본 은후는 자신을 찾고 있는 세주를 향해 가려다 문득 걸음을 멈추었다. 그녀의 머릿속에서 막 좋은 생각이 떠올랐던 것이다. 가끔 자신을 여인처럼 생겼다고 놀리는 세주에게 되갚아줄 좋은 기회였다.

한참 동안 영추문 주변을 두리번거리던 세주는 은후의 모습이 보이지 않자 결국은 혼자 육조거리로 향했다. 그녀는 속으로 웃으며 그의 뒤를 멀찍이서 뒤따라 걸었다. 육조거리를 지나 시전길로 접어들 때까지 세주는 은후가 뒤따라오지는 않는지 몇 번이고 뒤를 돌아보았다.

은후는 세주의 뒤를 몰래 따라가며 그에 대해 생각했다. 들리는 말에 의하면, 그는 아직 혼인을 하지 않았다고 했다. 그런 이유로 한림 후보자 취재에서 자격에 대한 논쟁이 있었고, 다행히 홍문관 부제학의 여식과 혼담이 오가던 때여서 간신히 취재를 통과했다는 소문이었다.

앞을 보고 줄곧 걷기만 하던 세주가 갑자기 뒤를 돌아보았다. 딴 생각을 하느라 방심하고 있던 은후는 깜짝 놀랐다. 너무도 갑작스러운 일에 그녀는 숨을 곳을 찾지 못해 무작정 길옆 가게 안으로 몸을 숨겼다. 잠시 뒤 그녀가 밖을 향해 살며시 얼굴을 내밀고 살펴보자 세주는 여전히 앞을 보며 걸어가고 있었다.

“무슨, 찾는 물건이라도 있으신지요?”

가게에서 허드렛일을 하던 어린 사내가 물어왔다.

“아, 아니네.”

순간, 은후는 더욱 장난기가 솟았다. 그녀는 가게의 사내를 불러 이러저러한 사정 이야기를 하고는 동전 한 닢을 내밀었다. 동전을 받아 쥔 사내는 곧장 세주를 향해 달려갔다. 그녀도 밖으로 나와 달려가는 사내의 뒷모습을 보며 길을 걷기 시작했다. 조금 지나자 사내가 세주를 따라 잡는 모습이 보였다. 세주에게 다가간 사내는 다급한 몸짓을 해 가며 무슨 말인가를 하고 있었다. 그런데 가만히 듣기만 하던 세주가 갑자기 어디론가 부리나케 뛰기 시작하는 것이었다. 그런 모습을 뒤에서 지켜보고 있던 은후는 혼자 싱긋이 웃었다.

세주의 모습이 멀어지자 사내는 곧장 뒤로 돌아 걸어왔다. 잠시 후 은후 앞에 당도한 사내가 멋쩍은 웃음을 지어 보이며 말했다.

"시키신 대로 전했습니다."

"고맙네."

사내는 가게로 돌아가는 대신 머뭇거렸다. 그러자 은후가 물었다.

"심부름 값이 부족한가?"

"그런 것이 아니라, 소인이 혼쭐이 날 일을 하지는 않았는지 염려되어…."

은후는 상대를 안심시키며 말했다.

"괜찮네. 그런 걱정은 하지 말게."

사내는 자신이 괜한 걱정을 했나 싶어 뒷머리를 긁적이며 가게로 들어갔다.

한편, 세주는 종루 네거리까지 정신없이 뛰어갔다. 그가 숨을 헐떡이며 다급해 하는 모습을 마침 그곳에 서서 방물을 구경하던 도원각의 순심이가 토끼눈을 뜨고 바라보았다. 허겁지겁 달려오던 세주가 곁을 지나치려 하는 순간 순심이 재빨리 앞으로 나섰다.

"나리, 나리!"

세주는 그녀를 힐끔 쳐다볼 뿐 대답도 않고 광교 쪽으로 있는 힘을 다해 내달렸다. 영문을 모르는 순심은 세주의 뒷모습을 바라보며 고개를 갸웃거리더니, 다시 몸을 돌려 좌판 위에 놓인 노리개들을 만지작거리며 구경했다. 방물장수가 순심의 어깨 너머를 바라보며 중얼거렸다.

"어쩜 저리도 여인처럼 곱게 생겼을까…."

순심이 무심결에 고개를 돌렸다가 소리를 질렀다.

"어? 그 도련님이다!"

순심은 내려놓았던 보퉁이를 집어 들고 은후에게 다가갔다.

"도련님. 저, 순심이어요."

은후는 걸음을 멈추고 순심의 얼굴을 유심히 바라보았다.

"누, 누군가?"

"저예요, 순심이. 지난번 허참례 때 도원각에 오시질 않았습니까?"

"그렇긴 한데…."

"도원각에 있는 순심이어요."

"아, 그런가? 그럼…."

은후가 그냥 지나치려 하자 순심이 그녀의 앞을 가로막고 나섰다.

"도련님, 저와 함께 도원각으로 가시어요."

"거긴 왜?"

"아무튼 가보시면 아십니다."

순심이 은후의 소매 끝을 잡았다. 그러자 은후는 점잖게 타이르듯 말했다.

"난 기방 출입을 좋아하지 않는다네. 지난번에는 어쩔 수 없이 들렀던 걸세."

"도련님을 모셔가지 않으면 이년이 설화 아씨께 큰 야단을 맞습니다. 어서요, 어서요."

이제 순심은 막무가내로 은후의 팔목을 잡아끌었다. 은후는 저항할 틈도 없이 두어 걸음 끌려갔다. 상대가 의외로 가볍게 끌려오자 순심은 더욱 힘을 써서 드세게 끌어당겼다. 결국 참다 못한 은후가 순심의 손을 뿌리치며 나무랐다.

"글쎄, 난 기방 출입을 좋아하지 않는다고 하지 않았느냐."

은후를 도원각으로 데려가기 위해 이틀째 그곳에서 기다렸던 순심은 무척 난감했다. 그렇다고 계속 떼를 쓰며 엉겨붙을 수도 없는 노릇이었다. 그 순간, 순심은 꾀를 내어 보기로 했다.

"저, 그분도 도원각으로 향하시는 것 같던데…."

"그분이라니 누구 말인가?"

상대가 반응을 보이자 순심은 속으로 얼씨구나, 하고 기뻤다.

"그날 함께 오셨던 잘생긴 나리 말입니다."

“대체 누굴 말하는지 모르겠네.”

은후가 그만 발길을 돌리려 하자 순심이 다급히 말했다.

“그분의 함자는 모르지만, 아까 이곳을 급히 지나가셨습니다.”

“그럼, 혹시?”

순심은 더욱 대담해졌다.

“지난번 허참례 때 보았던 분인데, 조금 전 급히 이곳을 지나쳐 도원각으로 달려갔습니다.”

“개천開川(청계천) 쪽이 아니라 도원각으로 향했다는 말이더냐?

“예, 도련님. 그러니 도련님도 저와 함께 가시어요.”

순심이 다가오며 또다시 소매 끝을 잡아끌었다.

“그럴 리가 없는데…. 네가 여쭈어 보았느냐?”

은후가 미심쩍어 하며 물어보자 순심은 고개를 끄덕이며 보채기까지 했다.

“예, 도원각이라고 외쳤습니다. 그러니 도련님도, 어서요. 어서요….”

걸음을 옮기려던 은후는 자신의 복장을 살폈다.

“그래도 아니 된다. 관복을 입은 채로 기방을 드나들 수는 없지 않느냐.”

그 말에 순심이 보퉁이 하나를 내밀었다.

“여기 평복을 준비해 왔습니다. 옷을 갈아입을 적당한 곳이 저 뒤쪽 피맛길에 있으니, 따라오셔요.”

순심이 앞장을 서자 은후는 어리둥절한 얼굴로 뒤를 따랐다. 세주에게 너무 심한 장난을 친 것은 아닌지 그녀는 은근히 후회가 되기도 했다. 큰길 뒤편 피맛길로 들어서자 순심이 어느 가게 앞으로 걸어가더니 보퉁이를 건네주며 말했다.

"이 가게에서 갈아입으시어요."

순심이 내미는 보퉁이를 엉겁결에 건네받은 은후는 가게 안을 조심스레 살폈다. 그런데 이게 웬일인가. 마치 소도둑처럼 생긴 사내 하나가 의자에 버젓이 앉아 있는 게 아닌가. 은후는 안으로 들어가는 게 영 내키지 않아 제자리에 가만히 서 있었다. 그러자 순심이 그녀의 등을 떠밀며 재촉했다.

"뭐하세요, 도련님. 어서요."

"안에 사람이 있지 않은가."

"있으면 어떠세요. 같은 사내끼리."

그래도 은후가 안으로 들어가지 않고 망설이자, 순심은 자신이 먼저 안으로 들어가더니 소도둑처럼 생긴 사내를 밖으로 내보내고 뒤따라 나왔다.

"자, 빨리 들어가시어요."

여전히 경계심이 풀리지 않는지 은후는 가게 안에 들어선 뒤에도 사방을 기웃거렸다. 밖에 서 있던 순심이 중얼거렸다.

"저 도련님은 꼭 여인처럼 군다니까…."

한편 도원각에서는 설화가 대문을 들락거리며 순심이 나타나기만을 학수고대하고 있었다. 그녀는 은후를 만나게 될 기대에 부풀어 하루 종일 거울을 들여다보며 자신의 꾸밈새를 매만졌다. 지난번 허참례 때 은후를 만난 이후로 그녀는 한시도 그때의 느낌을 잊지 못하여 혼자 속만 끓이고 있던 참이었다. 십수 번을 더 생각해봐도, 참으로 알 수 없는 일이었다. 제아무리 잘난 사내일지라도 자신과 헤어진 뒤에는 곧바로 달려와 다시 만나 줄 것을 간청했건만, 어찌된 영문인지 그 사내는 곁에 있는 자신에게 전혀 관심조차 보이지 않았으니. 목마른 자가 먼저 우물을 판다고 했던가? 설화는 어쩔 수 없이 연이틀 순심을 종루 네거리로 내보내 은후를 데려오게 했다.

대문 밖을 서성이던 설화가 뒤돌아서며 마당으로 들어가려 할 때 마침 저 앞 골목길 모퉁이를 돌아 걸어오는 순심이 보였다. 그런데 기대와는 달리, 오늘도 역시 혼자 걸어오는 모습이었다. 잔뜩 기대했던 설화가 그만 실망하여 돌아서는 순간 등 뒤에서 순심의 목소리가 들렸다.

"도련님! 빨리 오시어요. 걸음걸이가 어찌 저보다 느립니까요. 호호호…."

설화는 재빨리 대문 안으로 몸을 숨겼다. 순심이 오늘은 제 몫을 단단히 해낸 모양이었다. 설화는 곧장 제 방으로 들어가 경대를 세우고 얼굴과 머리 모양새를 살펴보았다.

조금 뒤 마당에서 순심의 목소리가 들렸다.

"어서 들어오시어요."

"윤 대교 나리는 어디 계신가?"

그리운 목소리가 들려왔다. 설화는 문틈 사이로 은후의 모습을 훔쳐보았다. 순심은 은후의 팔을 끌어당기며 호들갑을 떨었다.

"우선 방으로 드시어요. 어서요, 도련님."

은후는 순심에게 이끌려 댓돌 위로 올라섰다. 둘의 모습을 몰래 엿보던 설화는 저것이 나보다 더 신이 났네, 하며 눈을 흘겼다. 은후가 마루 위로 올라서자 순심은 어느 방 앞으로 다가갔다. 그리고 방문을 열며 생글거렸다.

"자, 안으로 드시어요."

은후는 순순히 방 안으로 들어갔다. 마침 옆을 지나던 기생 연향이 순심에게 물었다.

"혹시, 허참례 때 오신 그 도련님 아니니?"

"기억하십니까?"

"어찌 그 도련님을 잊을 수 있겠니."

은후는 방 안에 앉아 세주를 기다렸다. 그녀는 혼자 있는 것이 어색했던지 자꾸만 주위를 두리번거렸다. 조금 뒤 문밖에서 여인들의 웃음소리와 함께 우르르 몰려오는 발자국 소리가 들렸다. 그녀는 신경을 곤두세운 채 문 쪽을 바라보았다.

"도련님, 좀 들어가겠사옵니다."

낭랑한 여인의 목소리가 들리더니 곧 문이 활짝 열렸다.

"무, 무슨 일들인가?"

은후는 얼떨떨한 표정으로 자리에서 벌떡 일어났다. 밖에서는 기생들이 서로 먼저 안으로 들어가려고 몸싸움을 벌이고 있었다. 지난번 허참례 때 보았던 여인처럼 생긴 그 도령이 왔다는 소식에 도원각의 기생들이 떼로 몰려온 것이다. 서로 먼저 은후를 차지하기 위해 다투어 안으로 들어온 기생들이 무작정 그녀에게 달려들었다.

"아니, 왜들 이러는가? 이, 이거 놓게."

한 기생이 은후의 갓끈을 풀었다. 뒤질세라 다른 기생은 교태를 부리며 은후의 옷고름을 잡아챘다.

"어어, 이, 이것만은 아니 된다. 놓아라!"

은후는 황급히 제 옷고름을 두 손으로 움켜잡고 몸을 앞으로 숙였다. 그러자 그 기생은 제 앞가슴을 은후의 몸에 바짝 붙이며 더욱 요염한 자세를 취했다.

"무엇이 아니 된다는 말씀입니까, 도련님. 호호호…."

또 다른 기생이 장난기 어린 표정으로 놀리듯 말했다.

"말씀도 꼭 여인처럼 하십니다. 호호호…."

은후는 사방에서 달려드는 기생들에게 둘러싸여 정신을 차릴 수가 없었다. 이러다 정말 자신의 정체가 들통이라도 나게 되면 예삿일이 아니었다. 그녀는 있는 힘을 다해 기생들의 손을 뿌리치며 큰소리로 화를 냈다.

"정말 왜들 이러는가! 썩 물러가게!"

"…."

일순간 방 안이 조용해지며 기생들이 뒤로 물러났다. 드디어 그녀의 호통이 효과를 발휘한 듯했다. 그때 기생 연향이 살며시 다가오더니 은후의 얼굴을 들여다보며 놀려댔다.

"화를 내는 모습도 어쩜 이리 귀여우실까."

그러자 또다시 기생들이 사방에서 조여들며 깔깔거렸다.

은후는 너무 당황스럽고 난처하여 더 이상 화를 낼 기운조차 없었다. 이렇듯, 뜻밖의 곤경에 빠진 은후가 발만 동동 구르고 있을 때, 갑자기 방 안에 웃음소리가 뚝 끊겼다. 그러자 그녀는 더더욱 불안해졌다. 이 여인들이 또 무슨 수작을 꾸미려는지 그녀는 잔뜩 경계하고 기다렸다. 그 순간, 날카로운 여인의 목소리가 날아들었다.

"저리 비키지 못할까!"

은후를 에워싸고 있던 기생들이 조금 뒤로 물러났다. 문 앞에는 설화가 잔뜩 화가 난 얼굴로 기생들을 노려보고 있었다.

"도련님은 내 손님이니, 너희는 그만 물러가지!"

연향이 앞으로 나서며 빈정거렸다.

"네가 뭔데 가라마라 하느냐!"

다른 기생이 삿대질까지 하며 덩달아 나섰다.

"행수 언니가 너를 좀 예쁘게 봐준다고, 우리를 우습게 아니?"

설화가 얼굴을 붉히며 다가갔다.

"뭐라고! 너, 말 다했니?"

그러자 기생들이 이번에는 설화를 에워싸고 좁혀 들어갔다. 곧 큰 싸움이 벌어질 태세였다. 은후는 이러지도 저러지도 못하고 여인들 틈에 끼어 어쩔 줄을 몰라 하고 있었다.

"지금 뭣들 하는 게냐!"

시끄러운 소리를 듣고 달려온 행수 홍매가 호통을 쳤다. 그녀의 매서운 기세에 은후를 둘러싸고 있던 기생들이 일제히 옆으로 물러났다. 그러자 옷자락이 마구 헝클어진 채 방바닥에 멍하니 앉아 있는 은후의 모습이 드러났다. 그 모습을 본 홍매는 아연실색했다.

“아니, 예문관 권지께서 어찌….”

홍매는 금방 눈치를 챘다. 아무리 기방에서의 장난이라지만 이건 경을 칠 일이었다. 그녀는 과장된 몸짓으로 기생들을 호되게 나무랐다.

“지금 예문관 권지께 무슨 짓들을 한 것이냐! 네 이년들, 당장 건넛방으로 가지 못할까!”

기생들이 몰려나가자 홍매는 은후에게 정중히 고개를 숙였다.

“아랫것들의 장난이 지나쳤던 것 같사옵니다. 쇤네가 대신 용서를 빕니다.”

은후는 뒤돌아 앉아 옷매무새를 고쳤다.

“괜찮으니, 그만 나가 보게.”

홍매가 나가면서 곁에 있던 설화에게 눈짓을 했다. 단둘만 남게 되어 소원을 이룬 그녀는 은후의 뒤로 다가가 다소곳이 앉았다.

“도련님, 정말 괜찮으십니까?”

은후가 옷차림을 단정히 하고 돌아앉았다.

“마침 큰 봉변을 당할 뻔했는데, 그대 덕분에 무사해서 다행이네. 고맙네.”

“아닙니다, 도련님. 무례를 용서하십시오.”

“그건 그렇고…. 혹시 여기 윤 대교 나리께서 오시질 않았는가?”

순심이 꾀를 내어 데려온 사실을 설화는 알 리가 없었다.

“금시초문입니다만. 대교 나리께서 오시기로 하셨는지요?”

은후는 고개를 갸웃거렸다.

“순심을 좀 불러 주게.”

설화는 문을 열고 머리만 내민 채 순심을 불렀다. 마당에 있던 순심이 급히 대청마루로 올라오더니 종종걸음으로 다가왔다. 둘은 먼저 귀엣말로 속삭였다. 사정을 알게 된 설화는 무척 난감했다. 문 앞에 서 있는 순심에게 은후가 물었다.

“어찌된 것인가? 대교 나리께서 이곳으로 향하셨다 하지 않았느냐?”

순심은 살살 눈웃음을 치며 능청스럽게 대답했다.

“이곳으로 향한다고 하셨는데 아직 오시지 않은 걸 보니, 다른 곳에 들렀다 오실 모양이옵니다.”

순심의 거짓말은 점점 도를 더해갔다. 은후는 뭔가 미심쩍었는지 자리에서 일어나며 순심을 쳐다보았다.

“내 관복을 이리 다오.”

“도련님, 조금만 더 기다려 보시어요. 곧 오실 것입니다.”

가만히 상황을 살피던 설화가 급히 나섰다.

“그러셔요, 도련님. 잠시 기다리다 보면 오시겠지요.”

하지만 은후는 마음이 내키지 않는지 막무가내로 관복을 가져오라며 순심을 다그쳤다. 설화는 할 수 없이 순심에게 눈짓을 줘 관복을 가져오게 했다.

“잠시만 앉아 계시지요.”

은후가 다시 방바닥에 앉자 설화도 따라 앉으며 조용히 한마디 했다.

“언제 따로 한번 만나 뵙고 싶습니다만.”

"무슨 일로…."

"이유는 그때 말씀드리지요."

은후는 명확한 대답을 주지 않았다. 그녀는 순심이 빨리 관복을 가져오는 데만 정신이 쏠려 있었다. 그런데 한참이 지나도록 관복을 가지러 간 순심이 나타나지 않자, 은후는 그만 자리에서 일어났다.

"어찌 이리도 늦는 것인가?"

설화도 따라 일어났다.

"그러게 말입니다."

기다리다 못한 은후가 밖으로 나가려 하자, 때마침 문이 열리며 순심이 난처한 표정이 되어 들어왔다. 빈손으로 돌아온 순심에게 설화가 물었다.

"왜 이리 늦었느냐? 빈손은 또 무엇이고?"

"저, 아씨…."

"심아, 빨리 대답을 해 보거라. 도련님께서 급하시다 하지 않느냐."

고개를 푹 숙이고 있던 순심이 기어들어가는 목소리로 겨우 대답했다.

"관복이 들어 있는 보퉁이를 부엌 선반에 두었는데… 그만 그것이 물동이에 떨어져 흠뻑 젖고 말았사옵니다."

은후는 어안이 벙벙한 낯빛으로 순심을 바라보았다. 설화가 순심을 나무랐다.

"이것아, 도련님께서는 지금 당장 가셔야 되는데, 이 일을 어찌 하느냐!"

순심은 여전히 은후를 똑바로 바라보지 못한 채 고개를 숙였다.

"도, 도련님, 이년이 미련하여 그만…."

잠시 당황해 하던 은후는 아쉬운 듯이 말했다.

"이왕 그렇게 되었으니 어쩔 수 없지 않은가. 그럼, 젖은 관복을 이리 다오. 입고 있는 이 옷은 명일 퇴궐길에 돌려줄 것이니."

"아닙니다, 도련님. 급히 관복을 말리고 있으니 조금만 기다려 주시어요."

순심은 은후의 대답도 듣지 않고 재빨리 밖으로 나갔다. 설화는 속으로 저것이 또 수작을 부린 것이로구나, 여기며 기특하게 생각했다.

다시 은후와 단둘이 남게 된 설화는 다음을 기약하는 것보다 차라리 이참에 자신의 마음을 전하고 싶었다. 그냥 이대로 헤어지면 언제 다시 기회가 올지 기약할 수 없는 일이므로, 그녀는 지금 용기를 내어볼 요량이었다.

"…도련님."

은후가 무심코 고개를 돌렸다.

"실은… 이년이."

그때 마루 위를 쿵쿵거리며 누군가 뛰어오는 소리가 들렸다. 설화가 하던 말을 멈추고 문 쪽을 바라보자 조금 전에 나갔던 순심이 씩씩거리며 안으로 들어왔다. 설화가 동그란 눈으로 순심을 쳐다봤다.

"관복은 어찌하고 되돌아온 것이냐?"

순심은 얼른 숨을 가라앉히지 못했다.

"나리께서… 오셨습니다."

"나리라니, 어느 분을 말하는 것이냐?"

"대교 나리께서… 지금 마당에 와 계십니다."

세주가 정말로 왔다는 말에 설화는 황당한 얼굴이었다. 반면 은후의 표정은 갑자기 환하게 밝아졌다.

"윤 대교 나리께서 오셨단 말인가?"

은후의 물음에 순심은 난처한 얼굴로 겨우 대답했다.

"예, 도련님…."

은후가 반가운 마음에 벌떡 일어나자, 허름한 몰골의 사내가 문 앞에 나타났다. 그런데 그를 가만히 훑어보니 어디선가 본 듯한 얼굴이었다.

"날세."

목소리 또한 익숙했다. 은후는 놀란 눈망울로 사내를 가만히 바라만 보았다.

"나, 윤 대교네."

"사부? 어, 어찌 이 모양이 되었습니까?"

온통 땀으로 뒤범벅이 된 세주의 모습을 보고 은후는 깜짝 놀랐다. 어디서 구했는지 낡은 갓은 삐뚜름하게 썼고, 황급히 두른 도포는 끈도 제대로 묶여 있지 않았다.

"어쨌든 잘 만났네."

세주가 방 안으로 들어오자 설화와 순심은 밖으로 나갔다. 세주의 갑작스러운 등장에 설화는 못내 아쉬운지 못마땅한 눈으로 뒤를 힐끔 돌아보았다.

은후와 마주앉은 세주는 자초지종을 말했다. 종루 네거리쯤에서 어린 사내 하나가 자신에게 다가오더니, 조금 전 여인처럼 생긴 한 관원이 낯선 사내들에게 끌려가며 뒤를 향해 뭐라 외쳤는데, 혹시 뒤따라오던 관원 나리를 향해 외친 것이 아닌가 싶어 전하는 것이라고 말했다고 했다. 세주의 말을 가만히 듣고 있던 은후는 자신이 너무 큰 장난을 친 것 같아 속으로 미안한 생각이 들었다. 게다가 자신을 구하기 위해 이런 몰골이 되기까지 얼마나 고생했을까, 하고 생각하니 한편 고마운 마음도 솟았다. 하지만 그녀는 그러한 마음을 감추고 괜히 투정을 부리듯 말했다.

"수많은 관원 중에 여인처럼 생긴 사람이 저뿐이랍니까?"

"글쎄, 그 어린 사내의 말을 듣는 순간, 난 자네 생각밖에 나지 않았네."

"쳇! 사부도… 그런데 제가 도원각에 있는 것은 어찌 아셨습니까?"

"혼자 터덜터덜 종루 네거리로 되돌아오는데, 글쎄 방물장수가 나를 보고 오늘은 왜 혼자냐고 하는 게 아닌가? 그러면서 자네가 도원각으로 가는 것 같더라고 일러주지 뭔가. 한데, 영추문 밖에서 기다리라고 했는데, 대체 어찌된 것인가?"

은후는 마땅한 변명거리가 떠오르지 않아 더듬거렸다.

"기, 기다렸습니다만…."

"그건 그렇고, 자네는 여기 도원각에 어쩐 일인가?"

"저는 사부가 이곳으로 왔다고 하여…."

"허허, 누군가 자네를 속인 것 같군."

세주는 곧 낯빛을 바꾸며 말했다.

"뭐, 그건 그렇고. 마침 응교 나리께서 자네에게 오고가는 대화를 빠르고 정확하게 기록할 수 있도록 연습을 시키라 명하셨네. 그러니 여기 온 김에 속기 연습이나 해 보고 가세."

세주가 서둘러 일어서자 은후도 엉거주춤 따라 일어섰다. 문을 열자 밖에는 벌써 순심이 붓과 종이를 준비해 놓고 있었다.

"장지문이 있는 방이 어디더냐?"

세주가 묻자 순심이 앞장섰다.

"저쪽 방입니다. 따라오시어요."

순심은 남쪽 끝에 있는 방으로 향했다. 은후는 걸음을 옮기며 세주에게 물었다.

"어찌 된 것입니까?"

"아까 마당에서 행수를 만났는데, 그때 이미 부탁을 해 두었지."

문 앞에 당도하자 순심이 붓과 종이를 건네며 세주에게 속삭이듯 말했다.

"안에 귀한 손님들께서 드셨으니, 조심 또 조심해 주십시오."

"알았다. 너는 가 보거라."

순심이 조용히 물러가자 세주가 말했다.

"여기서 속기 연습을 해보세."

은후는 여전히 영문을 모르겠다는 표정이었다.

"여기서 연습을 한단 말입니까?"

"이만한 곳이 어디 있겠나. 자, 따라 들어오게."

세주는 소리가 나지 않게 조심스레 방문을 열고 안으로 들어갔다. 뒤에 우두커니 서 있던 은후도 살금살금 따라 들어갔다. 장지문 안에서는 수작하는 사내들의 목소리가 들렸다. 음성으로 보아 술손은 늙은 사내들임이 분명했고, 기생들의 애교 섞인 목소리도 뒤섞여 흘러나왔다. 두 사람은 장지문 앞에 나란히 마주보고 앉았다. 세주가 종이를 펴고 붓을 들자 은후도 그대로 따라 했다. 곧이어 세주가 고개를 끄덕여 신호를 보내자 은후는 천천히 붓끝을 움직이기 시작했다. 둘은 장지문 안에서 흘러나오는 소리에 귀를 기울이며 빠르게 붓을 놀렸다.

"…김 대감의 잔이 비었지 않느냐. 빨리 술을 따르지 않고 뭘 꾸물거리느냐."

"예, 예, 이년이 미처 몰랐사옵니다. 대감 마님, 이년의 잔을 받으시어요."

"오늘은 술이 술술 넘어가는구나. 자, 따라 보거라."

"어여쁜 계집이 옆에 앉아 술을 따르니 그러겠지요."

"그런가요? 허허허…."

"역시 술은 계집이 따라야 제맛이지요."

"그런 것도 같소이다."

"여기 내 잔도 비었느니라."

"이번에는 이년이 한잔 따라 올리겠사옵니다."

"그래라. 네 술맛도 한번 보자꾸나."

"어어… 대, 대감 마님 죄송하옵니다. 이 일을 어찌하옵니까?"

"네 이년! 어디 술을 쏟을 데가 없어 하필 판서 대감의 그곳이더냐. 하하하…."

"뭣 하느냐? 술을 쏟았으면 빨리 닦아 드리지 않고."

"아이, 대감 마님도… 이년이 감히 대감 마님의 그곳을 어찌…."

"자, 자 괜찮다. 어서 좀 어떻게 해 보거라. 축축해서 그런다."

"그래도 그렇지. 어찌 이년이 대감 마님의 귀하신 양물을, 호호호…."

"하하하…."

"술을 쏟았으니, 네가 책임을 져야 할 것이 아니더냐."

"아무래도 오늘 밤은 네가 판서 대감을 모셔야 할 것 같구나."

"여태껏 기방 출입을 했어도 내 양물에 술을 쏟은 건 네년이 처음이다. 그러니 이제부터 이것은 네것이다."

"아이, 대감 마님, 너무 엉큼하시옵니다. 호호호…."

"대감, 그처럼 귀한 것을 함부로 주어서야 되겠소?"

"그렇사옵니다. 안방 마님께서 아시면 얼마나 서운해 하시겠사옵니까. 호호호…."

"그런가. 허허허…."

"대감 마님, 이년이 다시 술을 따르겠사옵니다. 자, 받으시어요."

"오냐. 한데 듣자 하니, 이 집에 새로 온 아이가 천하일색이라고 하던데, 이름이 뭐라 하더라?"

"설화 말씀이옵니까?"

"그래 맞다. 그 아이는 지금 어디에 있는고?"

"오늘은 몸이 안 좋아 손님을 모실 처지가 못 되옵니다."

"저런…."

"대감, 그 아이가 그리도 미색이 뛰어나답디까?"

"그런 것 같소. 장안에 소문이 자자하더이다."

"아이… 대감 마님. 이년들이 서운합니다."

"그렇사옵니다. 대감 마님."

"허허… 너희도 꽃이라 이 말이렷다."

"대감, 그러고 보니 우리가 이 아이들을 앉혀 놓고 실언을 한 것 같소이다. 하하하…."

"그러게 말입니다. 가만 보니 너희도 절세미인이로구나."

"아앙… 엎드려 절 받기가 아니옵니까?"

"호호호… 그래도 그리 말씀해 주시니, 이년들 기분은 그리 나쁘지 않사옵니다."

세주는 어떤 말에도 흔들림 없이 시종 진지한 모습으로 정신을 집중하여 빠르게 붓을 움직였다. 반면 은후는 민망한 말들이 쏟아질 때마다 진땀을 흘렸고, 가끔 고개를 들어 세주의 얼굴을 살펴보곤 했다. 그녀는 경험이 없던 탓에 정신을 집중하지 못해 장지문 안에서 흘러나오는 소리를 제대로 다 받아쓰지 못했다. 어떤 때는 잘 들리지 않아서 놓치고, 어떤 때는 놓친 말에 신경을 쓰다 보니 지금의 말을 놓치고, 또 어떤 때는 말이 너무 빨라 글로는 도저히 따라가지 못해 놓치기도 했다.

두 사람은 다시 좀 전에 들었던 방으로 되돌아왔다. 세주는 반 시진 남짓 속기를 한 은후의 글을 찬찬히 살펴본 뒤, 자신이 받아쓴 글을 그녀에게 건네주었다. 한참 동안 세주의 글을 살펴보던 그녀는 말없이 고개만 끄덕였다.

"이제 요령을 알겠는가? 자, 잘 보게."

세주는 자신이 속기한 글을 방바닥에 펼친 뒤 붓을 들었다. 그리고 그는 글과 글 사이 끊어진 부분의 내용을 마치 외우고 있기라도 한 듯이 모두 채워 넣었다.

"지난번에도 말했듯이, 오가는 대화의 내용을 잘 듣고 골자만 써 두었다가 물러나온 뒤 이렇게 채워 넣기만 하면 되는 것이네. 너무 어렵게 생각하지 말게."

"…."

은후가 의기소침하자 세주는 그녀의 어깨를 가볍게 두드려 주었다.

"처음부터 다 잘할 수 있겠는가. 그래도 이 정도면 처음치고는 잘했네."

은후는 낙담한 듯 여전히 말이 없었다.

잠시 후, 둘은 나란히 마루를 걸어 나와 마당으로 내려섰다. 때마침 부엌에서 걸어 나오던 홍매가 다가와 세주에게 공손히 여쭈었다.

"벌써 가시렵니까? 저녁상을 차리고 있으니 드시고 가셔요."

"오늘은 술을 마시러 온 것이 아니니, 그만 가겠네. 다음에 한번 들림세."

홍매가 은후 쪽을 바라보며 은근한 눈웃음을 흘렸다.

"그때는 권지 도련님도 꼭 함께 오실 테지요?"

은후는 홍매의 시선을 피했다.

"잘 모르겠소."

"꼭 함께 오시어요. 설화가 도련님을 마음에 두고 있는 모양입니다."

은후는 무안한 얼굴로 옆으로 돌아섰다. 그때 뒤늦게 설화가 버선발로 달려 내려왔다.

"어찌 가신다는 말씀도 없이…."

은후가 모처럼 다정하게 말했다.

"오늘은 정말 고마웠네."

하지만 설화는 자신의 마음을 알아주지 못하는 상대가 그저 야속하기만 했다. 그래서인지, 그녀는 보퉁이를 들고 나타난 순심에게 괜히 타박을 주었다.

"너는 뭐하다 이제야 오느냐. 도련님께서 기다리시지 않느냐."

순심은 입술을 삐쭉거리며 보퉁이를 내밀었다.

"도련님, 이제 다 말랐사옵니다."

홍매와 설화의 배웅을 받으며 둘은 대문 쪽으로 걸어갔다.

"한림 나리 아니신가!"

갑자기 등 뒤에서 혀 꼬인 취객의 목소리가 날아들었다. 모두 깜짝 놀라 일제히 뒤돌아보았다. 어떤 사내가 비척거리며 그들 쪽으로 다가오고 있었다.

"날세!"

등불에 비친 사내의 얼굴 윤곽이 점점 뚜렷해졌다. 술기운이 뻗쳐서인지 그의 얼굴은 이미 불그스레하게 달아올라 있었다.

"한림이 되시더니 이제는 동무 얼굴도 못 알아보는 것인가. 나, 광겸이네."

그제야 세주가 사내를 알아보았다. 성균관에서 함께 수학했던 교서관 정자 김광겸이었다.

"아? 자네가 여기는 어쩐 일로?"

세주의 말에 그는 처음부터 시비조로 나왔다.

"그러는 자네는 여기 웬일인가? 난 속이 상해 술 마시러 왔네."

"초저녁부터 많이 마신 모양이구만. 그만 집으로 돌아가는 것이 어떤가?"

김광겸은 이제 삿대질까지 하며 따지고 들었다.

"지금 날 훈계하는 것인가? 지난번 한림 후보자 천거 때 나를 천거하지 못하게 사네가 막았다는 소문이 있던데, 그게 사실인가?"

세주는 대답을 피했다.

"아무래도 오늘은 너무 취한 것 같으니, 다음에 이야기하세."

김광겸은 계속 생트집을 잡으며 시비를 걸어왔다.

"자네, 한림이라고 날 무시하는가!"

세주는 난감한 얼굴로 주위를 둘러보았다.

"어허, 왜 이러는가?"

"자네, 지금 내 심정이 어떤 줄 아는가!"

세주는 더 이상 대꾸하지 않고 돌아서며 은후의 팔을 살짝 당겼다.

"그만, 가세."

김광겸은 게슴츠레한 눈으로 은후를 힐끔 쳐다보더니, 곧이어 세주의 등 뒤에다 대고 떠보듯이 말했다.

"자네 혹시 남색이라도 즐기는가?"

세주가 돌아서며 드디어 화를 냈다.

"이 사람이 정말!"

김광겸의 추태를 가만히 보고 있던 홍매가 슬그머니 나섰다.

"나리, 이제 그만 안으로 드시지요. 어서요."

그래도 김광겸은 막무가내로 고함을 질러댔다.

세주와 은후는 서둘러 대문 밖으로 나왔다. 설화는 두 사람의 모습이 보이지 않을 때까지 제자리에 서 있었다. 골목길을 걸으며 두 사람은 똑같은 생각을 하고 있었다. 그들은 '남색'이라는 말에 몰두해 있었다. 하지만 그 말을 입 밖으로 꺼내는 것은 서로 간에 어색한 일이었다. 그렇다고 취객의 실언으로만 치부하기에는 또한 둘 다 마음에 걸렸다. 한 사람은 상대가 여인이라는 사실을 알고 있고, 다른 쪽은 자신이 여인이라는 사실을 숨기고 있으니. 가만히 생각해 보면, 남들이 자신들의 관계에 의심의 눈초리를 보내는 것도 결코 무리는 아닌 듯했다.

어색한 분위기를 바꾸어 보려는듯 은후가 먼저 말을 건네왔다.

"장지문 안에서 술을 마시던 분들은 누구입니까?"

"글쎄…."

세주가 가볍게 웃으며 말을 이었다.

"왜, 정승 판서의 입에서는 나라와 백성들을 걱정하는 말만 나오는 줄 알았는가?"

두 사람은 밤길을 말없이 걸었다. 세주는 문득 옆에서 걷고 있는 은후를 바라보았다. 달빛이 그녀의 오뚝한 콧등에 내려앉아 희미하게 빛나고 있었다.

明政殿

임금의 숨소리까지도 기록하라

화사한 봄날, 홍윤성의 집에서는 한 차례 큰 소란이 일었다. 정난일기가 발견된 뒤 행방이 묘연했던 홍문관 부수찬 김탁우의 서신이 공교롭게도 그의 집으로 날아들었던 것이다. 새벽 무렵, 노복이 사랑채 기둥에 꽂혀 있는 화살에 매달려 있던 서신 하나를 발견해 홍윤성에게 전했다. 홍윤성은 잠이 덜 깬 채로 눈을 비벼가며 건네받은 서신을 읽어보았는데, 그 내용이 해괴하기 이를 데 없었다. 갑자기 사라진 김탁우가 자신에게 은밀히 서신을 보냈다는 것도 이상한 일이지만, 서신의 내용 또한 도무지 이해할 수 없는 것이었다.

'대감들 덕분에 소인은 잘 지내고 있습니다.'

괴이쩍은 내용임에도 홍윤성은 대수롭지 않게 여겼다. 하지만 시간이 지날수록 곰곰이 생각해 보니, 예삿일이 아닌 듯싶었다. 자칫 잘못했다가는 자신이 임금을 속였다는 죄를 뒤집어 쓸 수도 있는 일이었다. 서신 내용만 놓고 보면, 마치 자신이 김탁우를 빼돌려 어딘가에 숨겨둔 것 같은 묘한 느낌을 주는 글이었다. 그렇지 않아도 정난일기의 일로 임금이 공신들을 잔뜩 의심하는 상황에서, 이런 괴이한 서신까지 받고 보니 그로서는 무척 난감했다. 새벽부터 마당과 방을 오르락내리락하기를 십여 차례, 여전히 그는 어찌할 바를 몰랐다.

"허허, 이 일을 어쩐다? 상당군 대감이라면 좋은 묘안이라도 있으려나?"

홍윤성은 정오가 될 때까지도 갈피를 잡지 못했다.

"이러다가 나만 이상한 사람으로 몰리면 어쩌지…."

초조한 기색으로 마당을 거닐며 중얼거리던 홍윤성은 갑자기 무슨 좋은 생각이 떠올랐는지 손바닥으로 자신의 이마를 탁, 쳤다.

"아! 그렇지. '대감들'이라고 했으니, 나뿐 아니라 다른 대감들도 이런 서신을 받았을지도 모르는 일이지. 설혹 나 혼자만 받았더라도 여러 공신을 지칭하는 말이니, 설마 그분들이 이 일을 두고 나 몰라라 하시지는 않겠지?"

한편, 미시가 지나 신시가 가까워 오도록 홍윤성이 빈청에 나타나지 않자, 먼저 와 있던 한명회가 한마디 했다.

"다른 때 같으면 가장 먼저 와서 기다리는 사람이 오늘은 왜 이리 늦는고?"

맞은편에 앉아 있던 신숙주가 말을 받았다.

"그러게 말이오. 성격이 급해 언제나 먼저 오고 먼저 가는 분이 오늘은 감감 무소식이니…."

"인산군 대감은 언제 올시 모르니 저희들끼리 먼저 이야기를 나누시지요"

이번에 좌의정에서 물러난 홍달손이 말하자 신숙주가 고개를 끄덕였다.

"그게 좋겠습니다."

한명회가 좌중을 둘러보았다.

"지난번 정난일기의 일로 전하께서 우리 공신들에게 단단히 화가 나 계시는데, 이 일을 어찌 하면 좋을지 논의를 하고자 모이시라 한 것입니다."

"어제도 전하께서 그 기사관을 빨리 데려오라 역정을 내셨다지요?"

조용히 앉아 있던 정인지가 걱정스러운 어조로 말하자 신숙주가 대답했다.

"그렇다 들었습니다. 큰일이에요. 어쨌든 그 기사관이 나타나야 전하의 오해를 풀어드릴 수 있을 것인데, 한 달 보름이 지나도록 그자의 행방은 오리무중이니…."

그때 밖에서 누군가의 어지러운 발소리가 들리면서 문이 열렸다. 모두가 문으로 고개를 돌리는 순간 홍윤성이 허겁지겁 안으로 들어왔다.

"왜 이리 늦었습니까?"

양성지의 물음에 그는 대답을 미룬 채 숨부터 골랐다.

"…."

홍달손이 물었다.

“무슨 일이기에 그리 다급하시오?”

홍윤성은 도리어 좌중에게 물었다.

“다들, … 받으셨는지요?”

거두절미한 그의 말을 알아듣는 사람은 아무도 없었다. 양성지가 궁금한 눈초리로 물었다.

“무엇을, 말입니까?”

“서신 말입니다. 서신….”

역시 누구도 알아듣지 못했다. 한명회가 딱하다는 표정을 지으며 혀를 찼다.

“대체 무슨 말을 하는 겐지…”

“아니, 그럼 대감들께서는 서신을 받지 않았습니까?”

점점 알아들을 수 없는 말에 정인지가 나서며 차분한 목소리로 말했다.

“인산군 대감, 숨을 좀 가라앉히고 차근차근 말씀해보세요. 서신이라니요? 무슨 서신 말입니까?”

홍윤성은 그제야 서신을 받은 사람이 자신뿐이라는 것을 알아차렸다. 시종 불안해 보이던 그의 안색이 순식간에 더욱 짙어졌다. 그는 화살대에 매달려 있던 서신에 대해 말을 꺼냈다.

홍달손은 그의 말을 다 듣고도 무슨 뜻인지 감이 오질 않는 눈치였다.

“그 내용이 뭐가 어쨌다는 뜻입니까?”

하지만 신숙주의 표정은 진지했다.

“허허, 내용이 예사롭지가 않아요. ‘대감들 덕분에 소인은 잘 지내고 있나'니… 게다가, '대감들'이라고 지칭해 마치 공신들이 숨겨주고 있다는 듯한 느낌이에요."

양성지가 홍윤성을 빤히 바라보며 물었다.

"서신에 그자의 이름이 있더란 말이지요?"

홍윤성이 소맷자락 속에 손을 넣어 서신을 꺼냈다.

"이것 좀 보세요. 여기 이렇게 적혀 있지 않습니까."

한명회는 무슨 생각에 잠긴 듯 지그시 눈을 감고 앉아 있었다. 가끔씩 얼굴을 찡그릴 때마다 그의 미간 주름살이 밭이랑처럼 부풀어 올랐다가 펴지곤 했다. 모두 시종 한명회의 입만 쳐다보았지만 그의 입은 좀처럼 열리지 않았다. 초조해진 홍윤성은 더 이상 참지 못했다.

"저, 상당군 대감…."

홍윤성의 말에 한명회가 감았던 눈을 살며시 뜨면서 대뜸 한마디 내뱉었다.

"우리를 점점 궁지로 몰아넣고 있군요."

"대감, 그게 누구인 것 같소?"

신숙주의 물음에 한명회는 담담한 투로 답했다.

"아직은 모르지요. 하지만 내용을 보세요. 고의로 서신을 보낸 점이나, '대감들'이라고 명시하여 우리 공신들 전체를 곤경에 빠뜨리고 있지 않습니까. 전하와 우리 사이를 갈라놓으려는 누군가의 음모가 확실합니다."

홍달손이 갑자기 흥분했다.

"감히, 어떤 자들이 우리 공신들을…."

홍윤성은 의외로 차분한 표정이었다. 아마도 자신과 직접 연관된 일이라 그런 듯했다. 홍윤성이 한명회에게 조용히 물었다.

"전하께 말씀드려야 하지 않겠습니까?"

"일에는 순서가 있는 법일세. 정말 그자가 이 서신을 쓴 것이 맞는지 우선 필적을 대조해봐야 할 것이 아닌가?"

"그렇긴 하지만, … 아마 틀림없을 겁니다."

"당장 춘추관으로 가서 필적을 맞추어 보게. 그런 연후에 다음을 논하세."

홍윤성은 곧바로 자리에서 일어나 춘추관으로 향했다. 자신에게 닥친 일이라 그런지 그는 지체하지 않았다. 그가 밖으로 나간 뒤 좌중에는 별다른 말들이 오가지 않았다. 다만, 그들은 이번 일로 자신들에게까지 불똥이 튀지는 않을지 염려하는 눈치였고, 또한 이번 일을 꾸민 자들의 정체에 대해서도 나름대로 추리를 해보는 듯했다.

춘추관으로 달려간 홍윤성은 일각쯤 지나서 돌아왔다. 그는 무슨 이유에서인지 분을 참지 못하고 씩씩거렸다. 모두들 그의 얼굴만 쳐다보고 있는데도, 그는 속에서 끓어오르는 분을 여간해서 삭이지 못하고 있었다.

"갔던 일은 어찌 되었소?"

기다리다 못한 양성지의 물음에도 그는 여전히 씩씩거렸다. 그러자 홍달손이 재촉했다.

"그자의 필적이 틀림없던가요?"

"간이 얼마나 큰 놈이기에 감히 나를 골탕 먹여…."

홍윤성이 선문납 같은 말로 중얼거리자, 한명회가 큰소리로 핀잔을 주듯이 말했다.

"어허, 답답한지고!"

"누군가 장난을 친 것이에요. 글쎄, 필적이 전혀 다르지 뭡니까."

"잘 맞추어 보았는가?"

"그렇다니까요. 몇 번을 맞추어 보고 또 맞추어 보아도 필적이 전혀 다릅디다."

순간, 좌중에서 작은 웅성거림이 일었다. 이윽고 한명회가 피식 헛웃음을 짓자 좌중은 순식간에 조용해졌다.

"이래도 걱정 저래도 걱정이라는 말이 딱 이 경우를 두고 한 말 같소이다. 그들이 우리 머리 꼭대기에 앉아 훤히 들여다보고 있는 것 같군요."

홍윤성은 한명회의 말이 잘 이해되지 않는 눈치였다.

"필적이 다르니 문제될 것이 없지 않겠습니까?"

"서신이 그자의 친필이든 아니든 전하의 입장에서 보면 별반 차이가 없는 것이네. 문제는 공신의 집으로 그러한 서신이 날아들었다는 데 있는 것이지. 전하께서 딱 오해하시기 좋을 만한 상황이 아닌가. 놈들은 바로 그것을 노린 것이지. 보아하니, 필시 대범한 자들이 틀림없는 듯하네."

좌중은 고개를 끄덕이며 한명회의 말을 긍정했다.

"그럼, 전하께 말씀드려야 하지 않겠습니까?"

긴장한 표정으로 홍윤성이 묻자, 한명회가 의외의 대답을 내놓았다.

"그랬다가는 더욱 오해하실 수 있으니, 그냥 누군가의 장난쯤으로 넘기는 것이 더 낫지 싶은데…."

한명회가 좌중의 의견을 묻듯이 말을 흐리자 정인지가 나섰다.

"전하께서 정말 오해하시면 어쩌시려고요?"

"말했듯이, 이러나저러나 걱정거리는 매한가지라는 말입니다. 수선을 피울수록 전하께서는 우리를 더욱 의심하기 마련이에요."

양성지가 고개를 끄덕였다.

"그렇습니다. 일이 되어가는 모양새를 보니, 앞으로 이보다 더한 일들이 생길 게 분명한데, 그럴 때마다 전하께 달려가 일일이 고할 수도 없는 노릇이 아니겠습니까?"

양성지의 말 또한 일리가 있었다. 상대의 노림수가 명백해진 이상 계속해서 도발해 올 가능성이 충분했다. 좌중은 한명회의 뜻대로 이번 일을 그냥 넘기기로 중지를 모았다. 하지만 그들의 속마음은 불안하기 이를 데 없었다.

은후의 속기 실력은 하루가 다르게 늘었다. 그동안 하루도 거르지 않고 속기 요령을 익히는 데 전념했던 결과였다. 세주는 퇴궐하면서 주막이나 시전 같은 곳으로 은후를 데려가 속기 연습을 시키곤 했는데, 그러는 사이 두 사람의 마음속에는 누가 먼저라고 할 것 없이 남녀 사이에나 있을 애틋한 그 무엇인가가 싹트기 시작했다.

오늘 입시사관은 세주와 검열 채길두였다. 두 사람은 신료들이 임금께 업무를 보고하는 자리인 조계에 참석하기 위해 사정전으로 향했다. 그들이 사정전 마당에 들이서지 마루에는 신료들을 맞이하기 위해 이미 서너 명의 환관들이 대기하고 있었다.

사관들이 문 앞으로 다가오는 것을 보고 마침 옆에 서 있던 좌부승지 주은필이 그들을 가로막았다.

“조계에 두 명이나 들어갈 필요가 있겠는가?”

세주가 새삼스럽다는 표정으로 상대를 쳐다봤다.

“무슨 말씀이온지요?”

“오늘은 전하께 보고할 일들이 그리 많지 않기에 하는 말일세.”

주은필의 의도를 즉각 알아차리고 세주는 원칙을 들어 반박했다.

“조계에는 항시 두 명의 사관이 입시하였으니, 오늘도 그리 하겠습니다.”

요즘 들어 승지들이 사관의 입시에 대해 참견하는 일들이 부쩍 늘었다. 그들의 간섭은 임금의 부스럼병이 얼굴에까지 뻗친 뒤부터 더욱 심해지고 있었다. 그들이 걱정하는 것은 두 명의 사관이 입시하여 좌동우언左動右言할 경우, 임금의 얼굴에 난 부스럼병을 감출 수 없다는 데 있었다. 임금도 사람인지라 부스럼병으로 엉망이 된 자신의 얼굴을 사관들이 기록으로 남기지는 않을까 걱정하고 있음은 틀림없는 일이었다.

세주가 원칙을 거론하며 버티자 주은필은 더 이상 토를 달지 않았다. 사관들과 언쟁을 벌여봐야 자신에게 좋을 것이 하나도 없었기 때문이다. 혹여, 그들의 입시를 막았다는 소문이라도 나돌게 되면 대간들이 들고일어나 더욱 시끄러워질 것이 뻔했다.

결국 정3품의 승지로서도 말직의 사관들에게 어쩔 수 없이 길을 열어주어야만 했다.

환관이 문을 열었다. 두 사관은 조심스럽게 안으로 들어갔다. 사관들이 들어오자 수양은 재빨리 부채를 집어 들고 제 얼굴부터 가렸다. 두 사관은 임금의 좌우로 갈라져 조용히 자리를 잡고 앉았다. 곧이어 문이 열리며 신료들이 차례로 입참入參하기 시작했다.

오늘따라 수양은 사관들에게 자주 눈길을 던졌다. 진물이 흐르는 자신의 얼굴이 아무래도 신경이 쓰이는 듯했다. 슬그머니 임금의 안색을 살피던 승지가 낮게 헛기침을 했다. 눈치를 챈 신료들이 고개를 더욱 낮추고 시선을 방바닥으로 내리깔았다. 그것은 지존에 대한 그들 나름의 예의였다.

"오늘 계사啓事는 무엇이오?"

수양이 부채를 반쯤 내리며 묻자, 영의정 조석문이 대답했다.

"지금 백성들이 춘궁春窮에 직면하여 형편이 몹시 어렵다는 장계가 각지에서 올라오고 있사옵니다. 서둘러 굶주린 백성들을 구제해야 할 것이옵니다."

수양의 음성에는 높낮이가 없었다. 이제는 병마에 시달려 만사가 귀찮은 듯했다.

"빨리 기민飢民을 구제토록 하시오."

이번에는 호조판서 노사신이 아뢰었다.

"각 지방의 형편을 파악하여 우선 시급한 곳부터 구휼미를 방출할까 하옵니다."

"백성들이 보릿고개를 잘 넘길 수 있도록 서두르시오."

뒤를 이어 대사헌 양성지가 아뢰었다.

"지난해 난을 일으킨 역당들을 속히 처단하라는 상소가 끊이지 않고 있사옵니다."

"그 문제는 의금부에 따로 명을 내리도록 하겠소."

"전하, 서둘러 명을 내리시옵소서. 여태껏 옥에만 가두어 놓고 있으니 자꾸 흉한 소문만 생겨나는 것이옵니다."

"알겠소."

"그리고…."

양성지가 뜸을 들였다.

"또 무엇이오?"

"저… 공신에 관한 것이옵니다."

수양이 갑자기 인상을 찡그렸다. 보아하니, 또 어느 공신이 문제를 일으킨 게 틀림없었다.

"이번에는 또 누구요?"

짜증 섞인 옥음이 들리자 양성지는 조심스럽게 아뢰었다.

"공신 이벽기가 서소문 밖에 사는 어느 여인을 첩으로 삼았는데, 그 아비 팔모가 글을 아는 선비의 도움으로 소장을 올렸사옵니다. 작년 보릿고개 때 이벽기로부터 빌린 곡식 서 말을 팔모라는 자가 갚지 못하자, 이벽기가 팔모의 여식을 억지로 끌고 가서 첩으로 삼았다 하옵니다. 하지만 이벽기는 펄쩍 뛰며 사실과 다르다고 항변하였사온데, 곡식을 빌려준 것은 그 백성이 가여워서 빌려준 것일 뿐, 그의 여식은 제 가족을 부양하기 위해 스스로 첩이 된 것이라고 하옵니다."

가만히 듣고 있던 수양은 긴 한숨을 토해냈다. 그 옛날 자신과 한 몸이나 다름없다고 회맹까지 한 공신들이었으니, 그들을 쉽게 벌할 수는 없는 노릇이었다. 이제는 골칫거리로 떠오른 공신들을 어찌해야 할지, 그는 막막하기만 했다.

"이벽기가 그리 말했으면 그렇겠지…."

공신들 없이는 지탱될 수 없는 나라의 군주 입에서 충분히 나올 법한 말이었다. 벌을 주자니 공신들과 맺은 회맹을 깨는 것이고, 그렇다고 모른 척하자니 군주의 체면이 서지 않는 일이었다. 공신들의 나라에서 군주의 처신은 참으로 어려운 것이었다.

수양은 볼에 흐르는 진물을 재빨리 수건으로 눌러 닦았다. 임금의 모습을 안타까운 눈으로 바라보던 좌부승지 주은필이 신료들을 향해 조그맣게 헛기침을 했다. 그러자 계사를 이어 가려던 신료들이 눈치를 채고 서둘러 마무리했다.

신료들이 모두 밖으로 나가자 마지막으로 사관들이 일어나 조용히 문으로 향했다. 그때 나지막한 임금의 음성이 들려왔다.

"…내 얼굴에 부스럼이 난 것도 기록을 하였느냐?"

채길두는 이미 반쯤 문밖으로 나간 뒤였고, 세주가 돌아서서 대답했다.

"황공하옵니다. 전하…."

"아니다. 내가 괜한 것을 물었던 모양이구나…."

세주가 밖으로 물러나오자 환관들이 급히 수건과 대야를 들고 안으로 들어갔다. 세주는 먼저 나와 있던 채김두와 함께 마당으로 내려서다가 때마침 맞은편에서 막 사정문思政門 안으로 들어서는 공조판서 남이를 보았다. 남이는 패기 넘치는 걸음으로 성큼성큼 계단을 올라 문 앞에 서 있던 주은필에게 다가가더니 뭔가를 속삭였다. 세주는 걸음을 멈추고 그 모습을 유심히 지켜보았다. 잠시 후, 환관들이 물러나오고 남이가 혼자 안으로 들어가자, 세주는 망설임 없이 계단 위로 뛰어 올라갔다.

주은필이 다시 나타난 세주를 보고 눈을 부라리며 물었다.

"여기는 왜 또 왔는가?"

"지금 공조판서께서 안으로 드시지 않았습니까?"

주은필이 퉁명스럽게 쏘아붙였다.

"그래서 어쨌다는 것인가?"

"사관이 입시하는 것은 당연하지 않습니까?"

"입시라니? 정사를 논하는 자리가 아니니, 그만 물러가게."

세주는 물러가지 않고 버텼다. 주은필이 딱하다는 표정으로 재차 말했다.

"사사로이 전하를 뵙는 것이네."

"군신 간에 사사로운 만남이 어디 있습니까?"

"허허, 참. 이 사람이? 이것은 독대獨對이니 사관이 입시할 수 없네."

그래도 세주는 굽히지 않았다.

"사관이 입시하지 않으면 군주의 아름다운 말씀을 어떻게 후세에 전하겠습니까?"

주은필은 세주에게 호통을 치고 살살 달래도 보았으나 모두 통하지 않자 그만 포기하고 말았다. 그는 입을 다물고 팔짱을 낀 채 세주의 앞을 가로막고 서서 문으로 접근하지 못하도록 했다. 세주 역시 한참이나 기싸움을 벌였지만 별다른 수가 없자 그만 발길을 돌렸다.

예문관으로 돌아온 세주는 이런 사실을 응교 손광림에게 전했다. 하지만 그도 역시 마땅한 대책을 내놓지는 못했다. 다만 앞으로는 군신 간의 독대에도 사관이 입시할 수 있도록 주청을 올려보겠다는 정도의 말만 내놓았을 뿐이었다.

손광림을 만나고 밖으로 나온 세주는 막 방으로 들어가는 은후를 보자 곧장 그녀의 방으로 향했다.

"어딜 다녀오는 길인가?"

세주가 뒤따라 방에 들어서며 묻자, 조금 상기된 얼굴로 은후가 대답했다.

"춘추관에 다녀오는 길입니다."

"그곳은 왜? 무슨 볼일이라도 있었는가?"

"시행사에 관한 문서들도 살펴보고 또한 도움이 될 만한 서책이라도 있는가 하여 서고에 들렀다 오는 길입니다."

"한데, 자네 얼굴이 왜 그런가?"

은후는 손바닥으로 얼굴을 가볍게 문질렀다.

"저… 지난번에도 여쭈어 보았습니다만, 내금위들이 어찌하여 시정기를 보관하고 있는 건물을 지키고 있는 것입니까?"

"갑자기 그것은 왜 묻는 것인가?"

"그냥 궁금하여 그 건물 쪽으로 다가갔다가 내금위들에게 들키는 바람에 그만…."

"왜 쓸데없는 짓을 하고 그러는가!"

갑자기 세주가 언성을 높이자, 은후는 아무런 대꾸도 하지 못하고 멍한 표정만 지었다.

"…."

"궐이라는 곳은 대단히 위험한 곳이기도 하네. 함부로 경거망동해서는 절대 아니 되는 곳이니, 명심 또 명심하게."

세주의 매서운 질타가 너무 서운했던지, 은후는 그만 울상이 되었다.

"예…."

세주가 담담한 어조로 다시 말했다.

"오늘은 입직 때문에 함께 퇴궐하지 못하니, 때가 되면 먼저 퇴궐하도록 하게."

"예, 사부…."

은후의 목소리에는 여전히 서운한 감정이 묻어 있었다. 마음이 상한 은후를 다독여 줄 요량으로 세주가 무슨 말인가 꺼내려는 순간, 갑자기 밖이 소란해지더니 문이 활짝 열렸다.

"나리, 대교 나리!"

검열 채길두의 얼굴이 안으로 쑥 들어왔다.

"무, 무슨 일이기에 그러는가?"

"지금 전하께서 경회루로 납시는 것 같습니다."

세주는 냉큼 일어났다.

"그래? 어서 가세!"

세주는 부리나케 밖으로 뛰어나갔다.

수양은 아픈 몸을 이끌고 경회루로 나아갔다. 바람이 불어올 때마다 연못가의 나뭇가지들이 서로 부딪치며 연한 소리를 냈다. 우두커니 서서 봄바람을 맞던 수양이 팔을 들어 2층 누마루를 가리키자 젊은 환관들이 곁으로 다가와 좌우에서 팔을 부축했다. 환관들의 도움을 받으며 수양은 겨우 걸음을 옮겨 천천히 계단 위로 올라갔다. 잠시 뒤 누마루에 올라선 수양은 환관들의 부축을 물리치고 혼자 난간 쪽으로 걸음을 옮겼다.

서쪽 난간 앞에 멈춰 선 수양은 뒷짐을 진 채 공허한 시선으로 인왕산을 바라보았다. 오늘따라 그의 머릿속에는 유난히도 어린 조카의 얼굴이 선명하게 떠올랐다. 그 옛날 울먹이며 자신에게 옥새를 건네주던 조카 노산군의 모습이 새삼스레 그의 눈앞에 가물거렸다. 수양은 아래 연못을 향해 급히 시선을 돌리며 억지로 그 생각들을 지워보려고 애썼다. 곧이어 수양은 난간을 따라 동쪽으로 천천히 걸음을 옮기기 시작했다. 맞은편 난간에 이르자 그는 걸음을 멈추고 이번에는 근정전 용마루를 한동안 응시했다.

"전하, 그만 편전으로 드시옵소서."

수양의 귀에 환관 전균의 목소리는 들리지 않았다. 추녀마루의 잡상雜像 하나를 뚫어지게 바라보던 수양은 갑자기 눈을 질끈 감으며 몸을 부르르 떨었다. 아마도 그 잡상의 모습에서 어린 조카를 떠올린 듯했다.

"전하, 바람이 차갑사옵니다!"

전균의 목소리가 바람결에 희미하게 들렸다. 수양이 계단을 향해 몸을 돌리자 젊은 환관들이 가까이 다가왔다.

곧이어 수양은 환관들의 부축을 받으며 계단을 조심조심 내려갔다.

"앗!"

마지막 계단을 헛딛는 바람에 수양의 몸이 휘청거렸다. 전균이 소스라치게 놀라며 목소리를 높였다.

"전하, 옥체는 상하시지 않으셨사옵니까?"

수양이 주위를 둘러보며 나무랐다.

"어허, 사관이 듣겠다!"

요즘 들어 수양은 사관들의 이목에 더욱 신경을 썼다. 늙고 병에 지친 자신의 모습을 수양은 그들에게 감추고 싶었다. 부축을 받으며 조심스럽게 걸음을 내딛던 수양은 삐끗한 발목에서 통증이 오는지 얼굴을 찡그렸다. 계단을 다 내려온 수양이 편전을 향해 몸을 돌리는 순간 그의 눈에 돌기둥 뒤로 삐져나온 옷자락이 보였다. 그는 사관이 돌기둥 뒤에 있음을 곧바로 알아차렸다.

"또 사관들이 따라 붙었구나…."

수양은 혼자 중얼거렸다. 군주로서의 좋은 모습만 보일 수 없게 된 그에게, 이제 사관들은 너무나 버겁고 귀찮은 존재였다. 처음에는 그들의 존재조차 무시했던 그도, 이제는 그들의 붓 끝에 의해서만 자신이 영원히 살 수 있다는 사실을 뒤늦게 깨달았던 것이다. 그러니, 비록 자신이 지존일지라도 그들의 눈치를 보는 것은 너무나 당연했다.

이튿날 저녁 무렵, 세주는 은후와 함께 퇴궐하기 위해 그녀의 방에 들렀다. 하지만 먼저 퇴궐했는지 방은 비어 있었다.

세주가 혼자 궐문을 막 나서려 할 때 앞쪽에서 쉰 살이 조금 넘어 보이는 사내가 곁으로 다가왔다. 세주가 걸음을 멈추자 그가 다소 위압적인 태도로 말을 걸어왔다.

"예문관 윤 대교가 맞으신가?"

세주는 멀뚱한 표정으로 상대를 바라보았다.

"그렇습니다만… 뉘신지요?"

사내는 즉시 대답을 하지 않고 세주를 위아래로 한번 훑어본 뒤 입을 열었다.

"…난 공조참판을 지낸 이벽기라고 하네."

"그렇습니까. 한데… 어쩐 일로?"

이벽기는 주위를 둘러보면서 목소리를 낮추어 말했다.

"예서 이럴 것이 아니라 어디 가서 목이라도 축이며 이야기를 좀 나누세."

"저는 지난밤에 입직을 한 터라 지금 몹시 피곤합니다. 명일 예문관으로 찾아오시면 어떠신지요?"

이벽기가 버럭 화를 냈다.

"나는 공신이며 참판을 지낸 사람일세. 어찌 말직의 한림이 내게 오라 가라 그런 말을 하는가?"

세주는 조금도 위축되지 않고 차분한 목소리로 응대했다.

"그럼 여기서 말씀을 나누시지요."

이벽기의 얼굴에 답답하다는 표정이 뚜렷했다.

"거 참, 여기서 나눌 말이 아니니, 좀 따라오시게."

그래도 세주는 굴하지 않았다.

"죄송합니다만, 그럴 수 없습니다."

세주를 빤히 쳐다보던 이벽기가 갑자기 태도를 바꿔 부드러운 말투로 물어왔다.

"사는 곳은 어디신가?"

"견평방입니다만…."

"그럼, 걸어가면서 이야기를 나누도록 하세."

이벽기가 앞서서 걸음을 내디뎠다. 하지만 세주는 여전히 제자리에서 움직이지 않았다.

"어서 따라오시게."

이벽기가 자꾸만 재촉하자 세주는 어쩔 수 없이 걸음을 내디뎠다. 비록 내키진 않았지만 어차피 가는 길이었으니 그와 동행하며 무슨 이야기인지 들어보기로 했다. 하지만 일각이 지나도록 그는 한마디도 하지 않고 무작정 걷기만 했다. 육조거리를 중간쯤 지날 무렵, 앞서가던 그가 뒤를 돌아보았다.

"내가 저기 참판으로 있을 때는 참 대단했지."

이벽기가 서쪽의 공조 관아를 가리켰다. 그리고 허풍을 떨며 자신의 과거에 대해 자랑을 늘어놓았다. 세주는 아무런 반응도 보이지 않고 묵묵히 듣기만 했다. 상대가 왜 자신을 보자고 했는지 이제야 어렴풋이 짐작이 갔다. 아마도 어제 대사헌 양성지가 임금께 거론한 그 일 때문에 자신을 찾아온 듯했다. 그 일이 아니라면 일면식도 없는 자신에게 참판까지 지낸 사람이 찾아올 이유가 없었다. 이벽기는 상대가 듣기만 하고 가만히 있자 별 재미가 없었는지 너스레 떠는 일을 그만 멈추었다.

"윤세주 대교."

이벽기가 새삼스럽게 세주의 이름을 불렀다.

"말씀하시지요."

"듣자하니… 어제 조계에서 내 이름이 거론되었다고 들었네만."

역시 세주의 짐작은 틀리지 않았다.

"대답을 드릴 수 없습니다."

이벽기가 부드러운 눈길로 바라보며 말을 이었다.

"물론 사관의 직분에 대해 내 모르는 바는 아닐세. 조계에서 내 이름이 거론되었다는 것을 알고 있네."

"그럼 어찌하여 제게 묻는 것입니까?"

"왜 이러시는가? 좋은 게 좋은 것 아닌가. 내 단도직입으로 말함세. 어제 조계에서 거론된 내 이름을 사초에서 지워 주게."

세주는 걸음을 멈추고 정색하며 단호하게 말했다.

"듣지 않은 것으로 하겠습니다!"

"거참, 왜 이러시는가! 이러지 말고 어디 가서 술이라도 한잔 하세. 자, 어서 따라오시게."

이벽기는 막무가내로 떼를 쓰며 세주의 손목을 잡아끌었다.

"이러지 마십시오!"

세주가 그의 손을 뿌리쳤다.

"윤 대교, 이렇게 부탁하네. 내 이름을 사초에서 지워 주시게."

"저는 모르는 일입니다."

"정말 왜 이러시는가. 글쎄, 내 말 좀 들어보시게. 어제 조계에서 거론된 말은 사실이 아니네. 허니, 제발 내 이름을 사초에서 지워 주시게나. 응?"

이벽기는 계속 성가시게 굴며 떼를 썼다.

"그럼, 저 먼저 가겠습니다."

세주는 그만 자리를 피하고 싶어 빠른 걸음으로 앞서 걸어갔다. 그러자 뒤에서 이벽기가 달려오더니 그의 어깨를 잡았다.

"이렇게 사정을 하는데도 정말 너무하는 것 아니신가? 언제 한번 크게 신세를 갚겠네. 그러니 내 부탁을 좀 들어주시게."

세주가 더욱 단호한 어조로 말했다.

"재차 말씀드리지만 대감의 일에 대해 저는 듣지 못했습니다. 설령 들었다 하더라도 그렇게 해드릴 수도 없는 것입니다. 왜 그런 줄 아십니까?"

갑작스러운 세주의 물음에 이벽기는 대답을 못하고 멀뚱히 쳐다보기만 했다.

"…."

"사초란 시간을 기록하는 것입니다. 그러니 흘러간 과거의 시간을 어찌 바꿀 수 있단 말입니까."

드디어 이벽기는 인상을 찌푸리며 세주를 빤히 노려보았다.

아무리 애걸복걸해도 자신의 부탁이 결코 받아들여지지 않을 것임을 알아차린 것이다.

세주는 짧게 고개를 숙인 뒤 단호하게 뒤돌아섰다. 뒤에 남겨진 이벽기가 고함을 질렀다.

"장한 한림이 나셨네그려!"

세주는 들은 채 만 채 하며 그대로 걸음을 옮겼다. 뒤에서 성난 이벽기의 고함 소리가 몇 번 더 이어졌지만 그는 걸음을 멈추지 않았다.

세주의 등 뒤로 저녁노을이 짙게 물들었다. 세주는 자신과 함께 걷고 있는 그림자를 바라보며 은후를 생각했다. 어제 본의 아니게 그녀를 야단친 게 은근히 마음에 걸렸다. 아직 대궐이 어떤 곳인지도 잘 모르는 그녀에게 친절하게 설명해 주기는 커녕 벌컥 화부터 낸 자신의 행동이 후회스러웠다. 마음이 무척이나 상해 있을 그녀를 어떻게 달래 주어야 할지 생각하며 그는 견평방 집으로 향했다.

저녁상을 물리고 난 뒤 세주는 잠시 마당을 거닐었다. 하루의 긴장이 풀리자 피곤한 기운이 서서히 몰려오기 시작했다. 그는 더 큰 졸음이 몰려오기 전에 사초(가장사초)를 쓰기 위해 방으로 들어갔다. 서안 앞에 정좌를 하고 앉은 그는 어제 입시사관으로서 보고 듣고 느낀 일들을 머릿속으로 찬찬히 정리해 보았다. 잠시 후 그는 붓으로 벼루의 먹을 찍었다.

상의 환우는 날로 악화되어 평복平復의 기미가 보이지

않는다. 오늘은 용안의 부스럼에서 진물이 흘렀다. 상께서는 민망하셨는지 부채로 용안을 가리시고 조계를 받으셨다. … 입참한 신료들이 모두 물러간 뒤 상께서 "내 얼굴에 부스럼이 난 것도 기록을 하느냐?"하고 하문하셨다. … 사시巳時가 끝날 무렵, 상께서 경회루에 오르시어 근정전 용마루를 바라보시다 갑자기 놀라셨다. 그리고 계단을 내려오시다 발을 헛디뎌 옥체가 크게 흔들리셨다. 환관이 놀라며 목소리를 높이자 상께서는 "사관이 듣겠다!" 하시며 나무라셨다. ….

다음날 아침, 세주는 길을 걸으며 혹시나 은후가 뒤를 따라오고 있는 것은 아닌지 몇 번이나 돌아보았다. 하지만 그가 운종가를 벗어나 육조거리에 접어들 때까지 은후의 모습은 보이지 않았다. 세주가 기로소 앞길에 당도했을 때, 호조 관아 근처를 지나가는 관원들 틈 사이로 낯익은 뒷모습 하나가 눈에 들어왔다. 어딘지 모르게 나긋나긋해 보이는 뒷모습은 영락없는 은후였다. 세주는 반가운 나머지 자신도 모르게 거의 뛰다시피 하며 그녀에게 다가갔다.

"어험! 이게 누구신가?"

자신을 부르는 소리가 아니라 여겼는지, 은후는 뒤돌아보지 않았다.

"거기, 앞에 가는 사람은 서 권지 아니신가?"

그제야 은후는 걸음을 멈추고 뒤돌아보았다.

"아? 사부!"

"한 이틀 사이에 신수가 더욱 훤해진 것 같구먼."

세주는 은후의 마음을 풀어줄 요량으로 먼저 농을 건넸다. 하지만 그녀는 의외로 차분한 표정이었다.

"어제는 기다리다 먼저 퇴궐했습니다."

"잘했네. 그런데 지난번 일로 마음이 상했나 보군."

"아, 아닙니다, 사부."

"솔직히 말해 보게. 설마 그만한 일로 여인네들처럼 삐친 것은 아니겠지?"

은후는 정색을 하며 손사래까지 쳤다.

"정말 아닙니다! 사내가 그만한 일로…."

"아니면 되었네. 궐은 엄중한 곳이라는 것을 알려주려다 그리 되었으니, 마음이 상했다면 잊어버리게."

세주는 은후의 어깨를 다독여주려고 팔을 들었다가, 순간 그녀가 여인이라는 생각이 떠오르자 슬그머니 팔을 내렸다.

영추문을 지나 궐내각사로 들어서자 지나가던 관원들이 세주와 은후를 힐끔힐끔 쳐다보았다. 영문을 모르는 두 사람은 아무렇지도 않게 여기며 곧장 예문관으로 향했다. 예문관 마당에 당도하자 마침 안에서 봉교 조명윤이 나오다가 나란히 서 있는 두 사람을 보더니 야릇한 눈길로 훑어보았다. 뭔가 평소와는 다른 느낌에 세주가 슬며시 물어보았다.

"왜… 그러시는지요?"

여전히 이상야릇한 눈빛으로 두 사람을 바라보던 조명윤이 은후에게 말했다.

"서 권지, 자네는 먼저 들어가 보게."

"예…."

은후는 세주의 눈치를 살피고는 먼저 안으로 들어갔다. 그녀가 자리를 떠나자 조명윤이 주위를 두리번거리며 세주의 팔을 붙잡고 건물 모퉁이로 끌고 갔다. 세주는 자신에게 긴히 할 말이 있어서 그런가보다 여기며 상대가 이끄는 대로 그냥 따라갔다.

"아니, 자네 어쩌자고 그러는가!"

조명윤이 목소리를 죽이며 말했다. 무턱대고 꾸짖듯이 하는 말에 세주는 영문을 몰라 어리둥절한 낯빛을 보였다.

"무슨 말씀입니까?"

"자네 정말 몰라서 묻는 겐가?"

"대체 무슨 일입니까?"

"허허, 아직 듣지 못한 모양이로군."

조명윤은 주위를 살피더니 세주 곁으로 더욱 바짝 다가섰다.

"자네가 남색을 좋아한다는 소문이 파다하네."

"옛! 나, 남색을요? 제가 말입니까?"

"사실이 아닌가?"

난데없는 조명윤의 말에 세주는 황당한 표정을 지었다.

"물론 사실이 아니지요. 누가 그런 소문을…."

하도 어이가 없는지 세주는 말을 잇지 못했다. 조명윤도 상대가 펄쩍 뛰자 한풀 꺾인 목소리로 확인하듯 물었다.

"그렇지? 설마… 자네가 그럴 리 있겠나. 아까 그 서 권지와는 정말로 아무런 사이도 아니지?"

"그럼, 서 권지와 제가 그렇고 그런 사이라는 겁니까?"

"소문이 그렇게 났네. 혹시 오해받을 행동은 하지 않았는지 잘 생각해 보게. 어쨌든, 자네 한동안 곤란할 게야."

세주는 자신에 대한 해괴한 소문이 어떻게 퍼졌는지 곰곰이 생각해 보았지만, 전혀 짐작할 길이 없었다. 한편으로, 조명윤의 말을 듣고 보니 은후가 걱정스러웠다. 자신이야 뜬소문으로 인해 곤란을 겪어도 견딜 수 있지만 은후는 그렇지가 않았다. 근거도 없는 소문으로 여린 마음에 그녀가 상처나 입지 않을지, 그는 은근히 걱정스러웠다.

세주가 심각한 얼굴로 예문관으로 들어서자 검열 김유원이 다가와 손광림이 부른다는 소식을 전했다. 세주는 곧바로 손광림의 방으로 향했다. 사람이 들어왔는지도 모른 채 깊은 생각에 빠져 있던 손광림은 세주가 헛기침을 하자 그제야 고개를 돌렸다.

"왔는가. 이리 앉게."

"조금 전 저에 관한 소문을 들었습니다."

손광림 역시 난감한 표정이었다.

"어찌 보면 그런 소문도 무리는 아니지."

"예?"

"아무리 남장을 했다지만, 누가 봐도 좀 이상하겠지. 서 권지와 자네가 함께 있는 시간이 많다 보니, 당연히 그런 해괴한 소문이 나돌 수밖에…."

"이 일을 어찌하면 좋겠습니까?"

"글쎄…."

손광림도 마땅한 방법이 없는 듯 보였다. 게다가 이번 소문으로 인해 은후를 여사로 만들 계획에 무슨 차질이나 생기면 어쩌나 하는 눈치였다.

"앞으로 될 수 있으면 서 권지와 함께 있는 모습을 남들에게 보이지 않도록 하게."

"예, 나리."

"그리고… 어쩌면 서 권지의 입시 날짜를 좀 더 앞당겨야 할지도 모르겠네."

"입시라면…?"

"서 권지도 입시의 경험이 있어야 하지 않겠나?"

"그럼, 편전에 들여보내 전하의 말씀을 직접 기록하게 해보자는 것입니까?"

"아무래도 여사의 직임을 무리 없이 수행하기 위해서는 그래야 하지 않겠나."

세주는 벌써부터 걱정스러웠다. 영민한 은후가 무리 없이 잘 해낼 것이라고 짐작은 되지만 그래도 걱정스러운 마음을 지울 수는 없었다.

세주는 하루 종일 이리저리 바쁘게 쏘다니며 소문에 대해 해명하느라 정신이 없었다. 춘추관에 들러 각사에서 올라온 문서도 정리해야 하고 초서로 흘려 쓴 입시사초를 정서正書하는 일도 밀려 있었지만 오늘은 그 일들을 처리할 여유가 없었다. 자칫 소문이 커져 걷잡을 수 없게 되면 그것의 진실 여부를 떠나 한림의 직을 잃을 수도 있는 일이어서, 그는 하루 종일 소문을 가라앉히기 위해 분주히 뛰어다녀야 했다.

세주가 동성을 좋아한다는 소문은 급기야 교서관 제조 최경욱의 귀에까지 흘러들어가고야 말았다. 홍문관 부제학을 거쳐 교서관 제조로 있는 최경욱은, 세주가 한림 후보자 취재 때 혼인 문제로 곤경에 처하자 자신의 여식과 혼담이 오가고 있다며 세주를 적극 거들어 준 인물이었다. 관찰사로 나가 있는 세주의 아버지와는 성균관 시절부터 동무로 지냈고 문과에도 나란히 급제한 절친한 지기였다. 이번에는 그런 최경욱이 교서관에 잠시 들르라는 전갈을 세주에게 보낸 것이다.

최경욱과 마주앉은 세주는 면구스러운 듯 고개를 똑바로 들지 못했다.

"염려를 끼쳐 죄송합니다."

최경욱은 걱정스러운 얼굴로 세주를 바라보았다. 세주의 인물 됨됨이에 대해 누구보다 잘 알고 있는 그였지만, 은후의 일에 대해 전혀 모르고 보니 그저 세주를 나무랄 수밖에 없는 처지였다.

"멀리 계시는 자네 부친께서 이 일을 아시면 얼마나 당황하시겠는가?"

"처신을 바로 하지 못한 제 불찰입니다…."

"…."

최경욱은 잠시 말없이 안타까운 눈길로 세주를 바라보다가 뜻밖의 질문을 했다.

"자네, 아직도 그 아이를 잊지 못하고 있는가?"

세주와 정혼을 맺었던 '가연'에 대한 물음이었다. 갑작스러운 그의 물음에 세주는 어정쩡하게 대답했다.

"그런 것은 아닙니다만…."

"그럼, 자네와 초희의 혼사에 대해 윤 대감과 이야기를 나누어 보겠네."

그동안 세주는 최경욱의 딸 초희와의 혼인에 대해 미온적인 태도를 보여 왔다. 평소 세주를 마음에 두고 있던 최경욱으로서는 이번 일을 계기로 두 사람의 혼인을 적극 밀어붙일 요량인 듯했다.

"예…."

정작 당사자인 세주가 여전히 미적지근한 태도를 보이자 최경욱이 강하게 밀어붙이듯 말했다.

"그런 소문도 어쩌면 자네가 아직 혼인하지 않았기 때문인지도 모르네. 그러니 이참에 혼인을 서두르도록 하세. 자네 부친께는 내가 따로 연통하겠네."

세주가 초희와의 혼인에 대해 적극적이지 못한 것은 상대가 마음에 차지 않아서가 아니라 어릴 때 정혼한 가연을 여태껏 잊지 못하고 있기 때문이었다. 지금은 어디서 어떻게 살고 있는지 알 길이 없는 그녀가, 아직 그의 마음속에 남아 있었던 것이다. 이런 이유로, 그가 자신의 태도를 명확히 하지 않음으로 인해 괜히 초희 낭자의 마음만 아프게 하고 있는 꼴이었다. 그러니 그의 입장은 더욱 난처할 수밖에 없었고, 그것을 눈치챈 최경욱이 둘의 혼사를 적극 밀어붙이는 이유였다.

하루가 지나자 소문의 기세도 한풀 꺾였다. 하지만 이번 소문으로 인해 세주와 은후 사이의 분위기는 묘하게 흘러가고 있었다. 손광림의 지시대로 둘은 남에게 오해를 사지 않기 위해 이제는 퇴궐마저도 각자 따로 하기로 했다. 이번 소문에 대해 은후는 얼굴만 붉힌 채 이렇다 할 아무런 변명도 하지 않았고, 세주 역시 쑥스러웠는지 소문에 대해서는 어떤 말도 꺼내지 않았다. 이렇듯 둘 사이에 서먹한 분위기가 지속되자 괜히 서로 간에 불편하기만 했다. 결국 이래서는 안 되겠다 싶었던지, 세주는 은후에게 퇴청하는 길에 광통교 근방에서 만나자고 했다.

먼저 종루 네거리에 도착한 세주는 뒤따라오는 은후를 기다리며 잠시 길가에 서 있었다. 그때, 맞은편에서 녹색 장옷으로 얼굴을 반쯤 가린 여인이 몸종을 거느리고 다가왔다. 세주는 그녀가 자신을 향해 다가오는 줄도 모르고 은후가 걸어오는 쪽만 응시하고 있었다. 드디어 저 멀리서 작은 걸음으로 묵묵히 걸어오는 은후의 모습이 보이기 시작했다.

"도련님."

갑자기 누군가 부르는 소리에 세주는 뒤를 돌아보았다. 어느 틈에 맞은편에 서 있던 여인이 바로 자신의 코앞에 다가와 있었다. 그녀는 얼굴을 가리고 있던 장옷을 살짝 걷었다.

"아니, 초희 낭자가… 아니시오?"

"오랜만이어요, 도련님."

초희는 반가운 기색을 내보이다가 이내 부끄러운 듯 얼굴을 옆으로 돌렸다. 그녀를 따라온 몸종 금이가 세주에게 고개를 숙이고는, 몇 걸음 뒤로 물러났다.

"낭자, 여긴 어쩐 일이오?"

망설이는 기색을 보이던 초희가 어렵게 말을 이었다.

"도련님과 나눌 말이 있어…."

"그랬군요. 한데, 무슨?"

지나가던 행인들이 두 남녀를 힐끗거리며 지나갔다. 초희는 신경이 쓰이는지 말을 하려다 그만두고 주위를 둘러보았다. 그러자 세주가 눈치를 채고 말했다.

"길에서 나눌 말이 아닌가 보군요. 그럼, 저를 따라오시겠소?"

초희는 고개를 끄덕였다. 둘이 함께 있는 모습을 쭉 지켜보며 걸어오던 은후가 가까이 다가오더니 둥그레진 눈으로 초희를 바라보았다. 세주가 손짓하며 말했다.

"서 권지! 어서 오게."

은후는 초희에게서 눈을 떼지 않았다.

"이쪽은 나와 함께 예문관에 있습니다."

세주가 은후를 소개하자 초희는 장옷으로 다시 얼굴을 가린 채 살며시 고개를 숙였다. 은후가 인사를 건넸다.

"서 권지라 하오."

은후의 목소리를 들은 초희는 조금 놀라는 기색을 보이더니 장옷고름 틈새로 은후를 몰래 훔쳐보았다. 순간, 서로의 시선이 부딪치자 두 여인은 누가 먼저라고 할 것 없이 동시에 놀라고 말았다. 초희는 상대의 여인 같은 모습에 놀랐고, 은후는 자신을 바라보는 초희의 눈빛에 놀랐다. 세주가 앞장을 서며 초희에게 말했다.

"예서 이럴 것이 아니라 한적한 곳으로 갑시다."

그리고 은후에게도 말했다.

"자네도 따라오게."

세주는 광통교 쪽으로 방향을 잡고 초희와 나란히 걸었다. 하지만 둘 사이에는 아무런 말도 오가지 않았다. 가끔씩 초희의 장옷자락이 바람에 나부껴 세주의 옷자락에 닿았다.

은후는 몇 발짝 뒤에서 따라 걸으며 둘의 뒷모습을 가만히 지켜보았다. 나란히 보조를 맞추며 걸어가는 두 남녀는 참으로 다정해 보였다. 하지만 알 수 없는 감정이 뒤따라가는 그녀의 마음을 어지럽혔다. 다른 여인이 자신의 자리를 차지하고 있는 것도 그렇거니와, 나란히 걷는 둘의 뒷모습이 너무도 잘 어울리기까지 하여, 은후는 괜히 속이 상하고 말았다. 세주 옆에 자신 이외의 또 다른 여인이 있다는 게 이제는 낯설게 다가왔다.

광통교에서 개천을 따라 조금 더 걸어가자 큰 느티나무 옆에 단청이 고운 정자 한 채가 나타났다. 근처 개천 둑에는 들꽃이 드문드문 피어나 봄기운이 물씬 풍겨나고 있었다.

두 남녀는 정자 위로 오르고 두 여인은 그 아래에 머물렀다. 정자 위에 오른 세주는 초희와 나란히 서서 개천을 내려다보았다. 단둘만 있게 되자 초희는 장옷을 벗어 제 팔에 걸쳤다. 개천 변에서 산들바람이 불어와 그녀의 머리카락을 건드리고 지나갔다.

"저 때문에 바깥나들이를 하신 건가요?"

세주가 조용히 묻자 개천을 내려다보던 초희가 고개를 돌렸다.

"저희 집에 들르신 지도 꽤나 된 것 같습니다."

"그러고 보니, 석 달이 넘은 것 같군요."

"…무심하셨습니다."

초희는 마음속에 감추고 있던 섭섭함을 살짝 드러냈다. 그녀는 오랜만에 만난 세주가 반갑기도 하고 한편으론 원망스럽기도 했다. 그녀의 집을 오가던 세주의 발길이 뜸해진 것은 작년에 세주의 아버지가 관찰사로 떠난 뒤부터였다. 석 달 전 아버지의 서찰을 전하기 위해 그녀의 집에 들른 후 여태껏 한 번도 들르지 않았던 것이다.

세주는 자신만 바라보고 있는 초희가 항시 안쓰럽고 가끔은 부담스럽기까지 했다. 그녀는 올해로 스물한 살이 되었고 세주와는 삼 년 전에 처음 만났다. 자신의 집에 찾아온 세주를 처음 본 순간 그녀는 얼마나 가슴이 떨렸던지 며칠간 그 느낌을 잊지 못했다.

세주는 가끔 아버지를 따라 그녀의 집에 들러 최경욱 대감을 뵙곤 했는데, 세주가 온다는 소식이라도 전해 들으면 그녀는 아침부터 곱게 치장하고 들뜬 마음으로 그를 기다리곤 했다. 그녀는 세주가 정혼한 적이 있었다는 사실을 진작부터 알고 있으면서도 그를 좋아했고, 그녀의 아버지 최 대감 역시 오래전부터 제 여식의 짝으로 세주를 탐내어 왔던 터였다. 하지만 세주는 이미 혼약을 맺은 여인이 따로 있었기에, 초희와의 혼인에 대해서는 최 대감 쪽의 일방적인 바람 정도로만 여겨왔다.

세주와 혼약을 맺은 집안은 가장이 계유년의 일에 연루되어 풍비박산이 나고 말았다. 그런 이유로, 세주의 혼약은 집안끼리 서로 지킬 수 없는 먼 약속이 되어 버렸고, 그 틈에 최 대감이 끼어든 것이다.

초희에 대한 미안한 마음에 세주가 말을 잇지 못하자, 그녀는 자신이 섭섭한 마음을 너무 드러낸 것은 아닌지 도리어 걱정했다.

"아녀자의 말이니 마음에 깊이 담아 두지는 마시어요…."

그녀의 여린 마음을 잘 알고 있기에 세주는 더욱 미안한 마음이 들었다.

"아닙니다, 내가 너무 무심했군요."

세주의 진심 어린 말 한마디에 그녀의 섭섭했던 마음은 봄눈 녹듯 금방 사라졌다.

한편, 정자 아래에 있던 은후는 두 사람의 다정한 모습에 은근히 애가 탔다. 세주가 다른 여인과 함께 있다는 것이 왠지 낯설고 싫었다. 하지만 어찌하랴. 자신은 지금 사내의 모습을 하고 있지 않은가. 그러니, 상대에게 좋아한단 말 한마디 건넬 수 없음은 물론이요, 그런 낯빛조차 보일 수 없는 처지이니. 은후는 새삼스러운 눈길로 남장을 하고 있는 자신의 모습을 훑어보았다. 정자 위에서는 여전히 다정한 모습들이 이어지고 있었다. 심란한 마음에 다른 곳으로 눈길을 돌려보았지만 은후의 마음은 결코 정자 위에서 떠나지 못했다.

"힘든 일이 있었다지요?"

초희가 어렵사리 물었다.

"예?"

그녀가 무슨 말을 하는지 미처 깨닫지 못한 세주가 되물었다.

"해괴한…."

그제야 그녀가 무엇을 말하려 했는지 세주는 알아차렸다.

"벌써 낭자에게까지 전해졌나 봅니다. 하하하…."

세주는 별 대수롭지 않은 척 해보였다. 그렇게 하는 것이 오히려 자신의 결백을 그녀에게 전하는 것이고 또한 그녀의 근심을 덜어주는 것이라 그는 여겼다.

"누가 그런 소문을 냈는지 참으로 몹쓸 사람입니다."

"그러게 말입니다. 참으로 한심한 자일 겁니다."

"저는 어찌나 속이 상했던지 어젯밤 내내 잠을 이루지 못하였답니다."

초희는 개천을 바라보며 정말로 속상해 하는 모습을 보였다.

"저는, 초희 낭자께 근심만 끼치는군요."

"아, 아니어요, 도련님."

세주가 초희의 얼굴을 슬쩍 살폈다. 밤새 근심한 흔적이 그녀의 얼굴에 아직 남아 있는 듯했다. 수척해 보이는 그녀의 얼굴을 보며 세주는 어떤 위로의 말이라도 해주고 싶었다. 하지만 마땅한 말이 얼른 떠오르지 않자, 그는 농으로 위로의 말을 대신했다.

"낭자, 혹시 저를 의심하는 마음이 있었던 것은 아니지요? 난 남색이 뭔지도 모르는 순진한 사내입니다."

"예? 호호호…."

계속 심각한 얼굴을 하고 있던 초희가 드디어 웃었다. 그러자 세주는 막혀 있던 속이 확 트이는 기분이었다. 그녀가 밝게 웃는 모습을 보이자, 내친김에 세주는 짓궂은 물음으로 농을 이어갔다.

"낭자는 남색이 뭔지 아시오?"

"참, 도련님도. 호호호…."

초희는 손바닥으로 입을 가리고 웃었다.

"혹시 저자거리에서 들은 것이라도 없소? 이 순진한 사내에게 아는 대로 말해 주시오."

"아이, 도련님, 그만 놀리셔요."

세주가 자꾸만 농을 하자 초희는 얼굴을 붉히며 고개를 돌렸다.

한편 정자 아래에서는 은후가 둘의 다정한 모습을 부러운 눈길로 하염없이 바라보고 있었다. 무슨 말을 주고받는 것인지 정자 위의 모습은 너무나 다정해 보였고 그녀를 애태우기에 충분했다. 지금까지 초희의 존재를 까맣게 모르고 있던 그녀로서는 이제 부질없는 희망조차 품어서는 안 될 것이라고 스스로를 달래 보았다. 하지만 그녀의 마음이 그녀의 의지를 따라 줄지는 스스로도 의문이었다.

정자 위에서 초희가 아래를 보며 손짓을 하자, 몸종 금이가 쪼르르 달려왔다. 정자에 오른 금이는 손에 들고 있던 작은 보자기를 초희에게 건넸다.

"이것이 무엇이오?"

세주는 보자기를 풀고 있는 초희에게 물었다.

"도련님께 드리려고 마련하였답니다."

초희는 보자기 속에서 우아한 세조대 하나를 꺼냈다. 청색의 세조대 양 끝에는 정성들여 땋은 두 개의 딸기술이 곱게 매달려 있었다.

"도련님 마음에 드실지 모르겠습니다…."

초희는 두 손으로 세조대를 건네며 수줍은 듯이 시선을 돌렸다. 세주는 그것을 양손 위에 올려놓고 감동스러운 눈빛으로 바라보았다. 금이가 끼어들며 말했다.

"아씨가 손수 만든 것이옵니다."

세주는 세조대를 만지작거리며 요모조모 살폈다.

"이런 고마울 데가… 솜씨도 좋고, 정성을 많이 들인 것 같은데…."

세주의 칭찬에 초희는 기분이 더욱 좋아졌다. 그녀는 처음에 선추를 선물하려다가 마음을 바꾸어 세조대로 정했었다. 여름이 지나면 잊히는 것이 부채였지만, 세조대는 일 년 내내 연모하는 이의 가슴을 감싸고 있으니, 그녀에게는 너무나도 의미 있는 선물이었다.

정자 위에서는 간간이 웃음소리가 들리며 화기애애한 분위기가 이어졌다. 어느 순간, 정자 아래에 혼자 우두커니 서 있던 은후의 모습이 초희의 눈에 들어왔다. 그녀는 은후를 가리키며 세주에게 물었다.

"도련님, 저분은 어찌하여 함께 온 것입니까?"

초희의 말에 세주는 문득 아래를 내려다보았다. 자신이 그동안 은후의 존재를 까맣게 잊고 있었다는 사실을 그제야 깨달았다.

"아, 참! 내 정신 좀 보게."

"긴히 할 말이 있었던 건 아닙니까?"

"깜박 잊고 말았습니다."

세주는 아래로 내려가려다 멈추고는 초희에게 말했다.

"예서 잠시 기다리시오. 내 지금 가서 이야기를 좀 하고 돌아오리다."

"아니어요. 연통도 없이 갑자기 찾아와서… 저는 이만 돌아갈까 합니다."

"그럼 종루 네거리까지 함께 갑시다. 예서 잠시만 기다리시오."

세주는 먼저 돌아가겠다는 초희를 잠시 붙잡아두고 정자 아래로 내려갔다. 세주가 다가오는 것을 곁눈으로 알아차리고도 은후는 짐짓 모른 채 하며 개천을 바라보는 척했다. 세주가 더욱 가까이 다가오자 그제야 겨우 알아차렸다는 듯 그녀는 고개를 돌렸다.

"사부, 저 낭자와 함께 있는 모습이 참으로 다정해 보이더군요."

제 속마음을 감추고 태연히 미소를 띠며 은후가 말했다.

"그래?"

세주는 대수롭지 않게 말을 받았다. 그는 은후가 자신에 대해 어떻게 생각하는지 까마득히 모르고 있었다.

"서 권지, 서…."

세주는 첫마디를 어떻게 꺼내야 할지 망설였다. 그것은 은후가 여인이기 때문에 더욱더 그랬다. 한편 세주가 망설이는 기색을 보이자, 은후는 이참에 자신이 여인이라는 사실을 살짝 귀띔이라도 해주고 싶은 마음이 솟구쳤다. 하지만 그녀의 입은 차마 떨어지지가 않았다.

"사부와 제가 남색을 즐기는 사이라니, 허허허…."

은후는 사내처럼 호탕하게 웃었다.

"실은 그 소문 때문에 따로 보자고 한 것이네. 자네는 괜찮은가? …."

세주는 은후의 안색을 살피며 물어보았다. 그녀는 아무렇지도 않은 낯빛으로 침착하게 대답했다.

"그냥 지나가는 소문일 것입니다. 전 괜찮으니 사부도 그리 염려하지 마십시오."

걱정이 되어 물어본 세주에게 은후는 오히려 위로의 말을 건넸다.

"어쨌든 자네가 괜찮다니, 나도 안심이 되네."

세주는 은후가 너무 안쓰러웠다. 여인임에도 여인이라 말할 수 없는 처지이니, 본인은 그 마음이 오죽하겠는가?

정자 위의 두 여인은 아래에 있는 두 사내를 바라보고 있었다. 정자 아래에서 이야기를 나누는 두 사내의 모습이 마치 한 쌍의 남녀가 다정하게 담소를 즐기고 있는 듯했다.

"아씨, 저 두 분 말입니다. 멀리서 보니 꼭 정분이 깊은 남녀와도 같지 않습니까?"

"응? …."

금이의 말에 문득 초희는 정신을 차렸다. 그러고 보니 자신의 눈에만 그렇게 보인 것이 아닌 듯했다. 금이처럼 초희의 눈에도 아래의 두 사내가 정분이 깊은 남녀처럼 보였던 것이다.

"어쩜 사내가 저리도 곱게 생겼을까…."

금이는 넋이 나간 표정으로 중얼거렸다. 순간 초희의 머릿속을 불현듯 스쳐 지나가는 것이 있었다.

"혹시! 저, 저분이…."

초희는 눈을 더욱 크게 뜨고 은후를 유심히 바라보았다. 보면 볼수록, 지금 자신이 생각하는 것이 틀리지 않을 거라는 확신이 들었다. 아니 땐 굴뚝에 연기나지 않는 법. 비록 떠도는 소문일지라도 남들이 오해할만한 뭔가가 있지 않고서야 그럴 리 없는 것이었다. 그녀의 눈에는 필시 여인처럼 생긴 저 사내가 이번 소문의 한쪽 당사자임이 틀림없어 보였다.

"아씨, 왜 그러셔요?"

은후의 외모에 흠뻑 빠져 있던 금이가 정신을 차리고 물었다. 하지만 초희는 대답 없이 은후만 뚫어져라 쳐다보고 있었다. 아래에서 이야기를 나누던 세주가 돌아서며 정자를 향해 걸어왔다. 가까이 다가온 세주가 정자 위를 향해 소리쳤다.

"낭자, 이제 돌아갑시다."

두 여인은 정자를 내려왔다. 세주는 갑자기 밝은 기색이 사라진 초희의 얼굴을 새삼스레 바라보았다. 그는 연유를 물어보려다 그만두었다. 곧 사신과 헤어질 시각이 다가오니 아쉬운 마음이 들어서 그럴 거라고 그는 여겼다.

네 사람은 종루 네거리 쪽을 향해 걸었다. 세주는 두 여인 사이에서 누구와 이야기를 나누며 걸어야 할지 갈등했다. 함께 길을 걸으면서도 그들은 서로 간에 말이 없었다. 은후는 가끔씩 힐끔힐끔 자신을 쳐다보는 초희의 눈빛이 부담스러웠고, 초희는 은후의 여인 같은 모습이 자꾸만 신경이 쓰였다. 그렇게 두 여인은 계속 서로의 존재를 의식하며 길을 걸었고, 세주는 그런 두 여인 사이에서 어느 쪽과도 이야기를 나누지 못하고 망설이기만 했다. 그러니, 길을 걷는 그들의 모습은 서로 모르는 남들처럼 어색해 보였다.

종루로 향하던 도중 은후는 자신의 집 근처에 이르자 세주에게 말했다.

"전, 이제 그만…."

세주가 고개를 돌리며 대답했다.

"아, 자네 집은 저쪽이라고 했지?"

"예, 그럼 명일 뵙겠습니다."

은후는 초희에게도 가볍게 고개를 숙였다. 초희는 몸을 옆으로 비스듬히 돌리고는 고개만 까딱하며 예를 표했다. 두 여인은 서로 간에 눈을 마주치려 하지 않았다.

은후가 골목길로 접어들어 뒷모습이 보이지 않을 때까지 세주는 제자리에 서서 지켜보았다. 초희는 그런 세주의 표정을 장옷 틈 사이로 유심히 살폈다. 그녀의 눈에 비친 세주의 표정은 마치 정인과의 아쉬운 작별이라도 하는 것처럼 보였다. 그러자 그녀는 여인 같은 은후의 모습뿐만 아니라 상대를 바라보는 세주의 묘한 눈빛 때문에 점점 더 마음이 혼란스러웠다.

한동안 그녀가 심란한 마음에 휩싸인 채 묵묵히 걷고 있을 때 세주의 목소리가 들렸다.

"아씨의 얼굴이 많이 수척해 보이는구나. 네가 잘 보살펴 드려라."

세주가 금이에게 말하자 땅만 보고 걷던 초희가 고개를 들었다. 금이가 한숨을 쉬며 말했다.

"그게 다 이유가 있습지요."

금이의 말에 세주와 초희가 동시에 궁금한 눈빛을 하고 그녀를 쳐다보았다.

"이유라니?"

세주의 물음에 금이는 초희의 눈치를 슬쩍 살피더니 말했다.

"아씨의 혼처를 구하려고 안방 마님께서 서두시니…."

옆에서 듣고 있던 초희가 깜짝 놀라며 금이의 말을 막았다.

"얘가 쓸데없는 말을 하는구나!"

"아, 아씨…."

"있지도 않은 말을 함부로 지어내면 어떻게 하느냐!"

초희가 나무라자 금이는 금세 시무룩한 얼굴이 되었다. 세주는 금이의 말이 틀림없을 것이라 여겼지만 아무런 내색도 하지 않았다. 초희는 세주의 안색을 살폈다. 혹시나 금이의 말에 세주가 곤혹스러워 하면 어쩌나 하는 마음 때문인 듯했다.

"도련님, 철없는 아이의 말이니 귀담아 두지는 마시어요."

세주는 마땅한 대답을 찾지 못해 고개만 끄덕였다. 또다시 둘은 서로 간에 침묵하며 길을 걸었다. 세주를 만나 잠시나마 웃음을 되찾았던 초희는 다시 얼굴빛이 어두워졌고, 그녀의 기분을 풀어주려고 애썼던 세주의 노력은 퇴색되고 말았다.

유월의 하루가 또다시 저물어 가고 있었다. 저녁놀에 나란히 비친 그림자는 두 사람의 속마음도 모른 채 너무도 다정해 보였다.

여름 초입에 들어섰다. 아침부터 날씨가 흐리고 후덥지근했다.

춘추관의 기주관記注官을 겸하고 있던 예조좌랑 이응현이 지난밤 큰 변을 당했다는 소식을 전해들은 당상들이 땀을 뻘뻘 흘리며 다급히 빈청으로 모여들었다. 영의정 조석문은 방에 들어서자마자 한성부 판윤 이거영부터 찾았다.

"지난밤 기주관 이응현이 변을 당했다고요?"

"그렇습니다, 영상 대감."

조석문은 자리에 앉지도 않고 그대로 선 채 탄식했다.

"이런, 이런 변이 있나…."

우의정 강순 역시 혀를 찼다.

"허허, 그것도 집에서 살해를 당했다니…."

조석문은 천천히 제자리로 가 앉았다.

"어떤 자의 소행인지 밝혀졌소?"

이거영은 고개를 갸웃했다.

"아직은 누구의 소행인지 알 길이 없습니다."

그러자 얼마 전 좌의정이 된 박원형이 물었다.

"대감, 이번 사건에 대해 소상하게 말씀해 보세요."

이거영은 수염을 한 번 쓸어내리더니 차분히 설명했다.

"어젯밤 해시亥時 무렵 겸춘추 이응현이 자신의 집에서 복면을 한 괴한에게 살해를 당했습니다. 그 집 사내종이 신고를 받고 나간 한성부 관원들에게 사랑방에 도둑이 든 것 같다고 하여, 이를 수상히 여긴 병졸들이 방 안을 살펴보니 실제로 물건들이 어지럽게 널브러져 있었답니다."

대사헌 양성지가 이거영을 빤히 바라보았다.

"대감께서도 단순히 도둑이 든 것이라고 여깁니까?"

"예?"

"도둑이라면 몰래 들어와 물건만 훔쳐 가면 되지 끔직한 일을 저지를 이유가 없어서 하는 말입니다."

"저도 그렇게 여기고 있습니다. 값비싼 물건들이 그대로 있는 것으로 보아 단순한 도둑은 아닌 듯합니다."

"그렇다면, 무엇을 노렸을까요?"

두 사람의 대화가 흥미진진하게 이어지자 좌중의 고개가 이쪽과 저쪽을 오갔다.

"아마도… 문갑 안에 넣어두었던 무언가를 노렸던 것은 아닌지…."

가만히 듣고 있던 강순이 끼어들었다.

"그렇다면 문서 따위가 아니겠소?"

"맞습니다. 그러니 단순한 도둑일 리는 없다고 여겨지는 겁니다."

"만일 문서라면 대체 어떤 것일까요?"

"이상한 일이 하나 있었다고 합니다. 술시戌時 경에, 마당에 나와 보니 사랑방에 손님이 들어 있었던 것 같다고 사내종이 말했답니다. 만일 찾아온 손님이 있었다면 자신이 대문을 열어주었을 터인데, 딱히 그런 일이 없었음에도 방 안에서 다른 사람의 목소리가 들렸다는 거지요."

"그럼 방에 함께 있던 그자가 범인이라는 말입니까?"

"그렇게 단정할 수는 없을 것 같습니다. 여종이 자리끼를 들고 사랑방에 들었을 때는 좌랑 혼자 앉아 서책을 보고 있었다더군요."

"그 말씀은 그자가 돌아간 후에 다시 누군가가 들어와 좌랑을 살해하고 문갑 안에 있던 어떤 문서를 가져갔다는 뜻이 되겠군요."

"예, 지금으로선 그렇게 추측할 수밖에 없습니다."

"문갑 안에 있던 것이 대체 무엇이기에 사람을 죽이기까지 한답디까?"

뭔가 곰곰이 생각하는 듯하던 박원형이 물었다.

"음, 땅문서는 아닐 거고… 그렇다면 직무와 연관이 있는 것은 아닐는지요?"

이거영이 고개를 끄덕였다.

"일리 있는 말씀입니다. 저도 오면서 곰곰이 생각해보았는데,

아무래도 직무와 연관이 있지 않나 싶습니다."

양성지가 빤히 쳐다보며 물었다.

"무슨 근거라도 있습니까?"

"예조좌랑 이응현은 춘추관의 기주관이 아닌지요. 제가 알기로는…."

이거영은 말을 하다말고 주위를 조심스레 둘러보았다. 좌중은 그가 무슨 말을 하려고 그러는지 짐작조차 못한 채 그의 입만 쳐다보았다. 그가 목소리를 낮추어 말을 이었다.

"… '노산군일기'를 편찬하는 데 그도 참여하고 있었던 것으로 압니다만."

갑자기 사방에서 헛기침 소리가 들렸다. 좌중은 낯빛부터 변하며 서로의 얼굴만 쳐다보았다. 이거영은 함부로 입 밖에 내서는 안 될 말을 자신이 주책없이 꺼낸 것은 아닌지 주위의 반응을 살폈다. 그러자 조용히 듣고만 있던 조석문이 나섰다.

"조정의 최고 당상들끼리 모인 자리인데 숨길 게 뭐가 있겠소. 어서 말해 보세요."

이거영은 마른침을 삼킨 뒤 말을 계속했다.

"저도 더 이상 아는 것은 없습니다. 다만 그가 찬수관纂修官으로서 일기 편찬에 관여하고 있었기에, 이번 사건이 그의 직무와 연관이 있지 않나 하여…."

이제는 이거영도 말을 꺼리는 기색이었다.

"직무와 연관이 있다니? 그러지 말고 좀 더 소상히 말씀해 보세요."

조석문은 이거영이 뭔가 짚이는 바가 있기에 하는 말이라 여기며 대답을 재촉했다. 강순 역시 그런 느낌이 들었는지 궁금한 얼굴로 물었다.

"직무와 연관이 있는 문서라면 어떤 것이 있을까요?"

좌중의 눈빛이 모두 이거영에게 쏟아졌다. 머뭇거리던 이거영이 결국 입을 열었다.

"… '사초'가 아닐까 생각합니다만."

"사초? 어떤 사초이기에 사람의 목숨까지 빼앗는단 말입니까?"

"첩정에 따르면, 어떤 자들이 노산군 때의 사초 하나를 추적하고 있다 합니다."

"사초가 어떻게 밖으로 흘러나갑니까. 그날그날의 사초는 반드시 춘추관에 제출하도록 되어 있지 않습니까?"

양성지가 조심스럽게 말했다.

"가장사초라면 모르지요. 집에 보관하고 있던 것이 밖으로 흘러나갔을 수도 있겠지요."

조석문이 궁금한 표정으로 이거영을 바라보았다.

"누구의 사초인지는 아직 모르시오?"

"예, 또한 그것이 가장사초인지 입시사초인지도 명확하지 않습니다."

"음, 그렇다면 이렇게 추정해 볼 수 있지 않을까요? 어떤 무리가 추적하는 사초 하나가 좌랑 이응현의 손에 들어갔고, 그 자들이 그것을 빼앗기 위해 이응현의 집에 몰래 침입하여 그를 죽였다는 것으로 말입니다."

이거영이 고개를 끄덕였다.

"그렇습니다, 영상 대감. 저도 지금으로선 그렇게 짐작을 해 봅니다."

강순이 조심스레 반론을 제기하고 나섰다.

"괴한들이 찾고 있는 그 사초와 좌랑 이응현의 직무 사이에 어떤 연관이라도 있는 겁니까? 그것이 명확하지 않으면 결국 영상 대감의 말씀도 추측에 지나지 않는 것 아닙니까."

"옳으신 말씀입니다. 그래서 이번 일을 한성부에서 맡아 끝까지 파헤쳐 볼 생각입니다. 대감들께서도 이번 일을 한성부가 담당할 수 있도록 힘써 주시기 바랍니다."

"한성부 관할이니 마땅히 그래야지요."

강순의 말에 박원형도 거들고 나섰다.

"가만히 듣고 보니, 이번 사건은 좌랑의 직무와 연관이 있는 것 같고 또한 그 사초에 대해 한성부에서도 어느 정도 알고 있는 것 같으니, 그쪽에서 맡는 게 합당한 것 같군요. 그러니 그 일은 염려 마세요."

이거영은 의욕이 넘쳤다. 그렇지 않아도 어떤 사초 하나를 쫓고 있는 무리에 대해 이미 조사를 해오고 있던 터였다. 이번 사건도 결코 그들과 무관하지 않은 듯했다. 그는 이번 기회에 그자들의 정체를 반드시 밝혀내고야 말겠다는 강한 의무감 같은 것이 생겼다.

박원형이 조석문에게 시선을 돌렸다.

"영상 대감, 아무래도 지금 전하께 아뢰어야 하지 않겠습니까?"

"저도 그 생각을 하고 있었습니다만, 전하께 좋지 않은 소식을 어떻게 아뢸지 고민 중입니다."

"어쨌든 이번 일은 일기를 편찬하고 있는 찬수관이 변을 당했으니, 반드시 전하께 아뢰어야 할 중대 사안입니다."

문밖에서 인기척이 들려오자, 문 가까이에 앉아 있던 양성지가 고개를 돌리며 물었다.

"무슨 일인가?"

한성부 서윤庶尹 김규현이 문을 열고 들어와 정중히 고개를 숙였다.

"자네가 여긴 어인 일인가?"

판윤 이거영이 눈을 껌뻑거리며 묻자 김규현이 나직이 고했다.

"대감께 전해야 할 급보가 있습니다."

"급보라니? 무슨…."

"좌랑 이응현의 집 근처에서 시체 하나가 더 발견되었습니다."

"뭣이! 누구인가?"

"신원을 알 수 없는 건장한 사내였습니다."

"혹시 이응현의 집에 침입하였던 자는 아닌가?"

"그것은 알 수 없습니다만, 이번 일과 관련이 있는 자인 것만은 분명한 듯합니다."

놀란 표정으로 가만히 듣고 있던 강순이 물었다.

"어찌하여 그렇게 생각하는가. 무슨 단서라도 있는 건가?"

"검시를 담당한 의생의 말로는 어젯밤에 칼을 맞고 죽은 것 같다고 하였습니다. 좌랑 이응현이 살해된 시각과 비슷하다는 뜻이지요."

좌중은 또다시 크게 놀랐다. 도대체 뭐가 어떻게 돌아가고 있는 것인지, 그들은 도저히 감을 잡을 수 없다는 표정들이었다.

"알았네. 자네는 먼저 가서 사건을 좀 더 면밀하게 조사해 보게."

김규현은 이거영의 명을 받고 물러갔다. 좌중이 잠시 술렁거리는 사이 조석문은 이제 결심이나 선 듯이 자리에서 일어섰다.

"지금 전하를 뵙고 모든 일을 말씀드려야겠습니다."

곧장 빈청을 나선 조석문은 강녕전으로 무거운 발걸음을 옮겼다.

보료에 비스듬히 누워 있던 수양은 환관의 도움을 받으며 일어나 바로 앉았다. 편전에 든 조석문은 병마에 시달리는 임금에게 좌랑 이응현의 일을 차마 아뢸 수 없어 머뭇거렸다. 정난일기의 일로 인해 임금이 대로했던 때를 떠올리면, 더욱더 입이 떨어지지 않았다.

"영상, 할 말이 있어서 온 것 아니오?"

수양이 머뭇거리고 있는 조석문을 넌지시 바라보았다.

"전하… 다름이 아니오라, 겸춘추로 있는 예조좌랑 이응현이 지난밤 변을 당했다고 하옵니다."

"그래요? 무슨 변을 당했소?"

"정체를 알 수 없는 자에 의해 살해되었다고 합니다."

"저, 저런. 대체 어떤 자가 그런 참담한 짓을 저질렀소?"

"아직 누구 소행인지는 알 수 없으나, 한성부에서 곧 밝혀낼 것이옵니다."

"이번 사건을 한성부에서 담당하오?"

"예, 전하."

"어떤 자의 극악무도한 소행인지 꼭 밝혀내기 바라오."

이상한 일이었다. 임금의 음성은 마치 남의 일을 말하는 것처럼 매우 차분했다. 신하가 살해를 당했다는데도 임금의 음성에 변화가 없다는 것은 도무지 이해가 가지 않는 일이었다. 조석문은 임금이 병에 지쳐 이제 만사를 귀찮게 여기고 있는 것은 아닌가 하고 생각해 보았다.

"한데… 그 겸춘추가 변을 당한 연유가 무엇일까요? 한성부에서 알아낸 것이라도 있답니까?"

"아직은 단정지을 수 없으나, 이번 사건의 배후에 뭔가 있는 것은 틀림없는 듯합니다."

수양이 몸을 앞으로 내밀며 궁금한 눈초리로 물었다.

"그것이 무엇이오?"

조석문은 빈청에서 오고간 말들을 임금에게 그대로 옮겼다. 그리고 이번 사건은 한성부 판윤 이거영에게 맡기는 것이 좋겠다는 말도 빼놓지 않았다. 조석문의 이야기를 듣고 있던 수양의 표정은 변화무쌍했다. 특이하게도, '사초'에 대한 이야기가 나올 때면 어김없이 긴장하는 듯한 표정을 보였다.

조석문의 말이 끝났는데도 수양은 한동안 아무 말이 없었다.

"전하, 이만 물러가겠사옵니다."

조석문이 일어나려 하자 그때야 수양이 입을 열었다.

"조금 전에 말한 그 사초 말입니다. 한성부에서는 그 사초의 내용이 무엇인지 짐작하고 있는 것 같았소?"

역시, 임금은 신하의 죽음보다 사초에 더욱 관심을 두고 있는 것이 분명했다.

"아직 그 내용에 대해서는 모르고 있는 것 같았습니다. 다만, 오래전부터 어떤 무리가 사초 하나를 손에 넣기 위해 극악한 일을 서슴없이 저지르고 있다는 첩보를 받았다고 합니다."

이제는 수양의 수염이 미세하게 떨렸다.

"그자들의 정체에 대해 밝혀진 바는 전혀 없답니까?"

"예, 전하. 아직은…."

"한성부 판윤의 이름이 어떻게 됩니까?"

"이거영이옵니다."

"맞아요. 이 대감이었지요."

"전하, 한성부에서 모든 것을 밝혀낼 것이오니, 이번 사건을 한성부에서 담당하도록 윤허하소서."

"그럼, 그리 하도록 하시오."

"예, 전하."

"아, 그리고. 한성부에서 새로 밝혀낸 사실이 있으면 수시로 알려 주세요."

"그리하겠나이다."

조석문은 강녕전 월대를 내려오며 고개를 갸웃거렸다. 석 달 전, 정난일기가 발견되고 홍문관 부수찬 김탁우가 감쪽같이 사라졌을 때와는 임금의 반응이 판이하게 달랐다. 어젯밤 사건도 예삿일이 아니기는 마찬가지거늘, 오늘 임금의 모습은 평소와 다름없이 너무나 차분했다. 조석문은 빈청으로 걸음을 옮기며, 어심御心을 헤아린다는 것은 참으로 어려운 일이라고 생각했다.

그날 저녁, 신숙주가 한명회의 집을 찾았다. 술상을 가운데 두고 두 사람은 이응현의 일에 대해 이야기를 나누었다. 한명회 역시 이번 사건에 대해 한 신료의 죽음과 그 원인보다는 임금의 반응에 더욱 관심을 기울였다.

"한데… 아무리 생각해도 이상한 일이야…."

술잔을 만지작거리며 한명회가 혼잣말처럼 중얼거렸다. 신숙주가 들었던 잔을 내려놓으며 물었다.

"뭐가 말입니까?"

"지난번 정난일기의 일과 이번 이응현 사건과는 서로 연관이 있는 것 같으면서도, 아닌 것 같기도 하고…."

"혹시 연관이 있는 것 아닙니까? 가만히 살펴보면, 모두 춘추관에서 일하는 사람들입니다. 아직 행방이 묘연한 홍문관 부수찬이나 어제 살해된 예조좌랑은 모두 겸춘추라는 공통점이 있어요."

"그래서 저도 뭔가 연관이 있다고 여기기는 하는데, 한편으론 아닌 것 같다는 생각이 자꾸만 들어서요."

"어째서 그렇습니까?"

한명회는 잠시 대답을 미룬 뒤 잔에 남은 술을 마저 비웠다.

"…전하 때문이지요."

"예? 그게 무슨…."

"두 사건을 대하는 전하의 모습이 너무도 달라요."

"아, 참. 오늘 영상 대감이 강녕전에 들었다지요?"

"예, 오후 무렵에 저와 만났습니다. 한데, 영상 대감도 이상하게 생각하더군요. 전하께서 지난번과는 달리 이번 일에 대해서는 전혀 진노하시지도 않고 시종 차분히 말씀하셨다고 하더군요. 게다가 한성부에서 새로운 소식이 있거든 즉시 상주하라 당부까지 하셨다고 합니다."

신숙주가 허공으로 시선을 보내며 눈을 깜빡거렸다.

"거 참 별일이 아닙니까?"

"어쨌든, 지난번 일과 이번 사건이 어떤 연관이 있는지는 몰라도 일을 저지른 무리는 서로 다른 것이 분명해 보입니다."

"두 사건이 서로 연관이 있다면 같은 자들의 소행이 아닐까요?"

"어쩐지 저는 다르다는 느낌이 듭니다. 전하를 보세요. 지난번과는 달리 오늘은 담담하셨다고 하지 않습니까. 전하께서는 뭔가 알고 계셨을지도 모르지요. 보는 눈과 듣는 귀를 따로 가지고 계시는 분이 전하예요. 무서운 분이라는 것을 우리가 잠시 잊고 있었던 게지요."

"한데 듣자하니, 어떤 사초 하나를 추적하는 무리가 좌랑 이응현을 살해한 것 같다고 하던데, 그게 사실입니까?"

"글쎄요. 실제로 그 무리가 이번 일을 저질렀는지는 한성부에서도 확신할 수 없다고 하더군요. 아무래도 좀 더 지켜봐야 할 것 같습니다."

신숙주가 말을 하려다 그만두고 술잔을 비웠다. 이윽고 인상을 찌푸리며 빈 잔을 내려놓더니 입을 열었다.

"비록 전하께서 정난일기 일로 우리에게 서운한 것이 많으셨겠지만, 이번 일 같은 경우, 우리를 가장 먼저 찾으셨어야 옳은 것 아닙니까?"

한명회가 헛웃음을 지었다.

"옛날 같으면 우리를 가장 먼저 부르셨겠지요. 어찌 보면 우리 잘못이 큽니다. 처음 정난일기를 편찬할 때 우리가 전하의 마음을 헤아렸어야 했어요. 그저 우리 공신들은 자신의 이름이 사록에 오르내릴까 전전긍긍하기만 했지, 전하의 입장을 조금이라도 이해하려고 들지 않았지 않습니까."

"그건 옳은 말씀이긴 합니다. 그때 우리가 좀 더 적극적으로 나섰어야 했는데, 결국 그 일로 전하와 우리 사이가 멀어지게 되었으니…."

"큰일이에요…."

"그래서 그런지 요즘 전하께서 은밀한 말씀과 만남은 강녕전에서 하시지 않고 궁궐 깊은 교태전에서 하신다는 소문이 있습니다."

"이제는 공신들도 못 믿겠다는 뜻이지요. 환관들을 통해 말이 밖으로 새어 나간다는 것을 전하께서도 벌써부터 짐작하고 계시는 게지요."

가만히 술잔을 내려다보던 한명회가 인상을 찌푸렸다. 임금이 사내들의 발길이 닿지 않는 교태전 깊은 곳에서 은밀한 일을 처리하고 있으니, 그곳에 눈과 귀가 없는 그로서는 답답하기만 했다.

궐 안은 가까스로 평온을 유지하고 있었지만 연이어 일어난 사건으로 신료들의 마음은 그 어느 때보다 불안하기 짝이 없었다. 표면적으로는 평소처럼 평온한 분위기가 이어졌지만, 광풍은 깊은 곳에서 서서히 일고 있었다.

이응현 사건이 일어난 뒤 닷새쯤 지났을 무렵, 갑자기 은후에게 입시하라는 명이 떨어졌다. 실제 입시사관의 자격으로 편전에 들어 임금의 언동을 기록해보라는 것이었다. 그녀가 여사의 직무를 수행할 수 있는 실력을 갖추었는지 시험해 보려는 의도였다.

손광림으로부터 소식을 전해들은 세주는 곧장 입시사관이 명심해야 할 일들에 대해 일러주기 위해 은후의 방으로 건너갔다. 입시에 관한 소식을 전해 듣고도 그녀는 의외로 담담한 표정이었다. 처음 입시하는 신입사관들과는 매우 다른 반응이었는데, 아직 실감이 나지 않아서인지 아니면 담이 커서인지, 겉으로 드러난 그녀의 표정만으로는 짐작할 수가 없었다.

세주는 그녀의 마음을 슬쩍 떠보았다.

"표정에 변화가 없는 걸 보니, 자네는 전혀 긴장이 되지 않는 모양이로군."

꼭 닫혀 있던 은후의 도톰한 입술이 느릿느릿 달싹거렸다.

"실은, … 몹시 긴장됩니다. 편전에 들어 전하의 언동을 기록한다고 생각하니, 벌써 가슴이 떨리기까지 합니다."

"한데 자네의 표정은 영 그렇지가 않아. 입시의 기회를 여태 기다렸다는 얼굴인데?"

긴장하고 있을 은후의 마음을 풀어 주기 위해 세주는 장난기 섞인 투로 말했다. 그러자 은후는 피식 웃더니 진지한 표정으로 말했다.

"사부의 가르침대로, 마음을 차분히 가라앉히고 전하의 언동을 빠짐없이 기록하도록 하겠습니다."

세주는 대견한 눈빛으로 은후를 바라보았다. 여인의 몸으로 남장의 불편함을 견디고 지금까지 잘 버티어준 것만으로도 고마운 일인데, 이렇듯 위축되지 않고 패기 있는 모습까지 보여주니, 그로서는 감회가 남달랐다.

"어찌하여… 그렇게 바라보시는 건지요?"

세주가 빤히 바라보자 무안해진 은후가 시선을 돌렸다.

"아, 아닐세."

세주는 고개를 흔들며 정신을 차리고는 사관이 입시했을 때 반드시 명심해야 할 일들을 나름대로 정리해 주었다.

"우선 편전에 들게 되면 허리를 굽히고 조용조용한 걸음으로 사관의 자리로 가서 앉게. 그다음에는 공책을 펴고 기록할 준비를 한 뒤 신료들이 입시하기를 기다리며 마음을 가다듬게. 전하께서 납시면 일어나 고개를 숙이고 있다가 신료들이 자리에 앉을 때 함께 따라 앉으면 되네. 그리고 사관이 없을 때 전하와 신료들이 대화를 나눌 수 있으니, 사관은 가장 먼저 들어가고 맨 나중에 나와야 한다는 것을 꼭 유념하게."

은후는 가끔씩 고개를 끄덕여 가며 듣기에만 집중했고, 세주는 긴장하지 말고 침착하게 행동할 것을 재차 당부했다.

"마음을 차분히 해야 하네. 비록 놓친 말이 있더라도 신경 쓰지 말고 들리는 말에만 집중하게. 그렇지 않으면 모두 다 놓치고 마네. 또한 전하께서 아무리 진노하실지라도 입시한 신료들과 같이 긴장하면 안 되네. 사관은 그 자리에 없는 존재라는 사실을 명심하게."

세주는 가지고 온 책을 한 권 내밀었다.

"이것은 내가 자네에게 주는 선물이네."

"무슨 책입니까?"

"공책이네. 명일 자네는 그 비어 있는 종이에 역사를 채워 넣는 일을 하게 될 것이네. 잊지 말게. 사관이란 글자 하나하나에 자신의 목숨을 걸어야 한다는 사실을."

다음날 아침, 은후는 평소보다 일찍 입궐했다. 그녀는 예문관 자신의 방에서 잠시 눈을 감고 정신을 가다듬으며 오늘 있을 입시에 대해 마음의 준비를 했다. 세주도 은후의 첫 입시를 의식해서인지 조금 일찍 입궐해 그녀의 방으로 향했다.

조용히 눈을 감고 탁자에 앉아 있던 은후는 누가 들어오는지도 모른 채 깊은 생각에 잠겨 있었다. 그 모습을 본 세주는 도로 밖으로 나가려다 말고 인기척을 냈다. 그러자 은후가 눈을 번쩍 떴다.

“응? …사부, 오늘은 일찍 입궐하셨네요.”

“자네도 일찍 나왔군.”

이미 자신을 걱정하는 세주의 마음을 알아차린 은후가 차분히 말했다.

“저 때문에 일찍 입궐하신 것 압니다. 사부, 오늘 잘할 테니 너무 염려하지 마십시오.”

세주는 은후의 긴장을 풀어주려는 듯 가벼운 농을 섞었다.

“난 자네가 이렇게 강심장인 줄 몰랐네. 보기와는 전혀 다르니 말이야. 내 첫 입시 때는 어땠는지 아는가?”

“사부도 많이 긴장하셨습니까?”

“말도 말게. 자네에게만 하는 말인데, 난 솔직히 오줌을 지릴 뻔했다니까.”

은후가 박장대소를 터뜨렸다. 세주도 또한 자신의 말이 우스웠는지 따라 웃었다. 둘의 웃음소리는 문밖에까지 들릴 정도였다. 세주는 굳어 있던 은후의 표정이 조금 밝아진 듯하자 다소 마음이 놓였다.

“조금 있으면 상참常參이 시작될 것이니, 미리 가서 기다리도록 하지. 내가 사정전까지 자네와 함께 동행을 할 터이니, 같이 가세.”

두 사람은 일찌감치 사정전으로 향했다. 그 무렵, 빈청에는 상참에 참석할 당상들이 하나둘 모여들고 있었다. 사실 오늘은 조참이 있는 날이었으나, 임금의 건강이 좋지 않아 약식 조회인 상참으로 대신하기로 한 것이었다. 아무래도 첫 입시인 은후로서는 경연이나 조참보다는 상참에서 오고가는 말들을 기록하는 편이 훨씬 더 수월했다. 그래서 응교 손광림도 일부러 그녀의 첫 입시를 상참으로 고른 듯했다.

사정전 마당에 들어서자 벌써 환관들이 상참 준비를 위해 문 앞에서 부산하게 움직이고 있었다. 여인처럼 갸름하게 생긴 관원이 계단 위로 오르는 것을 기둥 옆에 서 있던 환관 하나가 멀뚱한 시선으로 바라보았다. 아마도 꼭 여인처럼 생긴 관원이 그의 눈에도 신기하게 비친 모양이었다.

은후는 몹시 긴장한 마음으로 세주와 함께 문 앞에 서 있었다. 조금 지나 당상들이 마당으로 들어오기 시작하자 환관이 사정전 문을 활짝 열었다. 세주가 은후에게 고개를 끄덕였다.

"이제 들어갈 때가 되었네."

은후가 조용히 안으로 들어가려 하자, 세주가 그녀의 귀에 대고 속삭였다.

"이제부터 정신을 집중하게. 전하의 숨소리조차도 놓쳐서는 아니 되네."

은후는 고개를 끄덕인 뒤 안으로 들어갔다. 세주는 마음이 놓이지 않아 잠시 그 자리에 머물렀다. 그는 그녀가 잘 해낼 수 있을 거라는 믿음은 확고했지만 그래도 걱정을 완전히 떨쳐버리지는 못했다. 혹시 그녀가 무슨 실수라도 하여 일을 그르칠지도 모르는 일이고, 무엇보다 그녀가 여인이라는 사실이 들통나면 어쩌나 하는 마음이 그의 발길을 더욱 붙잡았다. 세주가 이런저런 생각으로 차마 발길이 떨어지지 않아 서성이고 있을 때 앞쪽에서 다가오던 승정원 주서 남건주가 의아한 눈빛으로 세주를 쳐다보며 물었다.

"왜 들어가지 않고 이러고 있는가?"

세주는 대답을 망설였다.

"…저, 주서 나리."

"왜 그러는가?"

"실은, 오늘 상참 입시사관은 제가 아닙니다."

"그래? 그럼 누구인가?"

남건주는 안으로 고개를 돌렸다. 사관의 자리에 은후가 얌전하게 앉아 있는 모습이 그의 눈에 들어왔다.

"아니, 저 사람은 외사로 나갈 거라던 서 권지가 아닌가?"

"예, 나리."

"한데, 왜 저 자리에 앉아 있는 것인가?"

"입시사관입니다."

"응? 누구의 명이라도 있었는가?"

"예, 하명이 있은 것으로 압니다만."

"그, 그래?"

남건주는 의외라는 눈빛으로 안쪽을 힐끔 보더니 고개를 끄덕였다.

"아무튼 예문관의 일이니… 알았네."

세주는 편전 안을 한 번 더 바라본 뒤 마당으로 내려갔다. 잠시 뒤 상참에 참석할 당상들이 모두 안으로 들어가자 환관들이 문을 닫았다.

은후는 사관의 자리에 앉아 자세를 반듯이 하고 조용히 마음을 가다듬고 있었다. 긴장하는 마음이 솟구칠 때마다 그녀는 침착해야 한다며 스스로를 달랬다. 이제는 누구로부터도 도움을 받을 수 없는 고립무원의 처지가 되었다. 그녀는 갑자기 세주가 그리워졌다. 그때 환관의 목소리가 들렸다.

"주상 전하 납시오!"

편전의 문이 열렸다. 앉아 있던 당상들이 모두 일어났다. 은후도 따라 일어나며 고개를 숙였다. 임금이 안으로 들어왔다. 우승지 어세겸이 뒤를 따랐다. 순간, 방 안의 기운이 팽팽해지는 느낌이 들었다. 임금이 용상에 앉는 것을 보고 당상들이 자리에 앉았다. 은후는 자리에 앉자마자 서안 위에 두었던 공책을 재빨리 펴고 붓을 잡았다. 손끝에 떨림이 일어 먹물이 하얀 종이 위에 뚝뚝 떨어졌다. 밀려오는 긴장감을 그녀는 스스로 제어하기가 어려웠다. 옆에서 붓을 잡고 있던 주서 남건주가 은후를 곁눈으로 보고 있었다.

"오늘 논의할 것은 무엇이오?"

옥음이 들렸다. 처음 듣는 임금의 목소리였다. 한데, 그것이 임금의 목소리인지 어느 당상의 목소리인지 그녀는 분간할 수가 없었다. 용상 쪽에서 들렸으니 분명 임금의 옥음이리라. 은후는 다음 말을 기다리며 붓대를 꼿꼿이 세웠다.

"전하, 불손한 소疏를 올린 간관에 대해 관용을 베풀라는 어제의 전교를 거두어 주시옵소서. 아울러 그들의 복직 또한 윤허하지 마소서."

"그 일은 이미 전교를 내렸으니, 더 이상 논하지 마시오."

"장마가 근 보름 동안 지속되어 농작물이 큰 피해를 보고 있사옵니다."

"팔도 관찰사들에게 형편을 소상히 살피라 하고, 또한 피해를 본 백성들을 돌보는 데도 소홀함이 없도록 하라 이르시오."

"동부승지의 자리가 비게 되었사옵니다."

"신의와 재주가 있는 적당한 자를 가려 뽑아 보시오."

대화는 끊임없이 이어졌다. 은후는 오고가는 말들을 정신없이 써내려갔다. 누구의 목소리인지도 제대로 분간하지 못한 채 그녀는 귀에 들리는 대로 마구 흘려 썼다. 목소리가 작아 들리지 않을 때는 동그란 표시를 해 비워두었다. 사투리가 심한 이조참판의 말은 간혹 알아들을 수 없었고, 앞니가 없는 예조참판의 말은 발음이 명확치 않아 받아쓰기에 곤혹스러웠다. 우리말을 순식간에 한자로 옮겨 적는 것은 역시나 만만한 일이 아니었다. 다행히도 시간이 흐를수록 처음과 달리 긴장했던 마음은 차츰 평온을 되찾아 갔다.

"…동지중추부사를 지낸 원종공신 조덕보가 여염집 여인을 희롱했다는 소장이 올라왔사옵니다. 아울러 좌익공신 김정겸은 성문을 지키는 군사를 이유 없이 구타했다고 합니다. 지금 이들을 탄핵하는 대간들의 목소리가 높사옵니다."

갑자기 편전 안이 조용해졌다. 당상들은 숨죽이며 임금의 말을 기다렸다. 은후는 그 틈을 타서 붓으로 벼루의 먹물을 찍었다. 옆에서 함께 기록하고 있던 승정원 주서 남건주의 붓끝도 멈춰 있었다. 임금의 말을 기다리는 동안 그녀는 무심코 고개를 들어 용상을 바라보았다.

"헉!"

순간, 은후의 시선이 임금의 눈과 마주치고 말았다. 그녀는 숨이 멎는 듯 눈앞이 캄캄했다. 자신을 지그시 바라보고 있던 임금의 눈과 마주친 것이었다. 당황한 그녀는 재빨리 고개를 숙였다. 붓대를 잡고 있던 손이 부들부들 떨렸다. 임금의 침묵이 길어졌다. 자신의 머리통을 내려다보고 있을 임금을 생각하니, 그녀는 오금이 저렸다.

"…공신들은 이 나라의 기둥이나 마찬가지요. 일찍이 나와 공신은 한 몸이라 했거늘, 그만한 일로 어찌 그들에게 벌을 내릴 수가 있겠소. 불가하니, 그리들 아시오."

용상의 모서리를 잡고 있는 임금의 손이 부르르 떨렸다. 벌을 주고 싶어도 줄 수 없는 자들에 대한 임금의 분노였다.

은후는 가슴을 쓸어내렸다. 임금이 자신에게 시선을 보내던 것이 아니라, 어떤 결정을 위해 생각에 잠겨 있던 그의 시선과 우연히 마주친 것뿐이었다.

각 아문의 당상들이 차례로 돌아가며 임금께 보고했다. 편전의 분위기는 시종 엄중했고, 계속해서 수많은 말들이 오갔다.

하지만 난무하는 말들 속에도 질서가 있었고 예의가 있었고 한계가 있었다.

처음 겪어보는 일인지라 그녀는 시간이 어떻게 지나가는지 전혀 느끼지 못했다. 오로지 그녀는 자신의 귀에 들리는 음성을 받아 적는 데에만 집중했다.

마지막으로 한성부 판윤 이거영의 보고가 짧게 이어졌다. 임금이 피로한 기색을 보이자 우승지 어세겸이 이거영에게 시선을 보냈다. 눈치를 알아차린 이거영은 그만 보고를 마무리 지었다.

우승지 어세겸이 상참이 끝났음을 알렸다. 임금이 용상에서 일어서자 환관들이 다가가 부축했다. 당상들이 모두 일어나 임금에게 예를 갖추었다. 임금이 문을 향해 걸어 나가다가 문득 사관이 앉은 자리를 쳐다보았다. 고개를 숙이고 서 있던 은후는 임금의 발끝이 자신 쪽으로 향하고 있음을 알아차렸다. 또다시 그녀는 가슴이 떨려오기 시작했다. 임금의 시선이 어디로 향하는지 확실히 알 길은 없으나, 어쩐지 자신을 쳐다보고 있는 것 같은 느낌이 들었다. 그녀는 숨죽이며 계속 임금의 발끝을 주시했다. 자신을 향해 다가오던 임금의 발끝이 문으로 향하는 것이 보였다. 그제야 그녀는 가까스로 마음이 놓였다. 임금이 편전을 나서며 혼잣말로 중얼거렸다.

"음, 사관의 용모가 아름답구나…."

누구도 임금의 말을 알아듣지 못했다. 임금은 은후가 이번에 새로 뽑힌 신입사관일 거라 여기는 듯했다.

당상들이 모두 나간 뒤에야 은후는 편전을 나왔다. 얼마나 긴장했던지 그녀의 속적삼은 온통 땀으로 흠뻑 젖어 있었다. 긴장이 풀리자 그녀의 머릿속에는 보고 싶은 얼굴 하나가 떠올랐다. 그녀는 그 사내 앞에서 펑펑 울고 싶었다. 그녀는 그가 있는 예문관으로 향했다.

노산군일기

손광림은 내금위들이 지키고 서 있는 춘추관 팔작지붕 건물을 나서며 뒤를 돌아보았다. 그곳을 드나들 때마다 그는 언제나 찜찜한 마음을 금할 길이 없었다. 일 년 반이나 지난 지금까지도 변함없이 그러한 것은, 이 건물에 대해 자신만이 그런 느낌을 가지고 있는 것이 아니었기 때문이다. 손광림은 춘추관을 나와 강녕전으로 걸어가며 중얼거렸다.

"내가 지금 무슨 짓을 하고 있는 건지…."

춘추관에는 내금위들이 지키고 있는 팔작지붕의 작은 건물이 한 채 서 있었다. 그 은밀한 건물을 관원들은 스스로 '삼불관三不館'이라 불렀다. 즉 그 건물의 정체에 대해서 묻거나, 듣거나, 말하지 말라는 뜻에서 관원들끼리 붙인 별칭이었다.

그곳에서는 요즘 비밀스러운 일 하나가 진행되고 있었다. 한때 자신들의 군주였던 노산군의 통치 기록들을 '일기'로 편찬하는 중이었다. 비록 모두가 그것을 '일기'라 불렀지만, 실은 '실록

實錄' 편찬이나 다름이 없었다. 서인으로 강등돼 영월로 쫓겨난 임금의 치세 기록을 '실록'이라 부르는 것은 대역죄나 다름없으므로, 관원들은 저마다 쉬쉬하며 마지못해 '일기'라 칭했다.

《노산군일기》(훗날 단종실록)를 처음 편찬하기 시작한 때는 지난해 정월이었다. 재작년 11월 중순경 대사헌 양성지가 문적 산실散失을 이유로 들어 시정기 편찬의 시급함을 임금께 건의한 후부터였다. 시정기는 3년에 한 번씩 책으로 편찬한다는 규정이 있었지만 실제로 십수 년이 지난 그때까지 시정기를 편찬한 적이 없어서, 춘추관에 보관되어 있는 사초와 각 아문의 시정사에 관한 자료들이 시간이 지남에 따라 산실될 우려가 있었다. 이런 이유로, 임신년부터 재작년까지(단종 원년부터 세조 12년까지)의 시정기를 서둘러 편찬하자고 양성지가 상서上書를 한 것이다.

하지만 사실은 누구도 입 밖에 내는 걸 꺼려하는 말을 에둘러 표현한 것일 뿐, 양성지의 말은 노산군의 일기를 편찬하자는 뜻이었다. 당시 수양은 양성지의 건의에 대해 '알았다'고만 간단하게 대답했고, 신료들은 이번에도 시정기를 편찬하지 않고 그냥 지나가는 줄로만 알고 있었다. 하지만 수양의 속내는 겉으로 드러나지 않았을 뿐, 그리 간단한 것이 아니었다. 그의 입장에서는, 비록 노산군이 폐위된 임금이기는 하나 그의 치세에 대해서는 어떤 식으로든 기록으로 남겨야 하는 것이었다.

수양이 처음 왕위에 올랐을 때 춘추관에서 시정기를 편찬하자는 건의를 올린 적이 있었다. 그때도 처음에는 그것을 받아들였다가 나중에 다른 이유를 들어 철회했었다. 하지만 이제 병이 깊어 가는 그로서는 자꾸만 그것을 뒤로 미룰 수도 없는 일이었다. 수양은 임금으로서의 정통성이 약했기에 어쨌든 자신이 살아 있을 때 노산군일기를 마무리 지어야 한다는 강박증이 있었다. 자신이 죽고 난 후에 계유정난 때의 일이 사책에 어떻게 기록될지 그는 항시 걱정스러웠다. 그런 이유로, 그는 정난일기를 만들어 그때의 기록에 대한 지침으로 삼고자 했으나, 그것만으로는 마음이 놓이지 않았던 터였다.

손광림이 강녕전에 나타나자 환관 전균이 마루 끝으로 나와 허리를 굽혔다.

"오셨나이까. 지금 인산군 대감께서 안에 들어 계십니다."

"그런가."

손광림은 맞은편 기둥을 향해 걸어가 홍윤성이 나오기를 기다렸다.

수양과 마주하고 있는 홍윤성은 하문이 있을 때만 조심스럽게 입을 열었다. 수양은 홍윤성이 김탁우의 일과는 아무런 연관이 없다는 것을 잘 알면서도 그의 집에 괴이한 서신이 날아든 것을 구실 삼아 그를 은근히 압박하고 있었다.

수양이 그로부터 알고 싶은 것은 공신들의 근황이었다. 홍윤성은 납작 엎드려 정신을 가다듬고 임금의 물음에 소상히 대답했다. 임금에게 단단히 약점이 잡힌 그로서는 어쩔 수 없이 공신들의 동태를 일일이 고해바칠 수밖에 없었다.

문이 열렸다. 홍윤성이 벌겋게 달아오른 얼굴을 하고 나왔다. 그는 뒤도 돌아보지 않고 곧장 마당을 가로질러 밖으로 나갔다.

한편, 손광림이 긴장된 마음으로 편전에 들자, 수양은 조금 전과는 달리 밝은 표정으로 그를 맞았다.

"잘 되어가고 있는가?"

수양이 묻자 손광림이 매우 공손한 음성으로 대답했다.

"예, 전하."

"그래, 노산군 때의 시정기는 언제쯤 마무리가 될 것 같은가?"

"지금 이대로라면 올 연말쯤은 모두 끝날 것 같사옵니다.

수양은 만족한 듯 고개를 끄덕였다.

"그럼, 을해년(1455년) 이후의 시정기는 어찌 되어가고 있느냐?"

자신이 즉위한 을해년부터 올해까지의 시정기를 일컫는 말이었다.

"그것은 아무래도… 시일이 오래 걸릴 듯하옵니다."

수양은 조금 아쉬운 표정을 지었다. 비록 시정기에는 사관들의 가장사초가 포함되어 있지 않았지만, 그래도 자신이 살아 있을 때 자신의 치세에 관한 기록들을 대충이라도 알고 싶었던 것이다.

"십이 년 동안의 분량이니 한꺼번에 정리하려면 시일이 다소 걸리기도 하겠지…."

수양이 너그럽게 말하자, 긴장하고 있던 손광림은 다소 마음이 놓였다.

"그렇사옵니다. 전하."

"사록에 관한 일이다. 서둘러서 하되 신중해야 할 것이니라."

"어찌 사록의 중함을 모르겠나이까. 시정기 편찬에 한 치의 소홀함도 없도록 힘쓰겠나이다."

조용하던 밖에서 인기척이 들리더니, 곧 환관의 다급한 목소리가 문틈으로 새어들었다.

"저, 전하…."

환관의 목소리는 길게 흘렀다. 수양은 얼굴을 찡그리며 문을 향해 시선을 돌렸다.

"무슨 일이냐!"

짜증 섞인 옥음이 들리자 환관은 몹시 긴장한 얼굴로 안으로 들어왔다.

"한성부 판윤께서 급히 알현을 청하옵니다."

수양은 멀뚱한 얼굴로 환관을 쳐다보았다.

"무슨 일이기에…."

"저자에 괴서가…."

환관은 벌벌 떨며 말을 잇지 못했다. 수양이 답답한 표정을 지으며 목청을 높였다.

"들라 하라!"

판윤 이거영이 긴장한 표정으로 들어오자 수양이 대뜸 물었다.

"무슨 일이오?"

이거영은 마음을 가라앉히고 침착한 목소리로 아뢰었다.

"저자에 괴서가 나붙어 있는 것을 순라군이 발견하였나이다."

"괴문서라? 그래, 뭐라고 적혀 있던가요?"

이거영은 차마 아뢸 수가 없었다. 입 밖에 내는 것조차 불순하기 그지없는 말이었다. 그는 안절부절 못하며 주위의 눈치를 살폈다.

"판윤만 남고 모두 물러가라."

수양은 판윤의 낯빛을 보고 심상치 않은 일임을 직감했다. 손광림과 환관이 물러가자 수양이 말했다.

"자, 말해 보시오."

수양은 위엄을 갖추고 날카로운 눈빛을 보냈다.

"괴서의 내용이 너무나도 해괴한지라 감히 아뢸 엄두가 나지 않사옵니다. …노, 노산군에 관한…."

노산군이라는 말에 수양은 화들짝 놀랐다.

"금방 무어라 했소? 노산군?"

"예, 전하."

이제는 말하는 사람뿐 아니라, 듣는 사람도 긴장하기 시작했다.

"어, 어서 말해 보시오."

"괴서에는 노산군이 영월로 유배를 간 시점이 정축년(1457년 세조 3년) 유월이 아니라 이미 그 전이고 또한 노산군을 시해했으면서도 스스로 목매어 졸한 것처럼 거짓으로 사록을 꾸미려 한다고 조정을 비난하고 있사옵니다."

수양은 자신도 모르게 고함을 내지르고 말았다.

"뭣이라!"

어느새 수양의 얼굴은 새파랗게 질려 있었다. 그것은 바로 '정난일기'의 내용을 비난하고 있는 것이었다. 몸을 심하게 떨며 어찌할 바를 몰라 하던 수양은 현기증이 나는지 손으로 이마를 짚었다. 안에서 고함치는 소리를 듣고 밖에서 환관이 들어왔다.

"찾아 계시었사옵니까, 전하."

임금의 대답이 없자, 환관은 밖으로 나가려고 뒷걸음질을 했다.

"멈춰라!"

환관이 뒷걸음질을 멈추었다.

"지금 당장 영상을 들라 하라. 아, 아니다. 상당군을 급히 들라 하라."

"예, 전하."

환관은 사태의 심각성을 알고 서둘러 밖으로 나갔다. 이거영은 임금의 안색을 살피며 조용히 숨을 죽이고 있었다. 한동안 자신의 분기를 다스리지 못하던 수양은 차츰 안정을 되찾았는지 차분한 어조로 엉뚱한 질문을 했다.

"한성부에서 담당하고 있다는 그 좌랑의 일은 어떻게 되어가고 있소?"

"범인을 쫓고는 있사옵니다만, 아직은…."

"그래, 범인은 어떤 자들일 것 같소?"

"그 사건은 좌랑의 직무와 관련이 있는 듯하옵니다."

"사초와 관련이 있다고요?"

이거영은 '사초'라는 말에 깜짝 놀랐다.

"예? 예, 전하."

이거영은 임금이 거기까지 알고 있으리라고는 생각조차 못하고 있던 터였다. 아마 영의정 대감이 임금께 아뢴 모양이라고 그는 짐작했다.

"요즘 들어 조정에 좋지 않은 일들이 자꾸만 벌어지고 있소. 그러니 누구의 소행인지 반드시 밝혀내 엄단하기 바라오."

이거영이 물러가고 난 뒤 수양은 보료에 기대 깊은 생각에 잠겼다. 이제 자신의 의도가 만천하에 드러나게 되었으니 세상의 웃음거리가 될 것은 너무나도 뻔했다. 어린 조카를 죽이고 옥좌를 빼앗은 것도 모자라 이제는 그 사실마저 왜곡하려 하고 있으니, 스스로 생각해도 참으로 부끄러운 일이었다. 자신의 낯짝이 얼마나 더 두꺼워져야 그런 일들을 아무렇지 않게 감당해 낼 수 있을지, 수양은 절로 탄식이 새어 나왔다.

때마침, 빈청에 들렀던 상당군 한명회는 임금이 자신을 찾고 있다는 전갈을 듣자 곧장 강녕전으로 향했다. 무거운 발걸음을 옮기며 그는 곰곰이 생각해 보았다. 갑자기 사라졌다 다시 나타난 정난일기에 대해 지금까지 임금을 의심해 왔지만, 가만히 보니 그것은 자신의 오해인 듯했다. 그 일은 공신들을 길들이기 위해 임금이 일부러 꾸민 일이 아니라, 다른 누군가의 소행임이 틀림없었다. 그렇다면 누구일까? 감히 누가 이 궁궐 깊숙한 곳까지 들어와 정난일기를 빼돌렸다가 다시 제자리에 가져다 놓았을까? 혹시 춘추관에 있는 자들 중 누군가는 아닐까? 설마 그럴 리가…. 그는 강녕전으로 걸어가는 내내 고개를 갸웃거렸다.

수양은 한명회를 보자마자 대뜸 화부터 냈다.

"요즘 조정 돌아가는 꼴이 말이 아닌 것 같소이다."

한명회는 납작 엎드려 임금의 심기를 헤아렸다.

"모두 다 신들의 불찰이옵니다."

"허허, 정난일기의 내용이 저자를 떠돌고 있답니다."

수양이 어이가 없다는 얼굴로 혀를 끌끌 찼다.

"신도 조금 전에 듣고 매우 놀랐사옵니다. 어찌 그런 참담한 일이…"

수양은 말없이 허공을 바라보았다. 이제는 그도 이번 일이 공신들의 소행은 아니라는 확신이 들었다. 수양은 분기를 가라앉히고 숨을 고른 뒤 조용히 물었다.

"…누구의 소행인 것 같소?"

한명회는 머뭇거리는 기색 없이 곧바로 대답했다.

"아직 확실치는 않으나 조정에 큰 불만을 가진 무리인 것 같사옵니다. 아마도… 계유년의 일에 연루된 자들 중 누군가가 아닐까 하고 여기옵니다만."

"음, 상당군이 보아도 범인은 분명 정난일기의 내용을 알고 있는 것 같지 않소?"

"그런 듯하옵니다. 지난번 갑자기 일기가 사라졌을 때 분명히 그들의 손에 그것이 있었을 것입니다."

"춘추관에 있던 일기가 어떻게 궐 밖으로 나갈 수 있었겠소?"

"신도 그것이 궁금할 따름이옵니다."

"혹여 겸춘추들 중 누군가가 그랬을 수도 있지 않겠소?"

"신이 알기에는 그럴 만한 신료들은 없는 것으로 아옵니다만."

"의금부에 일러 조사를 해보도록 해야겠소."

"그렇게 하시옵소서. 또한 내금위에 하명하시어 일기청 출입을 더욱 엄히 단속하도록 하소서."

"그래야겠소."

수양은 얼굴에 흐르는 진물을 수건으로 눌렀다. 한명회는 그 모습을 보지 않기 위해 더욱 고개를 숙였다. 잠시 뒤 수건을 내려놓으며 수양이 넌지시 물어왔다.

"훔쳐갔던 정난일기를 왜 도로 가져다 놓은 것 같소?"

참으로 대답하기 어려운 질문이었다.

"신도 궁금히 여기던 바이옵니다. 지금 돌이켜 보면 조정에 혼란을 주기 위한 목적이 아니었던가 하옵니다만…."

지금 마주하고 있는 임금과 신하는 모두 같은 생각을 하고 있었다. 누군가가 임금과 공신들 사이를 이간질하려는 의도가 명백했다. 하지만 신하는 그렇게 직접 표현할 수 없는 것이었다.

"애써 에두를 것 없소."

임금이 먼저 자신의 오해를 말했다.

"…."

"군신 간에 소홀하니, 간사한 무리가 그 틈으로 끼어드는 것 아니겠소."

"전하, 모두 다 신들의 불충 때문이옵니다."

수양은 더 이상 말을 하지 않고 긴 한숨을 흘렸다.

오후 신시 무렵, 강녕전을 나온 영의정 조석문은 육조거리에 있는 의정부로 향했다. 역시 임금의 진노가 평소와 달랐다. 임금이 그토록 크게 화를 내는 모습을 그 역시 처음 보았던 것이다.

임금은 이번 괴서사건에 연루된 자들을 딩장 잡아들여 능지처참하라고 고함을 질렀다. 한동안 잠잠했던 무시무시한 피의 광풍이 또다시 휘몰아칠 기세였다. 조석문은 몹시 곤혹스러웠다. 사실 이번 사건의 책임은 자신에게 있는 것이나 마찬가지였다. 춘추관의 최고 직책인 영사를 겸하고 있는 영의정인 그로서는, 결코 그 책임을 피할 수 없었다.

의정부 회의실에는 사헌부, 의금부, 한성부, 내금위, 형조판서, 병조판서, 오위도총부의 수장들이 모두 모여 영의정을 기다리고 있었다. 그들은 이번 사건의 심각성을 누구보다 잘 알고 있는 아문의 수장들이었다. 이미 회의가 시작되고도 남을 시각인데도 궐로 들어간 영의정이 아직 나타나지 않자, 좌중의 긴장감은 점점 더해만 가고 있었다.

한참이 지난 뒤 두 번째 차를 내어온 하급관원이 밖으로 나가려 할 때 마침 영의정 조석문이 심각한 표정으로 들어섰다. 좌중은 영의정의 안색부터 먼저 살폈다. 조석문이 자리에 앉자 대사헌 양성지가 물었다.

"강녕전의 분위기는 어떠하였습니까?"

조석문은 대답 대신 한숨부터 쉬었다. 그러자 병조판서 박중선이 말했다.

"전하의 진노가 보통이 아니었을 겁니다. 아침나절에 궐에 들렀더니, 어의까지 강녕전에 들었다고 하더군요."

오위도총부 도총관 이찬겸이 놀라며 물었다.

"어의가요?"

“워낙에 진노가 대단하셨으니, 그렇지 않겠습니까.”

조석문이 천천히 입을 열었다.

“그렇습니다. 진노가 그 어느 때보다 크신 것 같습니다. 큰일이에요.”

괴서의 내용에 대해 아직 잘 모르고 있는 형조판서 강희맹이 물었다.

“전하의 노여움을 격발시킨 원인이 대체 무엇입니까?”

“괴서 때문이지요. 그 내용이 불온하기 그지없습니다.”

“대체 어떤 내용입니까?”

“입에 담는 것조차 불충이지요. 허나, 어쩌겠습니까. 여기 모이신 분들은 그 내용을 알아야만 되지 않겠습니까?”

조석문이 이거영을 향해 고개를 돌렸다.

“판윤께서 말씀해 보세요.”

이거영이 무거운 목소리로 말했다.

“저… 내용은 노산군에 관한 것인데, 영월로 유배를 간 시기가 정축년 유월이 아니라 그 이전이라는 겁니다.”

형조판서 강희맹이 새삼스럽지도 않다는 얼굴로 물었다.

“그건 사실이 아닙니까? 십여 년 전이라 기억이 가물거리기는 한데, 저도 그렇게 기억하고 있습니다만….”

강희맹의 말은 사실이었다. 하지만 좌중의 다른 사람들과는 달리 조석문과 양성지는 눈을 껌뻑거렸다. 정난일기의 내용과 그 편찬 의도를 전혀 모르는 강희맹으로서는 충분히 그렇게 말할 수도 있는 것이지만, 모든 사실을 알고 있는 두 사람으로서는 듣기가 거북했다.

"그리고 노산군은 스스로 졸한 것이 아니라 시해를 당한 것이라며 간사한 붓질을 당장 멈추라고 조정에 경고까지 하는 내용이었습니다."

도총관 이찬겸이 자신도 모르게 발끈하고 말았다.

"뭐, 뭐요! 경고를 보내요?"

이거영의 말을 듣고 강희맹과 나머지 사람들은 그제야 지금 춘추관에서 하는 일이 무엇인지 어렴풋이 짐작했다. 그러자 좌중의 분위기가 순식간에 확 바뀌더니 서로 눈치를 보며 말하기를 꺼렸다.

"이제 다들 짐작하고 계시는 것 같으니 하는 말입니다. 전하께 부담이 되는 일을 그대로 사록에 남길 수는 없지 않겠습니까?"

말을 하는 조석문처럼, 듣고 있는 좌중도 어렵기는 매한가지였다. 정난일기의 내용에 대해 이제 대충 감을 잡은 이거영이 물었다.

"영상 대감, 그럼 괴서의 내용이 정난일기에 있는 것입니까?"

"그런 것 같소이다."

"그렇다면 정난일기를 그자들이 보았다는 뜻이 아닙니까?"

"그런 셈이지요. 그러니 일기를 훔친 자들이 바로 그자들이라는 말이 되겠지요."

이거영이 내금위장 신응길을 바라보았다.

"춘추관 서고에 있던 정난일기가 어떻게 궐 밖으로 유출되었을까요?"

궁궐의 수비를 맡고 있는 신응길이 겸연쩍은 얼굴로 말했다.

"아무리 생각해도 궐내의 누군가에 의해서가 아닐까 하고 여깁니다만…."

"그렇다면 겸춘추들을 의심하는 겁니까?"

"꼭 누구를 의심한다기보다는, 그렇지 않고서는 일기가 궐밖으로 나갈 경로를 찾을 수 없기에 드리는 말씀입니다."

의금부 도사 정은이 갑자기 나섰다.

"혹시…."

모두 그의 입을 바라보았다.

"갑자기 행방이 묘연해진 기사관 김탁우가 아닐까요?"

이거영이 물었다.

"어찌하여 그자라고 여깁니까?"

"김탁우가 사라지고 난 뒤 의금부에서 겸춘추들을 모두 조사했습니다만, 누구에게서도 단서를 찾을 수 없었습니다. 그래서 제 생각에는, 그자가 훔쳐갔다가 다시 제자리에 가져다 놓았을 가능성이 있다는 것이지요."

"글쎄요, 그자만 빼고 모두 조사를 했으니, 그렇게 추측해 볼 수도 있겠지요. 허나, 그것은 어디까지나 추측이 아닙니까?"

"뭐, 그렇긴 합니다만…."

조석문이 이거영과 도총관 이찬겸을 번갈아 바라보았다.

"그건 그렇고, 괴서가 또 저자에 나붙을지 모르니 경계를 더욱 철저히 해야 할 것입니다. 백성들이 이 사실을 알게 되면 어찌 되겠습니까?"

그리고 그는 신응길에게도 덧붙였다.

"특히 내금위장은 춘추관의 일기청 경계를 더욱 엄중히 하세요."

"예, 영상 대감."

강희맹이 이거영에게 물었다.

"이번 일은 조정의 사록 편찬에 불만을 품은 자들의 소행이 확실하군요. 아, 참! 판윤 대감, 거 무슨 말씀입니까? 이응현이 죽기 전에 누군가를 만났다고 하는 것 같던데, 그 사람이 대체 누구입니까?"

"아, 그렇지 않아도 말씀드리려 하던 참입니다. 그날 술시 경에 이응현과 함께 방에 있었던 자에 대해서는 아직 밝혀내지 못했습니다만, 이응현이 퇴궐하면서 저자거리 선술집에 잠시 들렀는데, 그때 함께 있었던 사람은 알아냈습니다."

"누구입니까?"

"기사관으로 있는 홍문관 수찬 심주근입니다."

"이응현과 같은 겸춘추가 아닙니까?"

그러자 갑자기 의금부 도사 정은이 나섰다.

"그럼, 의금부에서 그 수찬을 조사해 보겠습니다."

이거영이 고개를 끄덕였다.

"그렇게 해 보시오. 하지만 함께 있었다는 이유만으로 그 수찬을 의심해서는 아니 될 것입니다. 조사하다 보니, 이응현이 마지막으로 만난 사람이 그 수찬이었다는 것 외에는 밝혀진 것이 없으니까요."

형조판서 강희맹이 뭔가 미심쩍다는 듯이 말했다.

"가만히 보니, 정난일기의 분실과 이번 괴서사건 그리고 이응현의 살해사건에는 모두 춘추관이라는 공통점이 있군요. 그렇다면 이응현의 살해사건도 나머지 두 사건과 연결해서 보아야 하지 않겠소?"

"잘 보셨습니다. 저는 이응현의 사건이 정난일기의 분실과 연관성이 있다고 여기면서도 확신하지는 못했습니다. 하지만 이번 괴서사건을 보면서 세 사건은 서로 연관이 있다는 것을 확신하게 되었지요."

이거영의 말에 모두 수긍하는지 고개를 끄덕였다. 한동안 회의는 계속되었다. 하지만 이번 사건을 일으킨 자들의 목적은 어렴풋이 드러났지만, 그들의 정체에 대해서는 여전히 의문이었다.

뒤숭숭했던 하루가 저물었다. 저녁 무렵, 한명회의 집으로 정인지와 홍윤성이 찾아왔다. 한명회는 궐에 다녀온 뒤로 혼자 사랑방에 틀어박혀 꼼짝도 하지 않고 생각에 잠겨 있었다. 이번 괴서사건으로 인해 그동안 임금에게 품어왔던 오해는 풀렸지만, 한편으론 자신의 예리함도 이젠 점점 무뎌지고 있음을 그는 실감했다.

"범옹은 함께 오지 않으셨는가?"

한명회가 신숙주에 대해 묻자 홍윤성이 대답했다.

"연통을 보냈으나, 여름이라 기력이 쇠하신 건지 댁에 계시겠답니다."

"요즘 세상 돌아가는 게 어수선해서 그러시겠지…."

홍윤성이 멋쩍은 표정을 보였다.

"실은, 요즘 저도 참으로 죽을 맛입니다. 전하께 약점을 잡혀서…."

"그래서 공신들의 일을 전하께 일러바치시는가?"

홍윤성은 손사래를 치며 변명했다.

"오해십니다, 상당군 대감. 저는 그저 전하께서 하문하시는 것만 대답해 올렸을 뿐입니다."

한명회가 못마땅한 얼굴로 헛기침을 했다.

"어험…."

가만히 앉아 있는 정인지의 표정은 무척 심각해 보였다. 한명회는 그 이유를 충분히 짐작하고도 남았다. 지금 누구보다 마음이 복잡할 그이기에, 그냥 모른 체 하는 편이 나을 것 같았다. 사실 정인지는 이번 괴서사건으로 누구보다 마음고생이 심했다. 사건을 일으킨 무리의 목적이 명확해졌기 때문이다. 사록편찬에 대한 조정의 의도를 미리 알아챈 이들이 경고까지 보내고 있으니, 머지않아 자신의 이름이 사책史冊에 오르내리게 될 것은 너무나도 자명한 일이었다. 그는 자신이 신숙주와 더불어 노산군을 사사하도록 임금께 아뢴 일이 두고두고 후회스러웠다.

정인지가 걱정스러운 표정으로 한명회에게 물었다.

"대체 괴서를 뿌린 자들의 정체가 뭐랍니까?"

"그자들이 무엇을 노리는지 확실히 드러났으니, 곧 밝혀지겠지요."

"결국, 세 사건 모두 같은 자들의 소행이지 않습니까?"

"그렇지요. 아마도 놈들이 정난일기를 통해 앞으로 노산군일기가 어떻게 편찬될 것인지를 미리 짐작한 것이겠지요."

"분명히 그럴 겁니다. 그러니 경고까지 하는 것이 아니겠습니까."

"전하의 노여움은 그자들의 대범함에 있는 것인지도 모릅니다. 일기를 훔쳐가는 것도 모자라 되돌려주며 당장 허튼 붓질 멈추라고 경고까지 하고 있으니…."

"음, 그러니 그 진노가 얼마나 대단하셨겠습니까."

"아마 이번 일로 영의정이 바뀔 수도 있을 겁니다."

홍윤성이 눈을 크게 뜨고 물었다.

"전하께서 언질을 주셨습니까?"

한명회가 무뚝뚝한 말투로 반문했다.

"이보시게. 전하께서 미리 말씀하실 분이신가?"

"다른 분들은 몰라도 여태까지 대감에게만은 미리 말씀해 주시지 않았습니까?"

한명회가 쓴웃음을 지었다.

"그 좋은 시절도 이제는 다 지나간 것 같네 그려. 허허허…."

"그럼, 어느 분을 영의정에 앉힐까요?"

"전하의 병세가 깊어가고 있으니, 더더욱 믿을 만한 사람으로 고르시지 않겠는가."

"또 적개공신들 중에서 골라 뽑으시지는 않겠지요?"

"그건 모르는 일일세."

"설마, 아직 새파란 공조판서 남이는 아닐 테고…."

"내 생각으로는 귀성군을 영의정으로 앉히지 않을까 여기네만."

"예? 스물 예닐곱 먹은 귀성군이 뭘 안다고 그 자리에 앉힙니까."

정인지가 확인하듯 물었다.

"설마 그럴 리가 있겠습니까?"

한명회가 고개를 좌우로 흔들었다.

"지금 전하의 병세로는 올해를 넘기시기 힘들 겁니다. 그것을 전하께서는 누구보다 잘 알고 계시지요. 그러니 믿을 수 있는 종친들 중에서 영의정을 찾지 않겠습니까?"

홍윤성이 불만을 터뜨렸다.

"하여튼, 전하께서 적개공신들만 감싸고도시니 그자들이 우릴 우습게 여기는 겁니다. 요즘 남이는 교태전까지 드나들며 전하와 밀담을 나누기도 한답니다. 대감, 이대로 가만히 보시고만 계실 겁니까?"

"이 사람아, 내가 뭘 어쩌겠는가? 전하께서 하시는 일이 아닌가."

"그래도 그렇지요. 아직 머리에 피도 안 마른 어린 것들이 뭘 안다고 조정 안팎을 휘젓고 다니는지, 원…."

"…."

여전히 시원한 대답이 없자 홍윤성은 보채듯이 말했다.

"정말 대책이 없으신 겁니까?"

한명회가 괴이쩍은 웃음을 흘렸다.

"좀 기다려 보시게. 아무래도 사냥개를 풀어서 잡는 것이…."

갑자기 홍윤성의 눈동자가 커졌다.

"사냥개라니요?"

한명회는 천정을 응시하며 중얼거렸다.

"병조참지參知 유자광이라, 유자광, 음…."

춘추관은 깊은 침묵에 빠져서 고요했다. 일기청의 찬수관들은 묵묵히 자신들의 직무만 수행했을 뿐 누구도 이번 일에 대해서는 함부로 입을 열려고 하지 않았다. 자신들이 불순한 무리들의 목표였다는 사실을 뒤늦게 알게 되면서 그들은 내심 불안에 떨고 있었다. 애초부터 모두가 내켜 하지 않았던 일이, 결국은 그들 자신을 옥죄고 있는 셈이었다.

작년 정월, 노산군일기를 편찬하기 위해 처음 일기청을 세울 때 겸춘추들뿐 아니라 그 누구도 찬수관이 되는 것을 꺼렸다. 그들은 자신들의 이름이 찬수관으로서 노산군일기에 실린다는 것 자체를 매우 부끄럽게 여겼다. 누가 보아도 사실史實 왜곡은 피해갈 수 없는 일이기에, 찬수관으로 지명된 자들은 이런저런 핑계를 대가며 일기 편찬에 참여하려 들지 않았다. 뒤늦게 그 사실을 알게 된 수양은 깊은 충격에 빠졌다. 비록 실록이 아닌 일기라 할지라도 찬수관의 명단을 싣지 않을 수는 없는 일이었다. 하지만 신료들이 일기 편찬에 참여하기를 모두 꺼려 하는 상황이니, 그는 어쩔 수 없이 한발 물러나 신료들과 묵시적인 타협을 하지 않을 수 없었다. 결국, 그는 찬수관의 명단을 노산군일기에 싣지 않기로 하고 겸춘추들과 그 외에 몇몇 신료를 뽑아 일기청에 들여보냈다.

세주는 은후를 데리고 춘추관으로 향했다. 그녀에게 시정기의 편찬 규정에 대해 가르쳐주기 위해서였다.

시정기가 보관되어 있는 춘추관 입구에 이르자 여느 때와는 달리 경계가 매우 삼엄했다. 특히 삼불관이라 부르는 일기청 건물 앞에는 내금위 군사들이 두 눈을 부릅뜨고 엄중한 경계를 펼치고 있었다.

두 사람이 서각이 있는 건물로 들어가려 할 때 마침 뒤쪽에서 지장 서치성이 종이 다발을 메고 들어와 일기청 쪽으로 향하고 있었다. 그는 세주와 은후에게 가볍게 고개를 숙인 뒤 내금위 군사들과 몇 마디 나누더니 곧장 일기청 안으로 들어갔다.

서고에 들어선 세주는 서각으로 다가가 책 한 권을 뽑아들고 탁자로 돌아왔다. 그리고는 은후에게 책을 내밀며 펼쳐보라는 듯이 턱짓을 한 뒤 서각으로 되돌아갔다. 은후는 건네받은 책을 한 장씩 넘겨가며 꼼꼼히 훑어보았다. 잠시 후, 세주가 다른 책 한 권을 들고 탁자로 걸어와 맞은편에 앉았다.

"자네도 대충은 알겠지만, 각 아문에서 적어 올린 시행사를 편찬 규정에 따라 정리하여 책으로 엮은 것이 바로 이 '시정기' 일세. 어떤가?"

은후가 책장을 넘기며 대답했다.

"놀랍습니다. 각 아문의 시행사가 일목요연하게 적혀 있군요."

"나중에 실록청이 세워지면 이것을 기초 자료로 하여 실록을 편찬하는 것이지."

"시정기 안에 사초의 내용도 들어 있습니까?"

"물론이지. 하지만 입시사초의 내용만 있네."

"한데, 여기에는 그러한 내용이 없는 것 같습니다만…."

"이 책도 시정기의 일부이긴 하지만, 여기에는 각 아문의 시행사들만 들어 있지."

"저는 사초의 내용이 담겨 있는 시정기를 볼 수 없는지요?"

"사관 이외에는 누구도 함부로 볼 수 없다네. 그 안에는 아주 민감한 내용이 많은데, 만일 그것이 밖으로 새어 나간다면 어찌 되겠는가?"

"네…."

"너무 서운해 하지 말게. 자네가 사관이 아니라서 보여줄 수 없는 것뿐이니."

은후는 애써 낯빛을 바꾸며 농담 투로 말했다.

"아닙니다. 저는 그런 위험한 글을 보고 싶지 않습니다."

"위험한 글이라? … 허허, 그렇지 대단히 위험한 글이지."

세주는 갑자기 진지한 표정으로 변했다.

"그래서 하는 말인데, 지금 옆 건물에서는 아주 위험한 글들을 다루고 있다네. 그러니 자네는 그 근처에는 얼씬도 하지 말게."

"예, 사부. …지난번 일은 제가 경솔했습니다."

세주는 은후가 무엇을 말하는지 얼른 감이 오질 않았다.

"지난번 일이라니?"

"제가 모르고 옆 건물에 다가갔다가 사부께 혼나지 않았습니까."

그때 세주가 왜 자신을 그토록 무섭게 꾸짖었는지 그녀는 요즘 춘추관 돌아가는 사정을 보면서 어렴풋이 이해하게 되었다.

"아, 그때 그 일?"

세주는 자신의 꾸지람에 그만 울상을 짓던 은후의 모습을 떠올렸다.

"그땐 내가 너무 지나쳤지? 아무것도 모르는 자네에게 벌컥 화부터 냈으니…."

"아닙니다. 제가 생각 없이 가볍게 행동해서 그리 된 것입니다."

"그건 그렇고, 지난번 자네가 입시하여 쓴 사초는 다음에 편찬될 시정기에 포함될 것이고 또한 나중에는 실록에도 실려 후세에 전해지게 될 걸세. 어떤가?"

"어깨가 더욱 무거워지는 것 같습니다."

세주가 기특하다는 듯이 은후를 바라보았다.

"음, 됐네. 사관의 마음가짐은 바로 그래야 하는 것이거든."

"…."

"아, 참! 혹시 지난번 입시 때 미처 받아쓰지 못했던 대화 내용을 그날 함께 입시했던 주서 나리께 따로 물어본 적이 있는가?"

"예, 그렇습니다만…."

세주는 다시 진지한 표정을 지었다.

"앞으로는 절대로 그렇게 하지 말게. 사관은 자신이 보고 듣고 느낀 것만 기록하면 되는 것이네. 자신이 듣지 못한 대화 내용을 남에게 물어서 적는 것은 아주 위험한 행동이야. 똑같은 말과 행동도 보고 듣는 개인의 관점에 따라 얼마든지 다를 수 있기 때문에 사관은 전적으로 자신의 판단에 따라야 하는 것일세."

"예, 사부."

"그리고 또 하나 명심해야 할 것은, 직필直筆은 살아서 죽고, 곡필曲筆은 죽어서 죽는다는 사실을 항시 마음에 새겨 두게."

"무슨 뜻인지 잘 알겠습니다."

세주는 마치 자기 자신에게 넋두리하듯 말했다.

"목숨이 아까우면, 붓을 놓으면 그만인 것이지…."

잠시 딴 생각에 젖었던 세주가 이내 책을 펼쳐 보이며 말했다.

"자, 여기를 보게. 시정기를 작성하는 데는 일정한 형식이 있지. 처음에는 날짜와 간지, 날씨, 재해 등을, 다음에는 임금의 거소居所, 그리고 그 다음에는 경연이나 조회 등에서 오고간 대화 등을 이렇게 순서대로 기록하는 것이네."

은후는 세주의 말을 한마디도 놓치지 않으려고 정신을 집중했다. 머지않아 자신도 여사의 직임을 부여받고 사관으로서의 막중한 직무를 수행할 생각을 하니, 그녀는 어느 때보다도 무거운 책임감이 느껴졌다.

지난번 은후가 처음 입시해 작성한 사초는 세주가 다시 정서하여 춘추관에 제출했다. 세주는 은후가 처음으로 작성한 사초에 대해 그런 대로 만족했지만, 아직 대화 내용 중 어려운 말을 이해하지 못해 받아쓰지 못한 것은 큰 흠 중 하나였다. 반면, 필체를 살펴보니 손놀림은 빠른 듯 싶었고, 사투리를 알아듣지 못해 가끔씩 대화 내용을 빠뜨린 것은 경험으로 해결될 문제였다. 전체적으로 보아 차츰 경험이 쌓여 가면 사관의 직무를 수행하는 데 별 무리는 없을 것 같았다.

두 사람은 다시 예문관으로 돌아왔다. 은후는 제 방으로 들어가고 세주는 손광림의 방으로 걸음을 옮겼다. 세주가 방으로 들어서자 춘추관 기사관으로 있는 홍문관 저작著作 양원지가 손광림과 마주앉아 있었다. 세주는 양원지와 먼저 눈길로 인사를 나눈 뒤 손광림을 바라보며 입을 열었다.

"부르셨다고 들었습니다만…."

"거기 좀 앉게."

세주는 두 사람을 번갈아 보며 엉거주춤 자리에 앉았다.

"이번에 이 사람이 포쇄관曝曬官으로 가게 되었네."

손광림이 양원지를 가리키며 말했다. 양원지는 세주와 나란히 문과에 급제해 지금은 같은 정8품 벼슬을 하고 있었다.

"이번에 포쇄할 사고는 어느 곳입니까?"

"충주사고史庫인데, 자네도 함께 다녀오게."

세주는 깜짝 놀랐다.

"예?"

"양 저작과 함께 가서 봉안된 실록이 이번 장마에 무탈한지 꼼꼼히 살펴보고 오게나."

"저는 사초를 쓰는 더 막중한 직무가 있지 않습니까? 어찌하여 저를…."

손광림은 세주에게 무슨 말인가 하려다 그만두고는 양원지를 향해 고개를 끄덕였다.

"자네는 그리 알고 먼저 나가보게."

양원지가 자리에서 일어나 밖으로 나가자 손광림이 말했다.

"누군가 함께 가야 할 사관이 필요했는데, 마침 자네가 적격이라는 생각이 들어서 위에 말씀을 드렸네. 서 권지도 데려가게."

세주는 더욱 놀랐다.

"예?"

"자네도 알다시피, 요즘 궐 안이 무척 시끄럽지 않은가. 내금위 군사들이 눈을 부라리며 돌아다니고 있는 판에 서 권지가 남의 눈에 띄어 좋을 게 뭐가 있겠는가. 그러니 이참에 잠시 궐을 벗어나 있는 것도 괜찮은 법이지."

"제가 알기로는 이틀 후에 떠나는 것으로 압니다만."

"예정대로 모레 떠나게 될 걸세. 그리 알고 준비하게."

"…예, 나리."

세주는 마지못해 대답했다. 은후에게 이 소식을 어떻게 전해야 할지, 그는 벌써 고민이었다. 무엇보다, 먼 길을 여인과 동행한다는 것은 이만저만 불편한 일이 아닐 수 없었다. 게다가 이 삼복더위에 여인의 몸으로 먼 길을 떠나야 하는 은후의 처지를 생각하면 더더욱 난감한 일이었다. 또한 그 먼 곳까지 그녀가 말을 타고 달릴 수 있을지도 의문이었다. 하지만 손광림의 말에도 일리는 있었다. 궐 안이 몹시 살벌한 이때, 혹여 은후가 남의 눈에 띄어 괜한 의심을 산다면 그녀에게도 좋은 일은 아니었다. 한편, 세주에게는 이번참에 충청도 관찰사로 나가 계시는 아버지를 잠시 만나 뵐 수 있는 뜻밖의 기회이기도 했다.

의외였다. 세주는 자신의 귀를 의심했다. 손광림의 방에서 돌아온 세주는 지체 없이 은후에게 소식을 전했다. 이미 결정된 일을 가지고 시간을 끈다는 것은 결코 그녀를 위한 일이 아니었고, 오히려 그녀에게 원행 채비를 단단히 할 수 있도록 여유를 주는 편이 훨씬 더 나은 일이었다. 하지만 예상과는 달리, 세주로부터 소식을 전해들은 그녀는 갑자기 얼굴색이 밝아지면서 어린아이처럼 좋아했다. 게다가 이번 원행이 한 이레 정도 걸린다는 세주의 말에, 보름 정도였으면 더 좋았을 걸, 하고 혼잣말을 하기도 했다. 세주는 그녀의 반응에 오히려 괜한 걱정을 한 것 같아서 머쓱할 정도였다. 그동안 궐에서의 생활이 오죽 답답했으면 저럴까, 하고 생각하니 한편으론 그녀가 가엾기도 했다.

퇴궐길에 종루 근처를 지나고 있던 세주는, 누군가 자신을 부르는 소리를 듣고 걸음을 멈추었다. 소리가 들린 쪽으로 그가 고개를 돌리자 금이가 다가오고 있었다.

"네가 여긴 어인 일이냐?"

금이는 흐르는 땀을 소매 끝으로 연신 훔치며 말했다.

"아씨를 모시고 왔사옵니다."

세주는 주위를 둘러보았다.

"어디에 계시느냐?"

"저기 포전布廛 앞에서 기다리고 계십니다."

"그래? 앞장서거라."

세주는 금이를 따라 근처 포전으로 향했다. 포전 앞에는 장옷으로 얼굴을 반쯤 가린 초희가 금이를 기다리며 서성이고 있었는데, 삼복더위에 장옷까지 걸쳐서인지 초희의 얼굴에는 제법 굵은 땀방울이 맺혀 있었다. 금이와 세주가 걸어오는 모습을 발견한 초희는 장옷을 내린 뒤 손수건으로 땀을 훔쳤다. 세주가 가까이 다가가며 말했다.

"낭자, 기별도 없이 여기까지 어인 일이오?"

초희는 반가운 기색을 보였다.

"도련님을 뵙고자 하여…."

"삼복더위에 어려운 걸음을 하였습니다."

"함께 이야기를 나누고 싶은데 마땅한 곳이…."

"그럼, 지난번에 갔던 개천은 어떻습니까?"

초희는 말없이 고개를 끄덕였다. 세주가 앞장서서 개천 쪽으로 방향을 잡자 그녀는 다시 장옷으로 얼굴을 가린 뒤 세주를 따라 걸음을 옮겼다. 세 사람이 종루에서 개천이 있는 남쪽을 향해 걷기 시작할 때, 막 종루에 접어든 은후가 세주의 뒷모습을 발견했다. 그녀는 반가운 마음에 빠른 걸음으로 세주에게 다가갔다. 그런데 앞서가던 세주가 걸음을 멈추더니, 그 뒤를 따르던 어떤 여인과 함께 나란히 걷는 모습이 그녀의 눈에 들어왔다. 깜짝 놀란 은후는 걸음을 늦추고 둘의 모습을 지켜보며 천천히 따라 걸었다. 보아하니, 장옷을 걸치고 세주와 함께 걷는 여인은 초희 낭자가 분명했다. 은후는 둘의 다정한 뒷모습에 갑자기 실두심이 생겨나고 까닭 없이 세주가 미워지기 시작했다.

광통교 근방에 이르자, 어느덧 그들의 모습은 시야에서 완전히 사라져 보이지 않았다. 은후는 그들이 사라진 곳을 멍하니 응시하며 한동안 제자리에서 꿈쩍도 하지 않았다. 그녀는 당장이라도 사내의 복색을 벗어던지고, 실은 나도 여인이었노라고 외치며 세주에게 달려가고 싶은 심정이었다.

이틀 뒤, 은후와 세주는 충주사고에 봉안되어 있는 실록을 포쇄하기 위해 길을 떠났다. 둘은 포쇄관 양원지와 함께 한강진에서 나룻배를 타고 강을 건넌 뒤, 용인 방향으로 말을 몰았다. 세주는 능숙하게 말을 모는 은후를 보고 속으로 무척 놀랐다. 말을 탄 그녀의 모습은 마치 어디론가 훨훨 날아가 버릴 듯 가벼워 보였고 표정 또한 밝았다.

오시午時 중간쯤, 일행은 판교에 닿았다. 앞서가던 양원지가 뒤돌아보며 세주에게 말했다.

"윤 대교, 저 고개를 넘으면 원(판교원板橋院)이 있는데, 잠시 들렀다 가도록 하지."

세주는 주룩주룩 흐르는 땀을 손등으로 훔쳤다.

"그리 하세."

그는 대답을 하고 뒤를 돌아보았다.

"힘들지 않은가?"

은후의 표정은 밝았다.

"저는 괜찮습니다. 땀을 많이 흘리시는데, 사부는 괜찮으십니까?"

"견딜 만하네."

삼복더위에 비탈길을 오르는 말들의 숨결이 몹시 거칠었다. 고갯마루를 넘자 바로 아래에 작은 소나무 숲이 나타났고, 그 뒤로 지붕이 나뭇가지에 반쯤 가려져 있는 판교원 건물이 보였다. 잠시 뒤 원 건물 앞에서 양원지가 마패를 꺼내 보이자, 역졸들이 말들을 마방으로 끌고 갔다. 곧이어 역장이 달려 나와 세주 일행을 공손히 맞이했다.

"어서 오십시오."

수염이 덥수룩한 역장이 고개를 숙였다. 양원지는 그에게 점잖은 말투로 부탁했다.

"요기를 하고 곧바로 떠날 것이니, 준비해 주시게나."

"예, 나리."

뒤돌아서려는 역장에게 양원지가 덧붙였다.

"땀을 많이 흘렸으니, 우선 좀 씻어야겠네."

"그럼, 소인을 따라오시지요. 뒤란에 시원한 우물이 있습니다."

역장이 앞장서서 우물로 향하자, 은후는 무척 난감했다. 역장을 따라 걸음을 옮기던 양원지가 뒤돌아보며 은후에게 말했다.

"자네는 왜 그러고 있는가?"

은후는 갑자기 마땅한 핑계거리가 떠오르지 않아 더듬거렸다.

"저, 저는 괜찮습니다. 땀을 많이 흘리는 편도 아니고…."

"그래도 좀 씻으면 시원할 걸세. 어서 따라오게."

"예…."

은후는 마지못해 걸음을 옮겼다. 세주는 그녀의 안색을 흘끔 살폈다. 지금 그녀 못지않게 난처한 사람은 바로 자신이었다. 그러니 어떻게든 이 상황에서 그녀가 벗어날 수 있도록 도와주어야만 했다. 하지만 그도 마땅한 방법이 떠오르지 않는 것은 마찬가지여서, 그녀 스스로가 어떤 핑계라도 대어 주기만을 바랄 뿐이었다. 뒤란에 당도하자 역장이 우물을 가리키며 말했다.

"여기입니다. 그럼, 소인은 이만…."

역장이 물러가자 양원지는 갓과 도포를 훌러덩 벗어던졌다. 그리고 땀에 젖은 저고리를 마저 벗으며 세주와 은후를 쳐다보았다.

"자네들은 뭐하는가?"

"어?"

세주는 난처했다. 그는 여인 앞에서 옷을 벗기가 민망하여 갓끈만 붙잡고 머뭇거렸다. 민망하기는 은후 또한 마찬가지였다. 그녀는 사내의 알몸을 똑바로 바라보는 것이 부끄러워 시선을 어디에 두어야 할지 몰라 고개를 돌렸다.

"서 권지, 이리 와서 물 좀 끼얹어 주게."

웃통을 다 벗은 양원지가 팔다리를 땅에 짚고 엎드리며 말했다. 그러자 고개조차 돌리지 못하던 은후가 더듬거리며 세주에게 말했다.

"사, 사부가 물을 끼얹어 주시지요. 저는 아무래도, 고뿔 기운이 있는 듯하여…."

이때다 싶어 세주가 재빨리 나섰다.

"응, 그래 알았네. 고뿔이 심해지면 원행에 차질이 생길지 모르니, 자네는 찬물을 조심하게."

"그럼, 저는 마당에 나가 있겠습니다."

"그리 하게."

"뭣하고 있는가! 물 좀 끼얹어 달라니까."

양원지가 엎드린 채 재촉하자, 세주가 그에게 다가갔다.

"그래, 알았네."

은후는 안도의 한숨을 내쉬며 빠른 걸음으로 뒤란을 벗어나 마당으로 나갔다. 그녀가 사라지자마자 세주 역시 기다렸다는 듯이 얼른 웃통을 벗어던졌다.

한 시진 후, 일행은 다시 말에 올라 길을 떠났다. 사내 둘은 찬물에 몸을 씻어서인지 개운한 표정이었지만, 은후는 다소 지친 모습이었다.

"오늘 밤은 용인에서 묵을 것이니 천천히 가도록 하세."

양원지의 말에 세주가 대답했다.

"명일이 힘들겠구먼."

"용인에서 충주까지 가려면 쉬지 않고 부지런히 말을 몰아야겠지."

양원지가 뒤돌아보며 은후에게 말했다.

"자네, 괜찮겠는가? 고뿔 기운이 있다면서."

은후는 애써 밝은 표정을 보였다.

"그리 심하지는 않습니다."

"자네도 능복을 함께 했으면 좋았을 걸…. 아미 하룻밤 지나고 나면 괜찮아질 걸세. 명일은 다 함께 개울에 들어가 멱이라도 감으세."

"…."

은후는 난감한 마음에 대답하지 못했다. 원행을 따라나선 자신의 결정이 갑자기 후회스러웠다. 사내들과 동행한다는 게 이렇게도 불편한 것인지, 그녀는 미처 깨닫지 못했던 탓이다.

세주는 말을 타고 가며 이틀 전에 만난 초희 낭자를 떠올렸다. 요즘 들어 그녀의 집에서는 혼사를 부쩍 서두르고 있었다. 더위가 물러가고 시원한 가을쯤에는 혼례를 치르자는 것이었다. 세주의 집에서는 관찰사로 나가 계시는 윤 대감과 상의하여 회답을 하겠다고 했지만, 정작 당사자인 세주는 가타부타 아무런 말도 하지 않았다. 아마도 어릴 때 정혼한 가연이 아직 그의 심중에 남아 있기 때문인 듯했다.

맨 앞에서 말을 타고 가던 양원지가 하늘을 쳐다보며 말했다.

"해 떨어질 시각이 아직 멀었으니, 좀 쉬었다 가지."

뒤따르던 세주가 대답했다.

"그리 하세. 마침 저기 주막이 있구먼."

"그럼, 저기서 좀 쉬기로 하지."

일행은 근처의 주막을 향해 말을 몰았다.

작은 마을에 젊고 잘생긴 사내들이 나타나자 모두 눈을 휘둥그레 뜨고 쳐다보았다. 특히 은후의 얼굴에서 눈을 떼지 못했다. 둘은 사내가 분명한데, 하나는 여인인지 사내인지 분간할 수가 없었다. 그들은 은후를 바라보며 정말 겉모습처럼 그 속도 사내일까, 하는 의심의 눈초리를 보냈다.

세주 일행은 주막의 싸리 울타리에 말고삐를 매어두고 마당에 있는 평상에 앉았다. 부엌에 있던 주모가 반가운 기색을 하며 뛰쳐나왔다. 그녀는 주문을 받는 것도 잊어버린 채 넋을 잃고 은후를 바라보았다.

"주모, 여기 술이나 좀 가져오시오."

양원지의 말에 겨우 정신을 차린 주모가 허리를 굽실거렸다.

"예? 예. 알겠습니다, 나리."

주모는 부엌으로 뛰어가면서도 연신 고개를 갸웃거렸다.

마당의 술손들은 여전히 은후를 힐끔힐끔 쳐다보며 자기네들끼리 작은 소리로 뭔가 수군거렸다. 은후는 그들의 말에 귀 기울이지 않았지만, 그들이 주고받는 말이 무엇인지 대충은 짐작했다. 그래서 그녀는 더욱더 사내 티를 내려고 일부러 점잖은 자세로 곧추앉고서는 술상이 나오기를 기다렸다. 잠시 뒤 주모가 술상을 들고 나와 평상 위에 내려놓고는 실실 웃음을 흘렸다.

"한양에서 오시는 길인가 보오?"

양원지가 잔에 술을 따르며 퉁명스럽게 대답했다.

"그렇소."

주모는 궁금한 것이 많은 듯했지만 함부로 묻지는 못하고 지나가는 말처럼 한마디 툭 던졌다.

"곱다 고와…."

은후가 빤히 올려다보자, 주모는 황급히 시선을 돌리며 다시 부엌으로 향했다.

"서 권지, 잔 받지 않고 뭣 하는가?"

양원지가 한 잔 들이켜고 난 뒤 은후에게 잔을 내밀었다. 술을 전혀 마시지 못하는 그녀는 또다시 핑계를 대야만 했다.

"고뿔 기운 때문에… 저는 마시지 않겠습니다."

"그럼, 딱 한 잔만 하게. 자, 자."

양원지가 자꾸만 술을 권하자 은후는 어쩔 수 없이 잔을 받았다. 옆에서 보고 있던 세주는 끼어들지 않고 가만히 지켜보고만 있었다. 그녀가 난처할 때마다 매번 자신이 나서는 것은 오히려 상대로부터 의심을 살 수도 있는 일이기에, 그는 일부러 모르는 척했다.

"뭣 하는가? 쭉 들이켜 보게."

술잔만 들고 있는 은후에게 양원지가 재촉했다. 그는 한 잔 더 따를 기세로 아예 술병을 잡고 있었다. 은후는 어쩔 수 없이 술잔을 입으로 가져갔다. 그러자 주위에 있던 모든 눈이 그녀의 입술로 모여들었다. 남들의 시선이 자신에게 집중하고 있음을 그녀 또한 느끼고 있었다. 그러자 그녀는 이번 기회에 자신이 사내라는 것을 증명하고 싶어졌다.

"캬…."

은후는 단숨에 잔을 비웠다.

"어떤가? 시원하지. 자, 한 잔만 더 하게."

양원지가 은후의 잔에 또 술을 따르려고 하자 옆에서 지켜보던 세주가 나섰다.

“이보게, 양 저작. 고뿔 기운이 있는 사람에게 자꾸 권하면 어쩌는가.”

“아, 그런가? 그럼, 우리끼리 마시세.”

양원지가 세주의 잔에 술을 따라주었다.

“한 잔 더 주십시오.”

뜻밖에도 은후가 잔을 내밀자, 세주는 깜짝 놀라 그녀의 얼굴을 쳐다보았다. 양원지가 슬쩍 미소를 지었다.

“그럼 그렇지. 사내가 술자리에서 달랑 한 잔만 마시는 법이 어디 있는가. 자, 한 잔만 더 하게.”

양원지는 은후가 내민 잔에 술을 부었다.

“자, 마시세.”

셋이 함께 술잔을 들었다. 세주는 술잔만 든 채 가만히 은후를 지켜보았다. 그녀는 또 단숨에 잔을 비웠다.

“캬….”

이번에는 거친 사내처럼 보이기라도 하려는 듯, 그녀는 소맷자락으로 입술을 닦기도 했다. 연이은 뜻밖의 행동에 세주는 걱정스러운 듯이 그녀를 바라보기만 했다. 양원지가 고개를 끄덕이며 말했다.

“그러고 보니, 서 권지도 술을 좀 마시는구먼.”

세주가 끼어들며 은후를 말렸다.

“이제 그만 마시게. 고뿔 기운이 있다면서 자꾸 마시면 어떡하나.”

“예, 사부….”

어느새 주위 시선들도 은후에게서 점점 멀어져 가고 있었다. 단숨에 잔을 비우는 그녀의 모습을 본 그들은 더 이상 엉뚱한 상상을 하지 않았다. 이제 그들은 은후를 그저 여인처럼 곱상하게 생긴 사내일 뿐이라고 여기는 듯했다.

술 한 병을 나누어 마신 뒤 일행은 자리에서 일어났다. 평상에서 일어서던 은후가 그만 제자리에 털썩 주저앉았다. 이미 온몸에 술기운이 뻗쳐 다리에 힘이 풀린 탓이었다. 제대로 일어서지도 못하는 그녀에게 양원지가 재촉했다.

"어서 일어나게, 서 권지."

은후는 애써 아무렇지도 않은 척하며 일어났지만 한 걸음 옮기기도 전에 또다시 비틀거리며 넘어지려고 했다. 옆에 있던 세주가 재빨리 그녀의 겨드랑이를 부축해 바로 세웠다. 하지만 이번에도 그녀는 똑바로 서지도 못하고 또 앞으로 쓰러지려고 했다. 세주가 재빨리 그녀의 어깨를 붙잡자, 눈이 풀린 채 그녀는 실없이 웃더니 세주를 와락 껴안았다. 갑자기 보드라운 무엇이 자신의 가슴에 와 닿자, 세주는 가슴이 뛰고 정신을 차릴 수 없었다. 둘의 모습을 양원지가 난처한 표정으로 바라보았다.

"허허, 이거 어쩌나?"

은후를 껴안은 채로 세주가 말했다.

"말에 오르기는 무리인 것 같구먼…."

두 사내가 어찌할 바를 모르고 있을 때 부엌 근처에서 지켜보고 있던 주모가 다가와 은후를 살폈다.

"도련님이 술에 약하신가 보네…."

그리고 은후를 껴안고 있는 세주에게 말했다.

"잠시 저기 봉놋방에 누이시지요."

"아무래도 그래야겠소."

이제 은후는 완전히 다리에 힘이 풀려 세주가 껴안고 있지 않으면 땅바닥에 주저앉을 것만 같았다. 옆에 있던 양원지가 거들어주려고 다가오자 세주는 일부러 딴청을 부렸다.

"사내가 이렇게 술이 약해서야 원. 자네는 저기 방문이나 열어주게."

세주는 등을 돌려 은후를 업고 봉놋방으로 향했다. 방문을 붙잡고 서 있던 양원지가 말했다.

"안에 사람이 들어 있구먼."

세주는 방 안을 기웃거리다 은후를 업은 채 안으로 들어갔다. 방 안에는 두어 명의 사내들이 속적삼을 풀어헤친 채 코를 골며 낮잠을 자고 있었다. 세주는 한쪽 구석에 은후를 살포시 내려놓고 베개로 머리를 받쳐주었다. 그리고 잠시 그녀의 얼굴을 내려다보다 문으로 향했다. 그런데 그가 문지방을 넘으려 할 때 한 사내가 몸부림치며 은후의 몸에 제 다리 한쪽을 걸치는 것이었다. 순간, 그는 화가 치밀어 올라 그 사내의 다리를 자신의 발로 냅다 걷어냈다. 그는 사내들만 있는 방에 은후 혼자 두고 나오는 것이 마음에 걸려 결국 그녀 곁에 주저앉았다.

한편, 방에 들어간 세주가 한참이 지나도록 나오지 않자 양원지가 방문을 열었다.

"자네, 더운 방에서 뭣 하는가?"

벽에 기대어 있던 세주가 말했다.

"더위에 술을 마셔서 그런지 나도 술기운이 슬슬 오르는구먼."

"그럼 잠시 눈을 좀 붙이게. 나는 시원한 평상에 있겠네."

세주는 새근거리며 자고 있는 은후의 얼굴을 가만히 들여다보았다. 잠든 그녀의 도톰한 입술을 보고 있자니, 어느 순간 그녀가 여인이라는 게 실감이 났다. 아무리 얼굴 이곳저곳을 뜯어보아도 그녀는 천생 여인이었다. 그런데, 이렇게 어여쁜 여인이 어쩌다 사내 복장까지 하고 이 험난한 여사의 길을 택한 것인지, 그는 짐작할 길이 없었다.

반 시진 뒤, 은후가 부스스 눈을 떴다.

"어머!"

그런데 이게 웬일인가? 사내들과 한 방에서 잠을 잔 것이 아닌가. 몹시 당황한 그녀는 곧장 일어나 밖으로 뛰쳐나갔다. 벽에 기대 선잠을 자던 세주는 인기척을 듣고 일어나 주위를 둘러보았지만, 은후가 보이지 않았다. 그는 방금 나간 사람이 은후인 듯하여 곧장 밖으로 나갔다. 마당에서는 양원지와 은후가 이야기를 주고받고 있었다. 밖으로 나오는 세주를 양원지가 웃으며 쳐다보았다.

"서 권지 덕분에 푹 쉬었다 가는구먼. 내가 술을 권하길 잘했나 보네. 하하하…."

세주는 은후 곁으로 다가가며 물었다.

"이제 괜찮은가?"

은후는 부끄럽고 창피스러워 세주를 똑바로 바라보지 못했다. 그녀의 두 뺨에는 이미 홍조가 물들어 있었다.

"죄송합니다, 사부…."

"날씨가 더워서 그랬겠지. 괜찮네."

둘을 바라보던 양원지가 싱긋이 웃었다.

"자넬 봉놋방에 누이느라 윤 대교가 애먹었네."

세 사람은 주막을 나와 다시 길을 떠났다. 어느덧 등 뒤로 해가 많이 기울어 있었다. 은후는 말을 타고 가며 자꾸만 자신의 몸을 이리저리 훑었다. 혹시나 세주가 자신을 봉놋방에 눕히면서 무슨 낌새를 챈 것은 아닌지, 은근히 불안했다. 하지만 아무런 내색도 없이 묵묵히 말을 타고 가는 그의 뒷모습을 보면 아무 일 없었던 게 틀림없는 것 같기도 했다. 그녀는 이런저런 생각으로 자꾸만 머릿속이 복잡해지자 괜히 술을 받아 마신 자신이 원망스러웠다.

주막에서 예상치 못한 일로 늦게 출발하게 된 일행은 술시 무렵에야 용인 역참에 당도했다. 문 앞에서 역졸에게 초료장草料狀을 내보이고 일행은 안으로 들어갔다. 중앙에서 관리들이 들렀다는 소식에 찰방察訪이 달려 나왔다. 종6품의 찰방은 중앙의 말직 관원들을 공손한 태도로 맞이하며 하룻밤 묵을 방과 음식을 제공했다. 그는 큰 방 하나에 셋이 함께 묵을 수 있도록 세심한 배려까지 하였으나, 세주는 은후가 불편해 할 것을 생각해 따로 작은 방 하나를 더 청했다. 마침 방 하나가 비어 있어서 그녀의 차지가 되긴 했지만, 양원지는 셋이 한 방에서 머물자고 고집했다.

이튿날 일행은 일찍 역을 나섰다. 오늘은 목적지인 충주목牧까지 당도해야만 했다. 새벽부터 길을 떠난 일행은 아직 여독이 풀리지 않은 듯 피곤해 보였다. 그들은 역참 마을을 벗어나자마자 말을 재촉해 빠르게 달렸다.

아침부터 날씨가 흐리고 후덥지근하더니 결국 소나기가 쏟아졌다. 말을 타고 빠르게 달리던 일행은 비를 피할 새도 없이 그만 흠뻑 맞고 말았다. 빗방울이 점점 굵어져 시야를 가리자 일행은 잠시 비를 피할 곳을 찾았다. 주위를 한참 둘러보아도 마땅한 곳이 눈에 들어오지 않자, 맨 앞에서 말을 타고 가던 양원지가 고삐를 당기며 뒤돌아보았다.

"할 수 없구먼. 마을이 보일 때까지 계속 말을 몰아야겠네."

세주가 얼굴에 흐르는 빗물을 손으로 닦아내며 대답했다.

"이 근처에는 민가가 없는 모양이로군."

양원지는 다시 말에 박차를 가했다. 세주는 은후가 잘 따라오고 있는지 여러 번 뒤를 돌아다보았다. 은후도 비 때문에 앞이 잘 보이질 않는지 얼굴에 흐르는 빗물을 손으로 연신 닦아내고 있었다. 그런데 이게 웬일인가? 옷이 비에 젖어 달라붙는 바람에 그녀의 가슴선이 불룩하게 도드라져 보이는 것이 아닌가. 그 모습은 누가 보아도 영락없는 여인의 그것이었다. 세주는 은후가 당황하고 민망해 할까봐, 재빨리 고개를 앞으로 돌렸다. 그는 앞서가는 양원지가 은후의 그런 모습을 보기라도 하면 어쩌나 싶어 눈앞이 아찔했다. 그렇다고 그녀에게 사실을 알려줄 수도 없는 노릇이니, 그는 그녀 스스로 빨리 눈치라도 챘으면 좋으련만 하고 바랄 뿐이었다.

여름 소나기는 그칠 줄 몰랐다. 이제는 하늘이 무너질 듯한 천둥소리까지 들렸다. 양원지는 소나기를 피할 마땅한 곳을 찾기 위해 앞서 달려갔다. 얼마 후 산모퉁이를 돌자 저 멀리 작은 마을 하나가 보이기 시작했다. 어느새 마을 근처까지 다가간 양원지는 마을 어귀에서 사방을 살피며 비를 피할 곳을 찾고 있었다.

뒤이어, 마을 어귀에 도착한 세주는 근처에 작은 방앗간 하나를 발견했다. 그는 난감하던 참에 잘됐다 싶어 뒤따라오던 은후에게 외쳤다.

"자네는 저기 방앗간에 가서 우선 비를 피하고 있게!"

"사부는 어떻게 하실 요량입니까."

세주는 뒤돌아보지 않고 곧장 달려 나갔다.

"곧 돌아오겠네!"

그는 자신이 되돌아오기 전까지 은후가 방앗간에서 새 옷으로 갈아입기를 바랐다. 그녀는 세주가 자신을 배려한 것인지도 모른 채 말머리를 방앗간으로 돌렸다.

한참 동안 마을을 돌아다니던 세주는 길가의 작은 초가에서 양원지와 만났다. 그는 세주를 보자 어서 들어오라며 손짓했다. 세주는 울타리에 말고삐를 걸쳐 두고 안으로 들어갔다. 초가는 워낙 작고 허름해서 겨우 비만 피할 수 있을 정도였다. 혼자 들어오는 세주를 보고 양원지가 물었다.

"아니, 왜 혼자인가. 서 권지는?"

세주는 마루에 걸터앉으며 대충 둘러댔다.

"자네를 찾는 동안 마을 어귀 방앗간에서 기다리라고 했네."

"그럼, 이리로 데려와야 하는 것 아닌가?"

"잠시 놔두게. 비가 좀 그치면 내가 데리러 갈 테니."

그때 등이 굽은 늙은 노파가 부엌에서 개다리소반을 들고 나오자, 세주는 조금 놀라는 표정이었다.

"엉? 난 이 집이 폐가인 줄 알았는데…."

노파가 마루에 느릿느릿 상을 내려놓았다.

"귀한 분들 같은데 마땅히 대접할 것이 없소이다. 우선 이것으로 시장기라도 면하시지요."

노파가 내온 식은 보리밥을 보고 양원지가 고마움을 전했다.

"고맙소이다."

"세 분이라더니, 한 분은 보이지 않는군요."

"근처에 있소."

우선 둘은 밥을 먹기 시작했다. 노파가 부엌으로 되돌아가더니 냉수 한 그릇을 가져와 상 위에 올렸다. 두 사람이 밥을 먹는 동안 노파는 마루 귀퉁이에 우두커니 앉아 내리는 비를 바라보고 있었다.

"비가 곧 멈추려나…."

하늘에는 먹장구름이 물러가고 빗줄기가 가늘어지고 있었다. 양원지는 보리밥 한 그릇을 다 비우고 냉수를 한 모금 마시더니 곧바로 자리에서 일어났다.

"내가 가서 데려오겠네. 방앗간에 있다고 했지?"

"아, 아닐세."

"자네는 남은 밥이나 마저 먹게. 내가 다녀오겠네."

양원지가 일어서자 세주는 손을 내저으며 먹던 밥숟갈을 내려놓았다.

"나도 다 먹었네. 내가 데려올 테니, 자네는 예서 기다리게."

세주는 급히 일어나 마당을 가로질러 밖으로 나갔다. 그는 말 등에 오를 때까지도 입안의 밥알을 씹고 있었다.

얼마 후 방앗간에 도착한 세주는 안으로 들어가기 전에 밖에서 은후를 불렀다. 그러자 그녀는 기다렸다는 듯이 곧장 밖으로 나왔다.

"사부!"

세주는 그녀가 옷을 갈아입지 않았으면 어쩌나 하는 걱정스러운 마음에, 일부러 뒷짐을 지고 먼 하늘을 바라보았다.

"보아하니, 소나기는 물러간 것 같고… 자네, 고뿔이 심해질 수 있으니 옷이라도 갈아입지 그래."

"이미 그리하였습니다. 사부도 갈아입으시지요."

그제야 세주는 살짝 뒤를 돌아보았다. 등에 봇짐을 진 그녀는 비에 젖기 전의 단정한 모습으로 되돌아와 있었다. 그녀의 말끔한 모습에 세주는 다소 안심이 되었다.

"따라오게."

말에 오른 두 사람은 양원지가 있는 초가를 향해 달려갔다. 말 등에 앉아 세주는 흘끔흘끔 뒤를 돌아다보았다. 혹시나 은후에게서 아직 여인의 흔적이 남아 있지 않는지, 그는 신경이 쓰였다.

초가에 이르자 마루에 앉아 있던 양원지의 모습이 보이지 않았다. 신발이 섬돌 위에 있는 것으로 보아서는 방 안에 들어가 있는 듯했다. 둘은 말고삐를 울타리에 매어두고 안으로 들어갔다. 마당 안으로 걸어 들어오는 은후를 보고 노파가 놀란 눈으로 쳐다봤다. 은후는 일부러 노파의 시선을 피하며 마루에 걸터앉았다. 곧이어 옷을 갈아입은 양원지가 인기척을 듣고 밖으로 나왔다.

"서 권지 왔는가. 어? 벌써 옷을 갈아입었구먼."

세주가 옷을 갈아입기 위해 봇짐을 들고 방 안으로 들어간 뒤 노파가 다시 상을 내어왔다. 은후는 고개를 끄덕여 고맙다는 인사를 하고는 숟가락을 들었다. 노파는 마루 구석에 쪼그리고 앉아 은후가 밥을 먹는 모습을 유심히 살폈다. 그녀는 은후가 다른 두 사내와는 조금 다르게 보였는지 가끔 고개를 갸웃거리곤 했다.

은후가 상을 물릴 때쯤 세주가 방에서 나와 갓끈을 매만지며 마루에 앉았다. 양원지는 마당에 서서 하늘을 바라보다가 말편자를 살피려고 울타리 쪽으로 걸어갔다. 마루 구석에 앉아 은후를 흘끔거리던 노파는 세주가 은후 맞은편에 앉자 둘을 번갈아가며 살피는 눈치였다. 은후가 숟가락을 내려놓고 상을 밀자 노파가 다가왔다. 세주는 봇짐속을 뒤져 백옥 선추가 달린 접부채 하나를 꺼내 노파에게 내밀었다.

"갑자기 들이닥쳐 신세를 졌소이다. 마땅히 내놓을 만한 것이 없구려. 이것이라도….”

노파는 손사래를 치며 극구 사양했다.

“아이쿠, 나리. 보리밥 한 덩이에 이런 값비싼 물건을 주시다니요.”

“그러지 말고 받으시오. 덕분에 비도 피하고 시장기도 면했으니, 고마워서 주는 것이오.”

“그래도 이것은 너무 과합니다, 나리.”

“그냥 받으시오. 밥값이 아니라 지나가는 길손의 마음이라 생각해 주시구려.”

노파는 더는 거절할 수 없었던지 슬그머니 부채를 잡았다.

“귀한 분께서 자꾸 권하시니, 그럼 받겠습니다.”

“한낱 선비일 뿐이오.”

노파는 늙은 얼굴에 웃음을 띠었다.

“관상은 거짓을 말하지 않습지요.”

“허허, 그래요? 관상을 볼 줄 아시오?”

“제법 볼 줄 알지요. 때로는 관상을 봐주고 양식을 얻기도 한답니다. 호호호….”

세주는 은근히 호기심이 생겼다.

“그럼 내 관상은 어떻소?”

노파가 세주의 얼굴을 자세히 들여다보았다.

“재주와 학식이 높은 귀상貴相이군요. 다만….”

세주는 노파의 다음 말이 궁금했다.

“당장은 여복이 없는 것이 흠이긴 하지만…, 그것도 머지않아 찾아올 것 같군요."

그런대로 틀린 말은 아니었지만, 노파의 말을 그대로 믿는 것 또한 어색하기 짝이 없었다. 세주는 옆의 은후를 바라보면서 그냥 피식 웃고 말았다. 노파는 상을 들고 부엌으로 향하려다 은후를 바라보더니 한마디 더 했다.

"두 분은 어떤 사이인지 모르나, 참으로 잘 어울리는군요."

노파의 난데없는 말에 둘은 속으로 당황스러웠다. 하지만 더욱 당황스러운 쪽은 세주였다. 은후가 여인이라는 사실을 아는 그로서는 노파의 말이 무엇을 뜻하는지 명백했기 때문이다. 반대로, 은후는 노파가 자신의 정체를 이미 알아채고 하는 말이 아닌가 싶어 당황했다.

초가를 떠난 일행은 빠르게 말을 몰았다. 작은 산들이 순식간에 뒤로 멀어져갔다. 셋은 같은 목적지를 향해 달렸지만, 머릿속은 제각각이었다. 양원지는 빨리 충주목에 당도하여 피로를 풀고 싶었고, 세주는 노파의 말이 자꾸만 신경 쓰였으며, 은후는 자신의 짝으로 세주를 꿰맞추어 보았다.

이튿날 아침 세주 일행은 눈을 떴다. 어젯밤 늦게 충주목에 도착한 그들은 관아에 딸린 작은 객사에서 묵었다. 말이 씨가 되었는지 은후는 정말로 고뿔 기운이 있었다. 세주는 잠자리에서 일어나기 힘들어 하는 그녀에게 오늘은 누워서 쉬라고 권했으나, 그녀는 한사코 따라 나서겠다며 고집을 피웠다.

일행이 사고에 도착하자 그곳에는 이미 목사가 일행을 기다리고 있었다. 늙은 목사는 흑단령을 입고 걸어오는 양원지 곁으로 재빨리 다가와 인사를 건넸다.

“어서 오시오. 이곳 목사로 있는 김맹직이라 하오.”

양원지도 정중히 고개를 숙였다.

“한밤중에 도착하여 찾아뵙지 못했습니다. 포쇄관 양원지입니다.”

“오신다는 연락을 받았습니다. 오늘부터 포쇄를 하시렵니까?”

비록 외직이라고는 하나 정3품인 목사는 궐에서 나온 관원들에게 꼬박꼬박 정중한 말투로 대했다.

“예, 그럴 요량입니다.”

“며칠이나 머물 예정이신지요?”

“한 사나흘 정도 생각하고 있습니다만, 실록과 사고 건물의 상태를 먼저 확인해봐야 알 수 있을 것 같습니다.”

“그럼, 사고부터 둘러보시지요.”

목사가 고직庫直에게 명했다.

“어서 안내하여라.”

세주 일행은 목사와 함께 사고와 주변을 둘러보기 시작했다. 역시 짐작했던 대로 사고는 빈틈없이 잘 관리되고 있었다. 2층 누각으로 지어진 건물은 허물어지거나 파손된 곳이 전혀 없었고, 주변에는 습기가 찰 만한 여건도 조성되어 있지 않았다. 일행은 사고와 그 주변을 둘러본 뒤 다시 건물 앞으로 나왔다. 양원지는 만족스러운 표정으로 목사를 바라보며 말했다.

“사고는 별 이상이 없으니 포쇄만 하면 되겠군요.”

"내가 거의 매일 들르다시피 하며 관리해 오고 있소이다."

목사는 자신의 관할 내에 사고가 있는 게 무척이나 신경이 쓰이는 듯했다.

"지금 위로 올라가 사고 문을 열도록 하겠습니다."

그러자 목사가 사고를 지키는 수호관들에게 큰소리로 외쳤다.

"오늘부터 사고 문을 열고 포쇄를 시작할 것이니, 평소보다 더욱 엄중히 경계해야 한다."

세주가 양원지를 따라 건물 안으로 들어가려 할 때 목사가 다가와 말했다.

"한양으로 돌아가기 전 감영에 잠시 들르라는 연통이 있었소이다."

관찰사로 있는 세주의 아버지 윤 대감의 연통이었다.

양원지가 실록각으로 통하는 사다리를 타고 2층으로 올라가자 세주와 은후도 뒤를 따라 위로 올라갔다. 사고 문 앞에 선 양원지는 먼저 문에 붙어 있는 인봉印封을 자세히 살펴보았다. 잠시 뒤 고직이 돗자리를 들고 올라와 문 앞에 깔자 양원지는 신발을 벗고 돗자리 위로 올라가 문을 향해 네 번 절을 올렸다. 그리고 그는 곧 인봉을 뜯고 허리춤에서 열쇠를 꺼내 사고 문을 열었다.

"안에 있는 궤들을 전부 포쇄각으로 옮길 것이니, 모두 올라오라고 하게."

양원지의 말에 가만히 서 있던 고직이 대답하고 아래로 내려갔다. 세주와 은후는 양원지를 따라 안으로 들어갔다. 사고 내부는 사방에 창문이 있어 어둡지 않았고 통풍이 잘 되어 퀴퀴한 냄새 따위도 없었다. 양원지는 곁에 있던 궤 하나를 연 뒤, 안에 들어 있는 책 한 권을 꺼내 훑어보았다.

"햇볕에 한 이틀 말리기만 하면 되겠구먼."

뒤에 있던 세주가 말을 받았다.

"거 다행이군."

잠시 후 사다리를 타고 올라오는 발자국 소리가 들렸다. 고직이 수호관들을 데리고 올라와 문밖에 대기하자 양원지가 밖을 향해 말했다.

"궤를 포쇄각으로 옮기게. 조심들 해야 하네."

수호관들은 두 명씩 조를 나누어 궤를 들고 밖으로 나갔다. 세주와 은후는 그 모습을 보고 있다가 양원지를 따라 옆에 있는 포쇄각으로 향했다.

이 각쯤 지난 뒤 궤가 모두 옮겨지자 양원지의 명에 따라 고직과 수호관들은 궤를 열고 홍보紅褓에 싸여 있는 책들을 차례대로 꺼내서 나란히 늘어놓기 시작했다.

"절대로 책을 펼쳐서는 아니 되네!"

혹시 글을 아는 자가 있을까봐 양원지는 미리 주의를 주었다. 그는 눈을 부라리며 수호관들의 행동을 일일이 지켜보았다. 그리고는 책을 다루는 데 조금이라도 소홀하다 싶으면 곧바로 호통을 치며 꾸짖었다. 그렇지 않아도 긴장하고 있던 수호관들은 행여 바닥에 책이라도 떨어트릴까봐 더욱 조심스럽게 움직였다.

책을 꺼내는 일이 모두 끝나자 양원지는 궤들을 햇볕이 잘 드는 곳에 늘어놓으라고 고직에게 명했다. 수호관들이 빈 궤를 가지고 물러가자 이제 그곳에는 세주와 은후 그리고 양원지만 남게 되었다.

"이제부터 한 권씩 펼쳐 가며 꼼꼼히 살펴보도록 하세. 충해나 습기가 찬 흔적이 있는 책들은 따로 놓아두게."

양원지의 말에 따라 세주와 은후는 각자 책을 한 권씩 들고 살펴보기 시작했다. 세주와 양원지는 오래된 실록부터 살폈고, 맞은편의 은후는 최근 것부터 살피기 시작했다. 몇 권의 책들을 살펴본 양원지와 세주는 부식되거나 충해를 입은 흔적이 보이지 않자 처음과는 달리 다소 안도하는 모습이었다. 맞은편의 은후는 열심히 책을 살피다 말고 어떤 책 한 권을 오랫동안 바라보고 있었다.

"서 권지, 그 책에 무슨 문제라도 있는가?"

양원지가 무심코 고개를 돌리며 묻자, 은후는 엉겁결에 대답했다.

"예? 아, 아닙니다."

"이 사람, 왜 그리 놀라는가?"

"…."

"서두르게. 하지만 빈틈없이 살펴야 하네."

정오가 되자 관아에서 음식을 내어왔다. 양원지가 먼저 누각 아래로 내려가 요기를 했다. 그 사이 세주와 은후는 제자리에서 쉬면서 양원지가 올라오기를 기다렸다. 이 각쯤 지나자 양원지가 다시 누각 위로 올라와 교대를 해주었다.

오후에는 햇볕이 더욱 강했고 바람 또한 적당히 불어 책들은 바스러질 듯이 바싹바싹 말라갔다. 해가 넘어갈 무렵, 그들은 책들을 다시 홍보에 싸서 궤에 넣었다. 그리고 수호관들에게 명해 궤들을 사고에 넣도록 한 뒤 자물쇠를 채웠다.

은후는 고뿔을 핑계로 다행히 몇 번의 위기를 넘겼지만, 실제로 지독한 고뿔에 걸리고 말았다. 포쇄 둘째 날과 셋째 날, 그녀는 자리에서 일어나지 못했다. 고뿔이 심해진 그녀는 머리가 어지럽고 입맛이 없어 음식을 넘기지 못했다. 세주는 연이틀 동안 그녀를 쉬게 한 뒤 양원지와 둘이서만 사고로 가서 포쇄를 했다.

포쇄를 모두 마치고 관아 객사로 돌아온 세주는 곧장 은후의 방에 들렀다.

"좀 어떤가?"

세주의 물음에 그녀는 손으로 이마를 짚었다.

"이제 많이 나았습니다. 포쇄는 어떻게 되었습니까?"

"오늘로 모두 끝마쳤네."

세주는 이틀 사이 핼쑥해진 은후의 얼굴을 안타까운 눈으로 바라보았다.

"얼굴이 반쪽이 되었구먼. 원행에 무리는 없을는지…."

"명일 떠납니까?"

"포쇄가 끝났으니 바로 떠나야지."

세주는 여전히 걱정스러운 눈빛으로 은후를 바라보았다. 그녀는 세주의 세심한 배려에 은근히 감동했고 더불어 그를 연모하는 마음은 더욱 깊어졌다.

이튿날 아침, 세주 일행은 길 떠날 채비를 마친 뒤 목사와 간단히 인사를 나누고 관아를 나섰다. 배웅을 나온 목사 김맹직은 그들이 보이지 않을 때까지 뒤에 서서 지켜보았다.

일행은 곧바로 한양으로 향하는 대신 근처에 있는 충주 감영으로 말머리를 돌렸다. 어제까지만 해도 차도가 없던 은후의 고뿔 기운이 오늘은 조금 가라앉은 듯했다. 말을 타고 가는 그녀의 모습은 다소 피곤해 보였지만 그래도 원행에 무리는 없을 것 같았다.

감영에 당도한 세주는 아버지를 만나러 관찰사의 방으로 향했고 양원지와 은후는 객사로 갔다. 관찰사 윤봉후는 오랜만에 만난 아들이 반가운지 시종 흐뭇한 얼굴이었다.

"얼마 전에 네 어미가 보낸 서신을 보았다. 아무래도 최 대감댁 여식과 혼인을 서둘러야 할 것 같다고 하더구나."

"…."

"왜 말이 없느냐? 탐탁지 않느냐?"

"그런 것이 아니라…."

"세주야, 이제는 잊어버리기로 하자."

세주는 머뭇거리며 얼른 대답을 하지 못했다.

"아마도 그 아이는 이 세상 사람이 아닌가 보구나. 그렇게 찾았는데도 아직 생사조차 모르지 않느냐. 이제는 잊을 때도 되었다."

"예…."

"올 가을에 최 대감 댁 여식과 혼인하도록 하여라."

"하지만 아버님이 외지에 계신데…."

"체임遞任이 내년인데, 그때까지 혼인을 미룰 수는 없다. 최 대감 댁에서 서두르고 있으니, 그쪽 체면도 있지 않겠느냐."

"하지만…."

"네 어미의 생각도 아비와 같다. 부모의 뜻에 따르도록 하여라."

"…알겠습니다."

윤 대감은 곧 원행에 오를 아들을 오랫동안 붙잡고 있을 수 없었다. 이번 원행에 함께 온 관원들이 지금 객사에서 기다리고 있다는 말에 그는 아랫사람에게 그들을 데려오게 했다. 객사에서 세주를 기다리며 차를 마시고 있던 양원지와 은후는 관원을 따라 관찰사의 방으로 향했다.

윤 대감에게 큰절을 올린 뒤 둘은 자리에 앉았다. 양원지를 몇 번 본 적이 있는 윤 대감은 그에게 다정한 표정으로 말을 건넸다.

"자네는 오랜만이군."

"그동안 평안하셨는지요?"

"음, 그래. 포쇄를 하느라 수고가 많았네."

윤 대감은 옆에 얌전히 앉아 있는 은후에게 눈길을 돌렸다.

"이번에 같이 내려왔다고?"

시선을 떨어뜨리고 있던 은후가 조용히 대답했다.

"예, 대감."

윤 대감은 은후를 새삼스럽게 쳐다보았다. 그도 역시 은후의 외모에 조금은 놀라는 눈치였다.

"고생이 많네. 자네도 춘추관에서 일하는가?"

"아닙니다. 저는…."

세주가 나서며 대신 대답했다.

"예문관에서 일을 배우는 권지입니다."

"아, 그래?"

대화 도중에 가끔씩 윤 대감은 은후의 얼굴을 깊이 들여다보았다. 세주는 아버지가 은후의 정체를 의심하는 것은 아닌지 은근히 불안했다. 그녀 또한 윤 대감이 자신의 정체에 대해 의심하는 것은 아닌지 바짝 긴장했다.

윤 대감은 아들의 배웅을 위해 감영 외삼문까지 따라 나왔다. 서로 헤어질 때가 되자 그는 아들과의 짧은 만남을 아쉬워하는 듯했다. 외삼문 부근에 이르렀을 때 윤 대감이 아들 세주를 불렀다.

"세주야."

아마도 부자지간에 따로 할 말이 있는 듯하여, 양원지와 은후는 먼저 앞으로 걸어갔다.

"저 젊은이는 대체 누구냐?"

"아까 권지라고 말씀드리지 않았습니까."

"예문관에도 권지가 있었더냐?"

세주는 말하기 난처하여 머뭇거렸다.

"그게 저…."

"뭔가 말하기 어려운 사정이 있는 듯하구나."

"한데 아버님, 그것은 어찌 물으시는지요?"

윤 대감의 시선은 여전히 은후의 뒷모습에 머물러 있었다.

"난 저 젊은이를 처음 보았을 때 깜짝 놀랐단다. 눈매가 전혀 낯설지가 않아. 어디선가 본 듯한 얼굴이었어…."

윤 대감은 고개를 갸웃거리며 기억을 되살리려고 애썼다.

외삼문 밖에서는 감영의 노비들이 말고삐를 붙잡고 대기하고 있었다. 세주는 아버지에게 작별 인사를 올린 뒤 말에 올랐다. 말 등에 앉은 일행은 떠나기 전, 한 번 더 뒤돌아보며 고개를 숙였다. 윤 대감은 헤어지는 아들 세주보다 은후 쪽을 더 유심히 바라보고 있었다.

수양의 당부

복중伏中의 더위는 꺾일 줄 몰랐다. 한낮에는 오가는 행인들이 드물어 길거리가 한산했다. 모두 곧 다가올 말복을 기다리며 힘겹게 마지막 더위를 이겨내고 있었다.

겉으로 보기에, 궐 안의 분위기는 진정 기미를 보이는 듯했지만, 실제로 변한 것은 아무것도 없었다. 임금은 여전히 공신들에게 불만이 많았고 불순한 자들을 빨리 잡아들이라며 그들을 계속 다그쳤다. 반면 공신들과 일기청의 찬수관들은 혹여 자신의 이름이 사서에 남아 후대에 전해질까 전전긍긍했고, 그러한 소식을 들은 임금은 속으로만 끙끙 앓았다.

원행을 다녀온 후 보름이 흘렀다. 은후는 한동안 여독으로 심한 몸살을 앓았지만, 이제는 완전히 기력을 회복하여 예전의 건강한 모습으로 되돌아왔다. 세주는 여전히 그녀를 가르치는 일에 최선을 다했고, 양원지는 충주사고의 실록 상태를 점검한 형지안形止案을 작성하여 춘추관에 제출했다.

예문관의 한림들이 창의문 근처에 속속 모여들고 있었다. 오늘은 입직사관인 검열 이지벽과 대교 정광유만 빼고 모두 피서길에 나섰다. 어제 봉교 조명윤이 응교 손광림에게 허락을 받아 이루어진 일일 휴가였다. 손광림은 요즘 조정의 분위기를 이유로 들어 처음에는 망설였으나, 포쇄를 다녀온 세주와 은후의 노고를 생각해 하루쯤은 계곡에서 탁족濯足을 즐길 수 있도록 허락해 주었다.

세주는 은후와 종루 네거리에서 만나 함께 창의문으로 향했다. 그들이 창의문 앞에 도착하자 신입 하계환만 보이지 않고 이미 모두 와 있었다. 둘이 걸어오는 모습을 보고 조명윤이 손을 번쩍 들며 반겼다.

"어서 오게, 이번 탁족놀이는 자네들 덕분이라네."

"무슨 뜻인지…."

영문을 모르는 세주에게 봉교 김효천이 자초지종을 말했다.

"조 봉교가 포쇄를 다녀온 자네들을 핑계로 계곡에서 탁족이나 하고 오겠다고 응교 나리께 허락을 받아 이루어진 일이네."

"그리 된 일이군요. 어제 퇴궐하려던 참에 소식은 들었지만 그것은 몰랐습니다."

한림들이 그늘에 모여 이야기를 나누고 있을 때 신입 하계환이 허겁지겁 빠른 걸음으로 다가오고 있었다.

"늦어서 죄송합니다…."

조명윤이 너그러운 태도로 맞이했다.

"괜찮네. 그래 입직은 잘 마쳤는가?"

"예."
하계환의 손에는 옷 보따리 하나가 들려 있었다.
"한데, 평복으로 갈아입어야 할 텐데."
하계환은 궐에서 바로 오는 길이라 관복을 입은 그대로였다.
"계곡에 가서 갈아입도록 하겠습니다."
"그리하세. 자, 출발하도록 하지."
봉교 조명윤이 뒷짐을 지고 앞장서자 모두 뒤를 따랐다. 잠시 뒤 한림들이 창의문을 빠져나가자 그 앞에서 기다리고 있던 어린 사내 하나가 다가와 고개를 숙였다. 조명윤이 사내에게 손짓을 하며 말했다.
"어디냐? 앞장서거라."
한림들은 영문도 모르고 조명윤과 어린 사내를 따라 북악산 어느 계곡으로 향했다. 길을 걷는 도중 탁족을 하기에 적당한 곳이 보이는데도 조명윤은 걸음을 멈추지 않고 사내를 따라 계속 산속으로 들어갔다. 한참 뒤 한림들이 지치고 힘들어 할 즈음, 어린 사내가 뒤를 돌아보며 외쳤다.
"나리, 바로 저곳이옵니다!"
조명윤이 목을 길게 빼고 너럭바위가 있는 계곡 쪽을 바라보았다. 그리고 이내 환한 얼굴로 뒤를 보고 말했다.
"어서들 오게. 다 왔네."
한림들은 사내를 따라 너럭바위가 있는 곳으로 향했다. 그런데 그곳에 도착한 일행은 전혀 예상치 못했던 광경에 깜짝 놀랐다. 곱게 단장한 여인들이 푸짐한 술상을 차려 놓고 자신들을 기다리고 있는 것이 아닌가. 가만히 보니, 그녀들은 다름 아닌 도원각의 기생들이었다. 한림들이 흐르는 땀을 닦으며 어리둥절해 하고 있을 때 세주가 물었다.

"어찌 된 것입니까?"

조명윤이 싱글싱글 웃었다.

"자초지종은 나중에 말하기로 하고, 우선 갓과 도포라도 좀 벗지."

한림들은 서로 눈치를 살피더니 곧 갓과 도포를 벗기 시작했다. 한쪽에 몰려 있던 기생들은 자기들끼리 키득거리며 작은 소리로 웃었다. 설화는 은후에게서 눈을 떼지 않았다. 은후는 그녀와 가볍게 눈인사를 나눈 뒤 옆으로 돌아서서 갓끈을 풀었다. 어린 사내가 한림들의 갓과 도포를 받아 근처 나뭇가지에 걸었다.

"어서들 와 앉게."

조명윤이 자리를 권하자 한림들이 술상 주위로 모여들어 둥그렇게 앉았다. 그러자 옆에서 지켜보던 기생들이 다가와 한림들 사이사이에 한 명씩 끼어 앉았다. 어떤 기생은 앉자마자 제 짝의 팔짱을 끼고 진한 눈웃음부터 흘렸다. 은후를 먼저 차지하려는 기생들의 신경전은 역시나 치열했다. 춘심이 재빨리 은후의 오른쪽에 앉으며 그녀의 팔을 붙잡았다. 은후가 자신의 차지임을 대내외에 알리려는 그녀 나름의 표시였다. 한데, 이게 웬 일인가. 설화가 맨 마지막으로 세주와 은후 사이에 끼어 앉자 각자의 짝이 왼쪽에서 오른쪽으로 뒤바뀌고 말았다. 그러자 춘심이 눈에 쌍불을 켜고 설화를 쏘아보았다. 하지만 그녀는 도도

한 얼굴로 상대를 완전 무시한 채 앞에 놓인 술병부터 잡았다.

"이년이 한잔 따라 올리겠습니다."

나머지 기생들도 제 짝의 잔에 술을 따랐다. 조명윤이 설화가 따라준 술잔을 들고 주위를 쭉 둘러보았다.

"그럼, 지금부터 신나게 놀아보세!"

목이 말랐던 한림들은 단숨에 술을 쭉 들이켰다. 하지만 은후는 잔에 입술만 살짝 대고는 슬그머니 내려놓았다. 맞은편에 앉은 검열 채길두가 그 모습을 바라보더니 한마디 했다.

"서 권지, 그러지 말고 오늘은 좀 들이켜 보게."

세주 왼쪽에 앉아 있던 김효천도 거들었다.

"그리하게, 예서 좀 취한들 어떤가?"

조명윤이 손에 든 술잔을 내려놓으며 은후를 힐끔 쳐다보았다.

"서 권지에게 술을 권하지 말게. 지난번 원행 때 윤 대교와 양 저작이 아주 혼이 났다고 들었네."

김효천이 잔을 든 채 궁금한 얼굴로 물었다.

"무슨 일이 있었던 것이로구먼."

"나도 양 저작에게 들었네만. 글쎄, 서 권지가 주막에서 술을 두어 잔 받아 마시고는 그만 정신을 잃고 쓰러졌다지, 뭔가."

"그런 일이? 하하하…."

"윤 대교가 서 권지를 업고 봉놋방에 들어가기까지 했다고 들었네."

술자리의 기생들이 일제히 까르르 웃으며 은후를 쳐다보았다. 그러자 무안해진 그녀는 얼굴이 더욱 붉어졌다.

김효천이 술병을 잡은 채 은후에게 술을 권했다.

"서 권지, 아무튼 포쇄를 다녀오느라 고생이 많았네. 그럼 오늘은 반 잔만 마시게, 자."

은후는 잔을 움켜지고 난처해했다.

"아직… 잔에 술이 남아 있습니다."

"마저 들이켜고 내 술을 받게나. 어서."

그래도 은후가 머뭇거리자 옆에 앉은 설화가 나섰다.

"이 잔으로 받으시지요. 그 잔은 이년이 마실 테니, 이리 주셔요."

설화가 자신의 빈 잔을 내밀고 은후의 잔을 낚아챘다.

"허허, 제 서방 감싸듯이 하는 것 좀 보게."

김효천이 껄껄거리며 웃었다. 은후는 설화의 빈 잔으로 술을 받은 뒤 또 입술만 대고는 내려놓았다. 한림들은 옆의 제 짝들이 따라주는 술을 마시며 더위를 잊었다. 술판이 시끌벅적 무르익어 가기 시작할 즈음, 설화가 주위를 살피더니 은후의 귀에 입을 가까이 대고 속삭였다.

"그동안 도원각에 들리시지도 않고, 이년 섭섭합니다."

"바빠서 그랬네. 게다가 나는 술도 좋아하지 않는 터라…."

"그럼, 이년 얼굴이라도 보러 오시지 않고요."

"…."

은후는 자신을 좋아해 주는 설화에게 미안한 마음만 들 뿐 마땅히 할 말이 없었다. 그렇다고 상대에게 자신이 여인이라는 사실을 알릴 수도 없는 노릇이니, 그녀는 자신을 향한 설화의 마음이 부담스럽고 한편으론 귀찮기도 했다.

얼큰하게 술기운이 오른 김효천이 술병을 잡고 일어나더니 덩실덩실 춤을 추었다. 신입 하계환도 뒤따라 일어나 두 팔을 활짝 벌리고 괴이한 몸짓으로 화답하듯 춤을 추었다. 그러자 지켜보고 있던 기생들이 손으로 입을 틀어막고 키득거렸다. 그들이 우스꽝스러운 춤동작을 보일 때마다 세주와 은후도 소리내어 웃었다. 한참 춤을 추던 김효천이 갑자기 물가로 걸어가더니 얼굴의 땀을 씻었다. 그리고는 갑자기 술판을 향해 손으로 물을 뿌렸다.

"앗, 차가워! 나리, 나리…."

기생들이 비명에 가까운 소리를 질렀다. 분칠한 얼굴에 물이 닿을까봐 그녀들은 고개를 숙이고 재빨리 한쪽으로 비켜났다. 나머지 한림들도 덩달아 자리에서 일어나 버선을 벗고 물가로 몰려갔다. 뒤따라 일어난 은후는 그들과 어울리는 대신 혼자 근처의 물가로 향했다. 그리고 납작한 바위 하나를 찾아 앉아서 물놀이를 하는 한림들의 모습을 웃으며 바라보았다. 너럭바위 술자리에 있던 조명윤의 짝 옥화와 세주의 짝 월영이 눈웃음을 지으며 은후에게 다가왔다.

"도련님은 물에 들어가지 않으십니까?"

옥화가 방실거리며 묻자 은후는 그녀를 힐끗 쳐다본 뒤, 다시 한림들 쪽을 바라보았다.

"난 구경하는 것이 더 재밌다네."

"그러지 말고 물에 들어가 보시어요. 시원할 것입니다."

"아닐세. 난 차가운 물을 별로 좋아하지 않네."

이번에는 월영이 나서며 재촉했다.

"그럼, 시원하게 발이라도 담그시어요. 어서요, 도련님."

월영은 그 자리에 쭈그리고 앉더니 은후의 신발과 버선을 억지로 벗겼다.

"이, 이거 왜 이러는가? 어서, 놓게."

은후가 당황해 하며 뿌리치려 하자 옆의 옥화마저 달려들더니 나머지 한쪽 다리를 붙잡고 신발과 버선을 벗겨냈다.

"어머… 도련님 발을 좀 봐."

월영도 웃으며 맞장구쳤다.

"호호호… 그러게. 피부결도 꼭 여인 같네…."

두 기생은 하얗고 조그마한 은후의 발등을 내려다보며 놀려대듯이 말했다. 갑작스러운 일에 은후는 몹시 당혹해 하며 어쩔 줄을 몰랐다.

"어서요, 어서요."

월영이 은후의 등을 떠밀었다.

"어, 어… 알았네. 그러니 너무 밀지 말게."

은후가 조심스럽게 한 발을 물 안에 집어넣었다. 그때 옥화가 은후의 등을 확 밀었다.

"엇!"

그만 은후가 물속으로 풍덩 빠지고 말았다.

"도련님, 도련님. 괜찮으십니까!"

둘은 서로 쳐다보며 몰래 웃더니 곧 웃음기를 감추고 물에 빠진 은후를 바라보았다. 은후는 허겁지겁 일어나려다 뒤로 다시 넘어졌다. 물 밖으로 나가려고 그녀는 안간힘을 다했지만 물살이 빨라 마음대로 되지 않았다. 근처에서 물놀이를 하고 있던 세주가 물에 빠진 은후를 발견하고는 놀랄 틈도 없이 물 밖으로 뛰쳐나와 부리나케 달려왔다. 속으로 깔깔대던 두 기생들도 이제는 점차 낯빛이 달라지기 시작했다. 자신들의 장난이 너무 심했다는 것을 허우적대는 은후를 보고 뒤늦게 깨달았다. 다급히 달려온 세주가 물속으로 몸을 날려 은후에게 다가갔다. 그리고 팔을 뻗어 그녀의 손을 꼭 잡은 뒤 침착하게 끌어당겨 물 밖으로 나왔다. 갑작스러운 일에 그녀는 크게 놀라서인지 몸이 축 늘어진 채 정신을 차리지 못했다. 세주는 누워 있는 그녀의 두 뺨을 가볍게 토닥였다.

"이보게, 서 권지. 정신 좀 차려보게."

순간, 세주의 눈에 확 들어오는 것이 있었다. 물에 젖은 은후의 저고리가 몸에 달라붙어 그녀의 가슴이 볼록하게 드러났던 것이다. 세주는 너무 당황한 나머지 옆에 서 있던 기생에게 외쳤다.

"몸이 차가워지면 큰일 난다. 저기 도포라도 빨리 가져오너라!"

어느새 은후의 입술은 새파랗게 변해 있었다. 세주는 그녀를 흔들며 다급히 불렀다.

"서 권지! 서 권지!"

은후는 정신이 멍한 상태로 여전히 눈만 멀뚱히 뜨고 있었다. 놀란 한림들이 그녀 주위로 몰려들었다. 그러자 세주의 마음은 더욱 다급해졌다. 도포를 가지러 간 월영이 아직 오지 않고 있었다. 세주는 은후의 가슴을 무엇으로든 빨리 가려야만 했다.

"그냥 거기 서 있지 말고, 어서 네 치마라도 벗어다오. 서 권지가 위태해 보이지 않느냐!"

세주가 안절부절 못하고 서 있는 옥화를 다그쳤다. 그러자 그녀는 망설임 없이 제 치마를 벗어 건네주더니, 속옷차림으로 너럭바위를 향해 뛰어갔다. 뒤늦게 우르르 몰려온 한림들 속에서 김효천이 나서며 물었다.

"무슨 일인가?"

세주는 옥화의 치마로 은후의 몸을 덮고 있었다.

"물에 빠져서 그만…."

설화가 달려와 흠뻑 젖은 은후의 모습을 보고 소스라치게 놀랐다.

"도, 도련님!"

그녀는 곧 울상이 되어 땅바닥에 털썩 주저앉고 말았다.

"도련님, 도련님, 정신을 좀 차려보시어요."

조금 지나자 은후가 상체를 일으키려고 몸을 움직였다.

"도련님, 이제 정신이 드십니까?"

은후가 눈을 깜빡이자 옆에서 지켜보던 사람들이 일제히 안도의 한숨을 내쉬었다.

"어휴, 다행이네."

"그러게 말이야. 난 술이 확 깨는구먼."

한림들이 돌아가며 한마디씩 하고 있을 때, 너럭바위에 있던 기생들도 뒤늦게 몰려왔다. 그 속에는 어느 틈에 다른 치마를 두른 옥화와 손에 도포를 든 월영도 끼어 있었다. 은후의 정신이 좀 돌아온 듯하자 조명윤이 물었다.

"서 권지, 어떻게 된 것인가?"

은후는 옥화와 월영을 번갈아 바라보았다. 몹시 긴장해 있던 둘은 그녀의 시선을 피하며 고개를 숙였다.

"제가 발을 헛딛는 바람에…."

"허허, 이 사람 조심하지 않고."

"송구합니다."

모두들 잠시 놀랐던 가슴을 진정시키고 흩어지자 세주는 뒤돌아서려는 옥화에게 말했다.

"너는 저기 가서 관복이 들어 있는 보따리를 가져오너라."

너럭바위로 되돌아온 한림들은 술을 마시며 다시 기생들과 어울려 놀았다. 기생 금옥이 장구를 멋들어지게 두들기며 술판의 흥을 돋우자, 한림들은 너나 할 것 없이 모두 일어나 가락에 맞춰 어깨춤을 추었다.

한편, 옥화는 보따리를 은후에게 건네준 뒤 월영과 함께 어디론가 향했다. 잠시 뒤 둘은 남의 눈을 피해 근처의 바위 뒤에서 몰래 수군거렸다.

"우리가 몹쓸 짓을 하고 말았어."

"그러게, 괜히 홍매 언니 말만 듣고는…."

"네가 봐도 여인 같지는 않지?"

"응. 경황이 없어 자세히 보진 못했지만, 여인 같지는 않았어."

"어휴, 홍매 언니는 별 것을 다 시키네."

"그러게 말이야. 뜬금없이 도련님이 여인인지 알아보라고 하는 바람에 그만… 아무튼 큰일 날 뻔했네."

은후는 하계환의 관복을 들고 근처 숲으로 들어갔다. 그녀는 먼저 주위를 둘러본 뒤 젖은 저고리를 벗고 가슴을 칭칭 동여맨 끈을 풀었다. 옷을 갈아입으면서도 그녀는 방심하지 않고 계속 주위를 살폈다. 잠시 뒤 하계환의 관복으로 갈아입은 그녀는 자신의 모습에서 혹시 여인의 티가 남아 있는지 한 번 더 꼼꼼하게 훑어보았다.

술자리로 되돌아온 은후는 아직도 정신이 얼얼한지 가끔씩 멍한 표정을 짓곤 했다. 설화는 은후가 걱정스러워 곁눈으로 그녀의 안색을 자주 살폈다. 세주는 은후를 위해 빨리 술판을 끝낼 궁리를 했고, 결국 명일 있을 조참을 핑계거리로 내놓았다.

"그만 술자리를 끝내는 것이 어떻습니까?"

세주의 말에 김효천이 느긋한 반응을 보였다.

"조금만 더 놀다 가세."

"명일 조참도 있고 하니, 그만 술자리를 파하는 것이…."

"아, 참! 명일은 조참이 있는 날이었지."

조명윤도 고개를 끄덕이며 수긍했다.

"그럼, 이만 일어나도록 하세."

김효천이 자리에서 일어나며 조명윤에게 물었다.

"오늘 조 봉교 자네 덕분에 잘 놀았네만, 어찌 된 일인가?"

"뭘, 말인가?"

김효천이 도원각 기생들을 가리켰다.

"아, 이 여인들 말인가? 실은 나도 잘 모르네. 도원각의 행수가 우리가 탁족을 하러 간다는 소식을 어디서 듣고 이 여인들을 보낸 것 같더군."

한림들이 자리에서 일어나자 기생들도 따라 일어나며 자신들의 물건을 주섬주섬 챙겼다. 설화는 다 마르지 않은 은후의 옷을 보기 좋은 모양으로 개어 보따리에 쌌다. 어떤 한림은 술에 취해 버선을 신다가 뒤로 넘어지기도 하고 또 어떤 한림은 저고리 끈을 풀어헤친 채 이곳저곳 제 갓을 찾아다녔으며, 술이 많이 취한 채길두는 남의 도포를 입었다가 제 것이 아닌 것을 알고 도로 벗어 건네주기도 했다. 한림들이 우왕좌왕 채비를 하는 동안 은후는 시선을 딴 곳으로 돌린 채 멍하니 앉아 있었다.

팔월 말이 되었다. 이번 달의 마지막 조참은 열리지 않았다. 임금의 병세가 깊어서라기보다는 임금의 분노 때문이었다. 또다시 괴이한 무리가 임금에게 도전을 해 왔던 것이다. 지난번 괴서를 뿌린 자들과 동일한 무리의 소행이 확실했다.

임금은 이제 화를 낼 기운조차 없을 만큼 병세가 악화되어 있었다. 하지만 자신을 파렴치한 군주로 몰아가는 불순한 무리를 임금은 자신이 죽기 전에 반드시 응징하고 싶었다. 언뜻 보기에 이번 괴서는 그 내용이 모호하기 그지없었지만, 자세히 들여다보면 결국 임금과 신하들과의 관계를 이간질하려는 의도가 숨겨져 있었다. 임금은 그자들의 노림수를 간파하긴 했지만 그들의 의도에서 완전히 벗어나지는 못했다. 그래서 임금과 신하들의 관계는 또다시 긴장 관계에 놓이고 말았다.

문종께서는 평소 이렇게 말씀하셨다. "수양대군의 야망이 언젠가는 어린 세자에게 큰 짐이 될지도 모른다. 그런데도 그를 어찌하지 못하는 것은 또한 짐의 큰 고충이다." 이렇듯 수양은 이미 오래전부터 역모를 꿈꾸고 있었다.

신미년에, 수양은 금령을 어긴 중의 가쇄를 함부로 풀어줘 국법의 지엄함을 손상시키는 일을 저질렀다. 여러 신하가 대죄를 지은 수양에게 죄를 줄 것을 청했지만, 문종께서는 "그만한 일로 대군을 벌하는 것은 불가하다." 하시며 대간들의 청을 물리치고 수양을 감싸 주시었다. 그런데 동생 수양은 어떠했는가?

수양은 괴서의 내용을 몇 번이나 들여다보았다. 아무리 읽어보아도 그 내용이 사록에 근거하고 있음이 명백했다. 그는 사록을 잘 관리하지 못한 신하들의 불충보다, 자신을 조롱하고 있는데도 그것을 막을 방법조차 없다는 데 더욱 화가 났다.

밖에서 환관의 목소리가 들려왔다.

"전하, 신료들이 들었사옵니다."

"…들라 이르라."

역시 수양의 음성에는 노기가 다분했다. 환관이 문을 열자 먼저 사관이 들어오고, 그 뒤를 이번에 영의정이 된 귀성군 이

준과 몇몇 신료들이 차례로 들어와 조용히 앉았다. 수양은 한동안 신료들을 넌지시 바라보았다. 지난번 괴서사건을 이유로 영의정과 우의정 그리고 병조판서까지 바꾼 마당에 또다시 이런 일이 생겼으니, 신하들을 문책한다고 해결될 일이 아닌 듯했다.

수양이 한성부 판윤 이거영에게 물었다.

"지난번 변을 당한 기주관과 괴서사건에 대한 조사는 어떻게 되어가고 있소?"

"그 기주관과 마지막으로 만난 홍문관 수찬을 의금부에서 조사해 보았으나, 의심할 만한 것은 발견하지 못했고 괴서사건에 관한 것 역시 별다른 진척이 없사옵니다. 하오나, 두 사건 모두 어떤 사초와 관련이 있는 것은 분명한 듯하옵니다."

수양의 눈빛이 번쩍였다.

"지금 사초라 했소?"

"예, 전하."

"음…, 그래 어떤 내용의 사초인 것 같소?"

"아직 거기까지는 짐작할 수 없사옵니다."

"한성부에서는 누가 담당을 하시오?"

"판관判官으로 있는 신벽이옵니다."

"음… 빨리 잡아들이라 하시오."

"예, 전하."

이번에는 수양의 눈길이 대사헌 양성지에게 옮겨갔다.

"괴서를 보았소?"

"예, 조금 전 빈청에서 보았나이다."

"이 괴서의 내용이 어디에 근거를 두고 있는 것 같소?"

"아무래도…."

양성지는 차마 자신의 입으로 아뢸 수가 없었다.

"어서 말을 해 보시오. 다들 근거 없는 괴서라고 하지만 대사헌만은 그리 말하지 못할 줄 과인은 알고 있소이다."

"…사록에 근거를 두고 있는 듯하옵니다."

"사록이라면, 결국 실록을 말하는 것이 아니요?"

"예, 전하."

수양은 앞에 놓인 괴서를 재차 들여다보았다. 중의 가쇄를 풀어 주고 곤혹을 치른 일이 17년 전의 일이었지만, 그는 아직도 그때의 기억이 생생했다.

하지만 괴서의 첫 번째 문장은 자신도 전혀 알 수 없는 내용이었다. 정말로 문종 임금이 그러한 말씀을 하셨는지는 사관만이 알 수 있는 일이며, 또한 그때의 사관이 누구인지도 찾기 어렵거니와 찾는다고 한들 물어볼 수도 없는 일이었다. 수양은 실눈을 뜨고 양성지에게 슬며시 물었다.

"실록 편찬에 참여하셨지요?"

"예? 예…, 문종 임금의 실록을 편찬할 때 기주관으로 참여하였습니다."

"그럼, 이 괴서의 첫 번째 문장이 실록에 있는 내용입니까?"

"저, 전하…. 그것은 말씀드릴 수 없사옵니다."

지금 임금이 실록의 내용을 묻고 있는 것이었다. 그러자 양성지뿐 아니라 방 안에 있는 모든 신료들이 깜짝 놀랐다.

"전하, 실록의 내용에 대해서는 누구도 함부로 발설할 수 없으며, 비록 군주라 할지라도 그 내용을 물어 보아서는 아니 되옵니다."

수양은 괴서를 집어 들고 흔들었다.

"이러한 내용이 실록에 있는지만 알려 달라는 것이오. 그것도 아니 되오?"

신료들이 더욱 납작 엎드리며 일제히 외쳤다.

"전하, 망극하나이다."

신하들의 완강한 반대에 부딪치자 수양은 낯빛을 고치며 슬그머니 말을 거두어들였다.

"뭐, 그렇다면 어쩔 수 없지요…"

수양은 서운한 표정을 애써 감추며 이거영에게 말했다.

"괴서의 내용이 실록에 근거를 두고 있는 듯하니, 판윤은 그 유출 경로를 즉시 밝혀내시오."

그리고 이번에 새로 뽑은 병조판서 남이에게 명했다.

"요즘 궐 안팎이 매우 어수선하니, 병판은 치안에 더욱 만전을 기하라!"

남이가 늠름한 목소리로 대답했다.

"예, 전하. 급박한 일에 대비해 항시 군사들을 궐 밖 가까운 곳에 대기해 두고 있사옵니다."

수양이 피곤한 기색을 보이자 신료들은 서로 눈치를 살폈다. 수양은 형조판서 강희맹에게 무슨 말인가 하려다 그만두고는 모두 물러가라는 손짓을 했다. 신료들이 일어서서 뒷걸음질을 하며 방을 나가고 있을 때 갑자기 옥음이 들렸다.

"의금부판사는 남으시오."

밖으로 나가려던 의금부판사 함우치가 걸음을 멈추고 제자리로 돌아와 앉았다. 그는 궁금한 낯빛으로 임금의 말을 기다렸다.

"그들을 은밀히 조사해 보시오."

다짜고짜 조사하라는 임금의 말에 함우치가 더듬거리며 확인하듯 물었다.

"그들이라… 하오시면, 문종 임금의 실록 편찬에 참여한 신료들을 일컬음이옵니까?"

"그렇소. 사고에 단단히 보관되어 있는 실록이 어떻게 밖으로 유출될 수 있겠소. 분명 그럴 리는 없는 것 아니오."

"그렇긴 하옵니다만…."

"그렇다면 간단하지 않소. 당시 실록 편찬에 참여했던 신료들 중 누군가의 입을 통해 밖으로 새어 나간 게 틀림없을 것이오."

"…."

함우치는 임금의 추리에 대해 새삼 놀랐다. 병세가 깊고 급박한데도 범인들을 잡는 데 열중하는 임금의 집착을 그는 이해하기 어려웠다.

의금부판사 함우치가 밖으로 나가자 수양이 사관 이지벽을 바라보았다. 이지벽은 임금이 자신을 바라보고 있음을 곁눈으로 알아차리고 곧바로 자리에서 일어나 밖으로 향했다. 잠시 뒤 방 안에 혼자 남은 수양은 앉아 있기가 힘겨워 누우려고 하다가 등창 때문에 뒤로 눕지 못하고 바닥에 엎드렸다.

그날 밤, 한명회의 집에 신숙주와 홍윤성이 찾아와 술잔을 기울였다. 역시 그들의 대화는 두 번째 괴서사건에 관한 것이었다. 몇 달 전부터 일어난 일들이 동일한 자들의 소행이라는 사실에는 모두 의심의 여지가 없었다.

"예삿일이 아닙니다. 이러다가 전하의 병세가 더욱 깊어지는 것은 아닌지."

신숙주가 걱정스러운 듯 한명회를 바라보았다.

"아마도 전하께서는 두 번의 괴서사건으로 마음에 큰 상처를 입으셨을 겁니다. 지존이신 전하를 향해 시정잡배나 다름없다고 하였으니, 그 상심이 오죽하시겠습니까?"

"범인은 노산군을 따르던 무리가 명확해 보이는데, 왜 지금에 와서 이러는 건지 이해할 수 없군요."

"사건이 복잡해 보이지만 자세히 들여다보면 아주 간단합니다. 정난일기의 분실부터 지금의 괴서사건까지 모두 춘추관과 연관되어 있지 않소이까? 춘추관이 무엇을 하는 곳입니까. 사서를 편찬하는 곳 아닙니까. 그렇다면 그자들이 노리는 것은 바로 사서 편찬에 불만을 품고 있는 무리라는 뜻이지요. 그들은 조정에서 노산군일기를 은밀히 편찬하고 있다는 사실을 알아내고 전하를 협박하고 있는 거예요. 한마디로 자신들은 모든 것을 다 알고 있으니 역사를 왜곡하지 말라고 경고를 보내고 있는 셈이지요."

"대체 어떤 자들이기에 그렇게 무모한 짓을 할까요?"

"모르지요. 하지만 분명한 건 전하께서 보위에 오르시는 과

정에서 화를 당한 자들일 겁니다."

가만히 듣고 있던 홍윤성이 중얼거렸다.

"뭐, 그런 자들이 어디 한둘이어야 짐작이라도 하지…."

한명회가 헛기침을 했다.

"어험!"

홍윤성은 자신의 실언을 눈치 채고 재빨리 시선을 돌렸다.

"고령군 대감, 이번 괴서의 내용이 정말 문종 임금의 실록에 있습니까?"

"글쎄요. 당시 난 찬수관이 아니어서 잘 모르지만, 아마도 두 번째 문장은 사실인 듯합니다."

"전하께서 대군시절 중의 가쇄를 풀어 주었다는 그 내용 말입니까?"

"예, 그것은 실제로 있었던 일이니 실록에도 실려 있을 겁니다."

한명회가 고개를 끄덕였다.

"맞아요. 십수 년 전 일이지만 나도 뚜렷이 기억하고 있지요. 그때 문종 임금께서 지금의 전하를 감싸 주시지 않았다면, 아마 오늘날의 전하는 있을 수 없었을 테지요."

신숙주가 물었다.

"그럼, 놈들이 바로 그것을 노린 것이로군요."

"그렇지요. 문종 임금께서는 동생인 수양대군을 그렇게 보살펴 주었는데, 동생은 조카를 죽이기까지 했다고 비난하는 것이지요."

"그런데 첫 번째 문장은 아무래도 미심쩍은 구석이 있지 않습니까?"

"저도 그리 보았습니다. 그 문장은 전하를 비난하기 위해 일부러 꾸며낸 말일 겁니다. 내용으로 보아서는 어느 사관의 가장사초에 근거를 두고 있을 법하지만 실제로 문종 임금께서 그런 말씀을 하시지는 않았을 겁니다. 생각을 해보세요. 정말 그런 말씀을 하셨다면 신료들이 당시 대군이셨던 전하를 가만히 두었겠습니까? 또한 문종 임금께서도 자신의 말 한마디가 동생을 죽음으로 몰아넣을 수 있다는 사실을 모르지는 않았을 테지요. 설령 속으로는 그렇게 생각하셨다 할지라도 겉으로 드러냈을 리는 만무합니다. 사관이 임금의 속마음을 짐작하여 사서에 남기는 사람은 아니지 않습니까. 그러니 첫 번째 문장은 놈들이 지어낸 말이 확실할 겁니다."

신숙주는 고개를 끄덕이며 수긍하는 뜻을 나타냈다. 하지만 홍윤성은 더욱 울화가 치미는 모양이었다.

"허허, 이 간사한 놈들. 아, 참. 한성부 판윤이 어떤 사초에 대해 조사하는 모양이던데, 대체 어떤 내용의 사초일까요? 듣자하니, 그 사초에 대해 전하께서 각별한 관심을 가지고 계시는 것 같다고 합디다."

"그것이 뭘 뜻하는지 아시는가? 전하께서는 이번 사건에 대해 어떤 식으로든 우리가 알지 못하는 그 무엇을 알고 계신다는 뜻이네."

신숙주가 궁금한 표정으로 물었다.

"그럼, 그것이… 무엇일까요?"

한명회가 목소리를 낮추었다.

"혹여, 이번 사건들 중 하나가 전하와 연관되어 있다면 말이 되지 않겠습니까?"

"예! 전하께서 연관이 되어 있다고요? 무슨 근거라도…."

"제가 전하를 모신지 십수 년이 넘습니다. 전하께서 하시는 행동을 보면 대충 감을 잡을 수 있지요. 다들 아시다시피, 지난번 정난일기의 일에 대해 전하께서 진노하신 것은 우리 공신들을 의심했기 때문이 아닙니까. 처음 정난일기를 편찬할 때 우리 공신들은 자신의 이름이 일기에 오르내릴까 걱정만 하고 전하의 입장을 이해하려고 들지는 않았지요. 그런데 때마침 정난일기가 사라지자 전하께서는 우리를 의심하기 시작한 것이지요. 하지만 저는 반대로 생각했어요. 공신들을 길들이기 위한 압박수단으로 전하께서 일부러 정난일기를 감춘 것으로 말입니다. 한데, 이번 사건들을 가만히 돌이켜 보니, 꼭 그런 것만은 아닌 것 같습디다. 정난일기 분실사건은 전하와 연관이 없는 듯하지만 기주관으로 있던 예조좌랑 이응현의 살해사건은 그렇지가 않은 듯해요. 그 사건에 대해서는 전하께서 뭔가 따로 알고 계시는 것이 틀림없는 듯합니다."

"어째서 그렇게 생각합니까?"

"조금 전에 말한 사초 때문이지요. 한성부에서는 이번 사건이 노산군 때의 어떤 사초와 관련이 있는 것으로 추측하고 있더군요. 저도 그럴 가능성이 있다고 봅니다. 자, 잘 들어보세요."

한명회는 목이 타는지 잔에 술을 채워 벌컥 들이켰다. 그리고 속삭이 듯이 더욱 작은 목소리로 말을 이어 나갔다.

"지금 일기청을 세워 노산군일기를 비밀리에 편찬하고 있지 않습니까. 만일의 경우에 말입니다, 전하께 큰 흠이 되는 어떤 사초가 있는데, 그것이 지금 일기를 편찬하는 찬수관들의 손에 넘어간다고 가정해 봅시다. 그러면 어떤 일이 벌어지겠습니까?"

"그, 그럼…."

"그렇지요. 찬수관들끼리 갑론을박하겠지요. 또한 사관들의 귀에도 들어가게 될 것이고 그렇게 되면 훗날 언젠가는 사록에 실리지 않겠습니까?"

신숙주 또한 가만히 듣고 보니 한명회의 추론이 맞아떨어지는 것처럼 여겨졌다. 그는 고개를 끄덕이며 자신의 생각을 혼잣말처럼 내뱉었다.

"사초의 행방을 알게 된 누군가가 은밀하게, 손을 썼다?"

한명회가 희미하게 웃었다.

"이제야 감이 좀 오는가 보군요? 지금 전하께서는 훗날 자신이 어떤 모습의 군왕으로 사책에 기록될지 매우 걱정하고 계시는 겁니다."

"그렇다면, 전하께서…."

"그거야 모르지요. 전하인지, 아니면 누군가가 사초를 찾아내 큰 공을 세우고 싶은 건지, 허허허…. 어쨌든 내 생각일 뿐이니, 한성부의 소식을 기다려 볼 수밖에요."

신숙주와 홍윤성은 한명회의 말을 전적으로 믿는 분위기였다. 지금껏 그의 말이 별로 틀린 적이 없기에 이번에도 틀림없을 것이라고 두 사람은 생각했다. 방 안에 잠시 말이 끊겼다. 한명회의 말이 두 사람에게는 다소 충격적으로 들린 듯했다. 홍윤성이 술잔을 내려놓으며 침묵을 깼다.

"그나저나, 큰일입니다. 나라가 어수선할수록 조정에는 경험 많고 노련한 신료들이 필요한 법인데, 아직 채 서른도 안 된 새파랗게 젊은 사람을 영의정에 앉혔으니…."

홍윤성이 지난달 단행된 임금의 인사에 대해 불만을 드러냈다. 그러자 한명회가 떨떠름한 웃음을 지으며 말을 받았다.

"지금 전하께서는 세자 저하가 보위를 이어받은 뒤 공신들에게 휘둘릴까 경계하고 계시는 것이네. 비록 고령군 대감과 나를 원상院相으로 삼긴 했지만, 모든 권력을 우리 공신들에게만 다 주기에는 위험하다고 여기시는 것이지."

홍윤성이 목에 핏대를 세웠다.

"그래도 그렇지요. 병조판서를 보세요. 세상에, 남이가 병판이 되었습니다. 올해 스물일곱이에요."

한명회가 미소를 흘리며 홍윤성을 바라보았다.

"그 자리가 그렇게 부러우신가?"

"대감, 지금 농담할 기분 아닙니다. 적개공신들이 좋은 자리를 모두 차지해 속이 상해서 그러는 것 아닙니까."

홍윤성은 얼굴을 붉히며 거칠게 술병을 잡았다. 맞은편에 앉은 한명회의 얼굴에서도 이내 웃음기가 사라졌다.

궐이 텅 빈 느낌이었다. 임금은 수강궁으로 이어移御했다. 종묘와 가까운 곳에서 삶을 마감하고픈 탓이었을까? 누구도 임금의 이어를 말리려고 하는 신하는 없었다.

임금이 수강궁으로 나가자 예문관의 전임사관들 역시 덩달아 바빠졌다. 그들은 두 명씩 조를 이루어 궐과 수강궁을 오가며 교대를 했다.

임금이 이어를 한 지 엿새째 되는 9월 초하룻날이었다. 세주도 하루 종일 쉴 틈이 없었다. 그는 아침나절부터 승정원에 들러 각지에서 올라온 소차疏箚와 장계를 살펴보고 시정기 작성에 필요한 내용만 따로 필사했다. 임금의 비답을 받기 위해 수강궁에 간 승지들을 기다렸지만, 퇴궐 무렵까지 소식이 없자 그는 승정원을 나와 영추문으로 향했다.

은후는 혼자 서책을 읽고 있다가 퇴궐할 시각에 맞추어 예문관을 나왔다. 그녀가 영추문 근처에 이르자 마침 앞에서 세주가 걸어가는 모습이 보였다. 하루 종일 얼굴 한번 마주치지 못했던 세주를 본 은후는 기쁜 마음에 빠른 걸음으로 다가갔다. 그때 교서관 정자 김광겸이 불쑥 나타나더니 세주에게 다가가는 모습이 보였다. 은후는 걸음을 늦추며 그들의 뒤를 조용히 따라 걸었다. 김광겸은 비꼬는 듯한 투로 세주에게 말을 걸었다.

"어이쿠, 한림 나리께서 어딜 그리 급히 가시는 길인가?"

"엉? 퇴궐하는 길이네만."

"아참, 곧 혼인을 한다면서?"

"아직은…."

"제조 대감께서 하시는 말씀을 들었네."

"…."

"어쨌든 축하하네. 혼인을 하게 되면 지난번과 같은 괴상한 소문은 잠잠해지지 않겠나."

"…마음 써 줘서 고맙네."

세주는 불쾌한 감정을 억누르고 먼저 걸어갔다.

집을 향해 걸어가면서 은후는 마음이 혼란스러웠다. 세주가 곧 혼인을 하게 되었다는 소식에, 그녀는 자신도 여인이라고 세주에게 외치고 싶었다. 하지만 그러한 마음도 남장을 한 지금 자신의 처지를 생각하면 이내 수그러들고 마는 것이었다.

종루 부근에 이르렀을 무렵 은후는 세주와 어떤 여인이 개천 쪽으로 걸어가는 뒷모습을 보았다. 아마도 혼인 상대인 초희 낭자인 듯했다. 은후는 걸음을 멈추고 부러운 시선으로 그들의 뒷모습을 바라보았다.

"도련님!"

은후는 꿈쩍도 않고 개천 쪽만 응시하고 있었다.

"도련님, 도련님!"

누군가 자신을 부르는 듯한 느낌에 은후는 고개를 돌렸다.

"응?"

"도련님, 이년 순심이옵니다."

도원각의 순심이가 히죽거리며 다가왔다.

"여긴 어쩐 일이냐?"

"설화 아씨를 뫼시고 왔습니다."

"응, 그래?"

은후가 별다른 말없이 발길을 돌리려 하자 순심이 앞으로 나서며 물었다.

"퇴궐하시는 길이옵니까?"

"응."

"그럼 저희와 함께 도원각에 가시는 것은 어떠하옵니까?"

은후가 주변을 둘러보며 되물었다.

"설화는 보이지 않는구나?"

"아씨는 저기 면주전에 있습니다. 이리로 모셔 올까요?"

"아니, 그럴 필요 없다."

은후는 발길을 돌리려다가 갑자기 무슨 생각이 난 듯 고개를 끄덕였다.

"그래, 모시고 오너라."

순심은 지체 없이 면주전을 향해 조르르 달려갔다. 은후는 세주가 사라진 곳을 바라보며 순심이 오기를 기다렸다. 잠시 후, 순심은 설화와 함께 나타났다. 설화는 무척 반가운 기색을 하며 은후 곁으로 다가왔다. 뜻하지 않은 곳에서 은후를 만난 그녀는 만면에 화색이 가득했다.

"도련님 아니십니까?"

은후도 밝은 모습으로 맞았다.

"잘 지냈는가?"

"예, 도련님. 퇴궐하시는 길인가 보옵니다."

설화가 가만히 은후의 안색을 살폈다.

"도련님, 어찌 기운이 하나도 없어 보입니다."

"그래 보이는가? 저, 어디 가서 이야기라도 좀 나누겠는가?"

설화는 깜짝 놀라 눈을 크게 떴다. 언제나 자신을 일부러 피하는 것처럼 대하던 상대가 뜻밖의 청을 해오니, 그녀는 자신이 잘못 들었나 하여 되물어 보았다.

"저와 함께 말이옵니까?"

"응."

설화는 활짝 웃었다. 결코 자신이 잘못 들은 것이 아니었다.

"어디로 가시렵니까? 도원각은 답답해하실 테고…."

"개천은 어떻겠는가? 내가 앞장설 테니 따라오게."

"예? 좋습니다, 도련님."

설화는 은후의 사내다운 모습에 은근히 기분이 좋아졌다. 그녀는 장난스러운 표정과 말투로 은후의 마음을 슬쩍 떠보았다.

"개천에는 무뢰배들이 많다고 하던데 위험하지는 않을는지요?"

은후는 굵직한 목소리로 더욱 사내 흉내를 냈다.

"걱정할 것 없네. 그냥, 날 믿고 따라오게."

"예, 도련님…."

설화는 속으로 몹시도 기뻤지만 겉으로는 못이기는 척하며 은후를 따라 개천으로 향했다. 길을 걷는 동안 그녀는 가끔씩 은후에게 말을 걸었다. 그때마다 은후는 툭툭 던지듯이 건성으로 대답했지만, 그녀의 눈에는 은후의 그러한 모습마저 멋져 보였다.

개천에 이른 뒤에도 은후는 걸음을 멈추지 않고 계속해서 천변을 따라 걸었다. 그러자 앞장서서 무작정 걷기만 하는 은후에게 설화가 물어왔다.

“도련님, 어디까지 가시렵니까?”

“조금만 더 가면 되네.”

설화와 순심은 은후의 뒤를 계속 따라 걸었다. 얼마 후 설화가 은후 옆으로 다가와 나란히 보조를 맞추며 걸었다.

“도련님, 알고 보니 지난번 탁족 잔치는 돈을 대준 사람이 따로 있었다더군요.”

은후는 앞을 응시한 채 물었다.

“그 사람이 누구인가?”

“홍매 언니에게 뒷돈을 대준 사람은 다름 아닌 교서관 정자 김광겸 나리라고 하더군요.”

“그분이 왜?…”

“우리 애들이 도련님을 물에 빠뜨린 것도 아마 그분의 농간이 아닌가 여겨집니다. 자주 도원각에 들르시는 분인데, 취기에 하는 말을 들어보면 다음에는 반드시 한림이 될 거라는 둥, 지난번에 한림이 되지 못한 것을 남 탓으로 돌리고 있더군요. 도련님도 그분을 조심하시어요.”

“….”

잠시 후, 은후가 갑자기 걸음을 멈추자 설화도 엉겁결에 멈춰 섰다.

“이제… 다 왔습니까?”

“응, 한데, 이미 저곳에….”

설화는 은후의 시선이 향하는 곳으로 고개를 돌렸다.

"어머, 어쩐다? 이미 누군가 차지하고 있군요."

"허, 참. 그러게 말이야."

앞쪽 느티나무 근처에 있는 작은 정자는 이미 누군가의 차지가 되어 있었다. 은후는 주위를 두리번거리며 근처에 쉴 만한 곳을 찾았다.

"할 수 없군. 저 곳에 앉지."

은후가 평평한 바위를 가리키며 걸어가자 설화도 그곳으로 따라갔다.

"도련님도 앉으시어요."

설화가 먼저 바위에 앉으며 자리를 권하자 은후는 기다렸다는 듯이 그녀의 곁에 바짝 다가가 앉았다. 그러자 그녀는 오늘따라 스스럼없이 자신을 대하는 은후가 마냥 좋기만 했다. 둘의 모습을 지켜보고 있던 순심은 살그머니 자리를 피해 조금 더 떨어진 곳으로 걸어가 돌아앉았다.

"어머나… 도련님. 저길 좀 보시어요."

설화가 정자 위를 손가락으로 가리키며 말했다.

"무엇을 말인가?"

"저기, 정자 위를 좀 보시어요. 어쩜…."

은후는 설화가가 가리키는 곳으로 고개를 돌렸다. 정자 위에서는 두 남녀가 다정하게 이야기를 나누고 있었다.

"보기 좋구먼."

"참으로 다정해 보입니다."

설화는 부러운 듯한 얼굴로 정자에서 눈을 떼지 못했다. 가끔 정자 위의 두 남녀가 웃음을 보일 때마다 그녀는 그것이 바로 자신과 은후의 모습이기를 바라는 듯했다. 한동안 둘이 넋을 잃고 정자 위를 바라보고 있을 때, 어느 순간에 정자 아래에 서 있던 한 여인이 그들 쪽을 바라보더니 고개를 갸웃거렸다. 그리고 몇 차례 더 고개를 갸웃거리다가 이윽고 두 사람을 향해 걸어왔다.

"권지님 아니십니까?"

다가오던 여인이 갑자기 큰소리로 인사를 건네 왔다. 하지만 은후는 짐짓 모른 체하며 엉뚱한 곳으로 시선을 돌렸다. 옆에 앉은 설화가 은후의 팔을 살짝 건드리며 말했다.

"도련님을 아는 여인인가 봅니다."

그래도 은후는 끝까지 모른 체했다. 바로 코앞까지 다가온 여인이 고개를 꾸뻑 숙였다.

"권지님, 저 금이이옵니다. 지난번 봄에 이곳에서 만나지 않았습니까. 초희 아씨를 모시고 왔던…."

은후는 그제야 기억이 떠오른다는 듯이 고개를 끄덕였다.

"아, 그렇지. 한데 네가 여기는 왜? 그럼, 저 정자 위에 계시는 분들이…."

"그렇습니다. 초희 아씨와 윤 대교 나리이옵니다."

은후는 놀라는 시늉을 했다.

"이런 우연이 다 있나…."

"잠시만 기다리시어요."

금이는 갑자기 정자를 향해 뛰어가며 외쳤다.

"아씨, 아씨!"

정자 위에 있던 초희가 아래를 내려다보았다.

"웬 호들갑이냐?"

"저기를 좀 보시어요."

금이는 손가락으로 은후 쪽을 가리켰다. 정자 위의 두 남녀는 금이가 가리키는 곳을 동시에 바라보았다. 초희가 눈을 깜박거리며 물었다.

"아는 분들이냐?"

"그분 아닙니까, 아씨."

"누구를 말하느냐?"

금이는 갑자기 생각이 나지 않아 말을 더듬거렸다.

"그, 왜, 지난봄에… 나리와 함께 여기 오셨던… 그분 아닙니까."

두 사람은 금이가 누구를 말하는지 어렴풋이 알아차렸다. 세주가 은후가 있는 쪽을 자세히 바라보더니 금이에게 물었다.

"지난번에 여기 함께 왔던 예문관 서 권지를 말하는 것이더냐?"

금이가 환하게 웃으며 대답했다.

"예, 나리. 여인처럼 곱게 생긴 그 권지님입니다."

"엉? 서 권지가 여긴 어인 일일까?"

세주는 의아한 눈초리로 은후 쪽을 바라보았다. 초희 역시 궁금하기는 마찬가지인 듯했다. 그녀는 정자 아래의 금이에게 물었다.

"저 옆에 함께 있는 여인도 아는 분이더냐?"

"처음 보는 여인인데 생김새가 아주 곱습니다."

세주는 더 이상 궁금증을 참지 못해 정자 아래로 내려갔다. 한편, 설화와 다정히 앉아 있던 은후는 세주가 다가오는 것을 보고는 자리에서 일어났다. 설화도 은후를 따라 일어났다. 가까이 다가온 세주는 눈을 동그랗게 뜨고 은후에게 물었다.

"자네가 여긴 어쩐 일인가?"

은후도 뜻밖이라는 표정으로 세주를 맞이했다.

"아니, 사부는 어쩐 일이십니까?"

세주가 은후 곁에 서 있는 설화를 쳐다보자, 그녀는 말없이 고개만 숙여 인사를 건넸다. 은후가 그녀를 가리키며 말했다.

"답답하여 바람이나 쐴까 하던 참에 우연히 길에서 이 사람을 만났지 뭡니까."

"아, 그래? 난, 자네가 여기 왔다는 말을 듣고 좀 놀랐네."

은후가 정자 위를 힐끔 쳐다봤다.

"사부, 어서 가보시지요. 전, 좀 더 이야기를 나누다 집으로 돌아가겠습니다."

"그럼, 그리 하게."

세주는 은후와 설화를 신기한 듯이 번갈아 바라보고는 정자 위로 되돌아갔다.

다시 둘만 남게 된 은후는 설화와 이야기를 이어갔다. 하지만 은후의 마음과 시선은 오로지 정자 위로만 향하고 있었다. 정자 위의 두 남녀가 다정한 모습을 보일 때마다 그녀는 부러운 눈빛으로 바라보았고, 초희 대신 자신이 세주 곁에 있는 상상을 해 보았다. 하지만 그녀는 곧 가당치 않은 상상을 하고 있는 자신을 나무라기라도 하듯 이내 고개를 흔들었다. 은후의 속마음을 전혀 알 리 없는 설화가 계속 수다를 늘어놓았지만, 그녀의 귀에는 아무것도 들리지 않았다.

수양이 한명회, 신숙주, 구치관을 수강궁으로 불렀다. 세 원상院相들이 방으로 들어서자 누워 있던 수양은 환관의 부축을 받으며 힘겹게 일어나 앉았다. 비쩍 마른 수양은 용포 대신 저고리 차림으로 신하들을 맞이했다.

상심한 얼굴로 문 앞에 앉아 있던 원상들에게 수양이 가까이 오라며 손짓하자 그들은 조금 더 앞으로 나아가 자리에 앉았다.

"난 이제 살날이 얼마 남지 않았소."

한명회는 납작 엎드렸다.

"전하, 어찌 그런 말씀을 하시옵니까?"

"내가 그대들을 한자리에 부른 것은 세자를 부탁하기 위함이오."

황망한 마음에 세 원상들은 어쩔 줄 몰라 하며 일제히 방바닥에 이마를 찧었다.

"전하, 전하, 심기를 굳건히 하시옵소서."

수양이 손을 내저었다.

"차분히 내 말을 들어보기 바라오."

원상들이 자세를 고쳐 앉았다.

"세 분은 조정의 중심이 되는 분들이니, 내가 죽으면 어린 세자를 잘 보필하여 나라를 운영하는 데 차질이 없도록 해주시길 바라오."

"…."

"왜 대답들이 없소?"

신숙주가 침울한 목소리로 대답했다.

"전하…."

"그리고 젊은 영상과 병판과도 잘 지내기 바라오. 비록 경험은 미천하나 패기가 넘치니 세자에게도 좋은 일이 아니겠소?"

한명회가 대답했다.

"예, 전하. 신들의 경험이 필요할 때에는 언제든지 도울 것이옵니다."

수양이 신숙주에게 물었다.

"내가 죽으면 고령군께서 실록청을 맡아 주실 거지요?"

신숙주가 머리를 조아렸다.

"전하, 어찌 그런 말씀을 다 하시옵니까?"

"허허허, 누군가는 맡을 게 아니요. 그렇다면 고령군 외에 또 누가 있겠소?"

"전하…."

수양은 한명회를 바라보며 또다시 간곡한 부탁을 했다.

"세자가 아직 어리니, 곁에서 잘 보필해 주시오."

환관이 수양의 얼굴에 흐르는 진물을 닦아냈다. 원상들은 일부러 시선을 아래로 떨어뜨렸다. 수양이 혼잣말처럼 중얼거렸다.

"잘 부탁하오, 잘 부탁하오…."

임금의 말이 더 이상 이어지지 않자 원상들은 자리에서 일어났다. 그때 수양이 한명회를 불렀다.

"상당군은 이리로 오시오."

한명회는 뒷걸음질을 멈추고 앞으로 나아갔다.

"…노산군일기는 어찌 되어가고 있소?"

수양은 줄곧 승정원으로부터 소식을 듣고 있으면서도 모른 척 넌지시 물어보았다.

"곧 마무리될 것으로 알고 있습니다."

"음, 계유년의 일이 후세에 어떻게 전해질는지…."

임금이 하고자 하는 말을 한명회는 즉시 알아차렸다. 계유정난이 후세에 어떻게 평가될지 임금은 걱정하고 있는 것이었다. 게다가 그 평가의 근거가 되는 실록 편찬의 중요성에 대해 말하는 것이기도 했다.

"너무 염려하지 마시옵소서. 사록에는 전하를 칭송하는 글들로만 채워질 것입니다."

"음…."

수양이 눈을 지그시 감았다. 또다시 통증이 밀려오는지 수양의 얼굴이 찌푸려졌다.

"노산군의 죽음에 대해서는 어떻게 기록될 것 같소?"

한명회는 깜짝 놀랐다.

"저, 전하. 그것은…."

"내가 죽고 나면 혹여 그 일에 대해…."

한명회는 급히 임금의 말을 가로막았다.

"전하, 항간에 노산군의 죽음에 대한 헛소문이 도는 것은 사실이오나, 그리 걱정할 일은 아니옵니다. 노산군은 사사된 것이 아니라 스스로 목을 매어 죽은 것이라고 사초에 그리 기록되어 있으니, 훗날 실록에도 그렇게 실릴 것이옵니다."

수양은 재차 확인하듯 물었다.

"분명, 그러하겠지요?"

"예, 전하. 그러니 성심을 편히 하시옵소서."

"…실록청이 세워지면 상당군이 잘 챙기세요."

"여부가 있겠사옵니까."

잠시 말을 끊었다가 수양이 다시 물었다.

"상당군은 만일 15년 전으로 돌아간다면, 그때도 똑같은 선택을 할 것 같소?"

전혀 예상치 못한 갑작스러운 물음에 한명회는 마땅한 대답이 얼른 떠오르지 않았다.

"예? 저, 전하…."

"대답해 보시오."

"역신들을 물리치고 사직을 보존한 일이었사옵니다. 어찌 다를 수가 있겠습니까."

"음…."

이번에는 한명회가 슬쩍 되물어보았다.

"전하께서는… 어떠하시옵니까?"

"나 말이오? 글쎄…."

수양 역시 선뜻 대답을 하지 못했다. 그는 대답을 미룬 채 가만히 있다가 머리가 어지럽다는 몸짓을 했다. 그러자 옆에 있던 환관이 수양을 부축해 자리에 눕혔다. 한명회는 슬그머니 자리에서 일어나 문 쪽으로 뒷걸음질했다.

"계유년의 일은, 불가피 했어요. 아니 그렇소?"

수양은 잠에 빠지면서도 작은 목소리로 계속 중얼거렸다

"형님과 형수님을 어찌 뵈올꼬…."

밖으로 나와 마당으로 내려선 한명회는 뒤를 돌아보며 잠시 생각에 잠겼다. 그동안 임금과 함께 했던 일들이 주마등처럼 그의 머릿속으로 스쳐 지나갔다. 그는 지난 일들이 사람들의 기억 속에서만 존재하다 사라지면 얼마나 좋을까, 하고 생각했다. 과거의 부끄러운 일들이 문자로 새겨져 후세에 전해진다는 사실이 그에게 새삼 커다란 부담으로 다가왔다.

"상당군 대감 아니십니까?"

한명회가 막 돌아서려는 순간 등 뒤에서 늠름한 목소리가 들렸다.

"병판이 아니신가?"

병조판서 남이가 한명회를 내려다보며 말했다.

"전하를 뵙고 나오시는 길인가 봅니다."

"그러하이. 전하를 뵈러 들렀는가?"

"예, 그럼…."

남이가 걸음을 옮기려 하자 한명회가 그를 붙잡았다.

"이보시게."

"예, 대감."

무슨 말인가 꺼내려던 한명회가 그만 입을 다물며 얼버무렸다.

"아, 아닐세."

계단으로 오르는 남이의 뒷모습을 가만히 지켜보던 한명회가 고개를 갸웃거렸다.

얼마 후, 궐로 돌아온 한명회는 빈청에 들렀다. 마침 홍윤성과 마주앉아 이야기를 나누고 있던 정인지가 문을 열고 들어서는 한명회를 보고 물었다.

"수강궁에 다녀오시는 길입니까?"

한명회가 자리에 앉으며 고개를 끄덕였다.

"예, 지금 전하를 뵙고 오는 길입니다."

"그래, 전하의 환우는 어떠하시던가요?"

한명회는 대답 대신 고개를 좌우로 흔들었다. 가망이 없다는 뜻이었다. 정인지는 더 이상 묻지 않고 심각한 얼굴로 고개만 끄덕였다. 옆에 앉아 있던 홍윤성이 물었다.

"전하께서 원상 대감들을 부르셨다지요? 무슨 말씀을 하시던가요?"

"세자 저하를 잘 보살펴 달라는 말씀을 하셨네."

"그 말씀밖에 하시지 않던가요?"

한명회가 눈을 크게 뜨고 쳐다보았다.

"무슨 뜻인가?"

"제 말은 다른 말씀은 없으셨는지 여쭙는 겁니다."

"별다른 말씀은 없으셨네."

정인지는 갑작스레 궁금했던지 홍윤성에게 물었다.

"한데, 그것은 왜 묻는 것이오?"

"요즘 적개공신들이 자주 수강궁을 들락거린다는 소문이 있어 그럽니다. 병조판서 남이는 그곳을 아예 제집 드나들 듯 한답니다."

"중요한 직임을 맡고 있으니 당연한 것 아니오?"

"남이뿐 아니라 하다못해 막동이라는 자도 수강궁을 자주 찾는답니다."

한명회는 의외라는 듯이 허공을 쳐다보며 중얼거렸다.

"그 사람이?"

"그자가 누구입니까?"

정인지의 물음에 홍윤성은 기억이 얼른 떠오르지 않아 더듬거렸다.

"그, 왜 있지 않습니까. 전하께서 잠저에 계실 때 가동家僮으로 있던 자 말입니다."

정인지는 겨우 생각이 났는지 고개를 끄덕거렸다.

"아! 그 사람. 뭐, 볼일이 있었겠지요. 그래도 한때는 전하를 모셨으니…."

"제 말은 그런 자들까지 불러들이면서도 우리 정난공신들은 부르시지 않으니 서운해서 그러지요."

한명회가 타이르듯이 하더니, 슬쩍 물어왔다.

"별것도 아닌 걸 가지고 트집을 잡으시는가. 한데, 남이도 자주 수강궁을 드나든다고 하던가?"

"예, 하루에 한 번은 들린다고 합니다. 영의정이라면 몰라도 병조판서가 그런다는 것은 무슨 일이 있지 않고서야…."

한명회는 실눈을 뜨고 허공을 쳐다보았다.

"음…."

"혹시, 전하께 무슨 일이라도 생긴다면, 병판이 군사를 동원해 우리를 어찌하지는 않겠지요?"

한명회가 버럭 소리를 질렀다.

"이 사람! 쓸데없는 소리 하지 말게"

"그럴 리가 없다고 누가 장담할 수 있겠습니까?"

"어허! 말조심하게."

한명회는 홍윤성을 나무라듯 했지만, 실은 자신도 속으로는 불안함을 느끼고 있었다. 하필 이런 때 병조판서가 남이라는 것이 그도 마음에 걸리기는 마찬가지였다.

다음날, 집을 나선 은후는 곧장 수강궁으로 향했다. 장옷으로 얼굴을 반쯤 가린 그녀는 여느 때와는 달리 조심스럽게 걸었다. 여인의 복장을 갖춘 그녀를 이상한 눈초리로 바라보는 사람은 이제 아무도 없었다. 몇 달 만에 되찾은 여인의 모습이 어색했던지 그녀는 길을 걸으면서도 연신 옷매무새를 살폈다.

시전거리 동쪽 끝에서 윗길로 조금 더 걸어 올라가자 수강궁이 보이기 시작했다. 은후가 궁문 앞에 이르자 허리를 굽힌 채 서성이고 있던 환관 하나가 재빠른 걸음으로 다가왔다.

"늦었으니 서둘러야 하오."

은후는 환관을 따라 안으로 들어갔다. 궁문을 지키고 서 있던 내금위 군사들이 고개를 돌려 그녀의 뒷모습을 훑었다. 그녀가 환관을 따라 나인들의 임시 처소로 들어서자, 그곳 마당에는 앳돼 보이는 나인 하나가 보퉁이를 들고 대기하고 있었다. 환관이 턱짓으로 은후에게 방을 가리키며 말했다.

"어서, 나인의 복색을 갖추고 나오시오."

나인이 들고 있던 보퉁이를 은후에게 내밀었다.

"예."

은후는 작은 목소리로 대답한 뒤 보퉁이를 받아 들고 방으로 들어갔다. 환관은 곧장 중문 밖으로 나가더니 경계하는 눈초리로 사방을 두리번거렸다. 잠시 후 은후가 나인의 복색을 갖추고 방에서 나오자, 밖에서 기다리고 있던 나인이 조금 놀란 기색을 보이며 손가락으로 중문을 가리켰다.

"저기 밖에서…."

은후는 고개를 끄덕이고는 중문으로 향했다. 나인의 복색으로 꾸민 후 그녀는 더욱 긴장이 되는지 얼굴이 굳었다. 중문 밖으로 나온 그녀에게 주위를 살피던 환관이 앞장서면서 말했다.

"따라오시오."

환관은 은후를 데리고 임금의 처소로 향했다. 그녀는 마구 뛰는 가슴을 달래며 차분한 마음을 유지하려 애썼다.

어제 오후, 손광림이 은후를 급히 불렀다. 명일 수강궁으로 가서 여사의 자격으로 입시하라는 것이었다. 다만 임금이 병색에 찌든 자신의 모습을 사관이 기록하는 것을 몹시 꺼리고 있으니, 붓과 종이는 지참하지 말고 방에서 오고가는 대화만 새겨들었다가 물러나온 뒤 사초를 작성하여 제출하라는 명이었다. 경험이 부족한 그녀에게는 다소 어려운 임무였지만 그렇다고 마다할 수 없는 일이었기에, 혼신의 힘을 다할 각오를 하고 있었다.

임금이 머무는 건물 마당에 들어서자, 계단 위에 대기하고 있던 환관 전균이 재빨리 내려왔다.

"왜 이리 늦었는가!"

전균이 은후를 데리고 온 환관을 나무란 뒤, 그녀를 흘끔 쳐다보고는 퉁명스럽게 말했다.

"따라오게."

은후는 전균을 따라 계단을 올랐다. 전균이 마루로 오르자 문 앞에서 고개를 숙인 채 서 있던 젊은 환관과 나인들이 일제히 뒤로 물러서며 길을 열었다. 은후는 마루 위로 올라가지 않고 아래에 머물렀다. 문 가까이 다가가 방 안의 소리에 귀를 기울이던 전균이 은후에게 올라오라며 손짓을 보냈다. 은후는 지체 없이 마루 위로 올라가 한쪽으로 비켜나 섰다. 곧이어 방문이 열리며 대야를 든 나인들이 조심스럽게 밖으로 나왔다. 전균이 젊은 환관에게 작은 목소리로 말했다.

"채비가 되었느냐?"

"예."

전균이 은후에게 가까이 오라며 손짓하자, 그녀는 문 앞까지 조심스럽게 다가갔다. 전균이 새 대야를 들고 서 있는 나인을 가리켰다.

"이 나인과 함께 들어가게 될 것이네. 지금부터는 나인임을 명심하게."

옆에 서 있던 다른 나인이 은후에게 마른 수건을 건넸다. 그녀가 수건을 받아들자 대야를 들고 있던 나인이 그녀 옆으로 바짝 다가와 나란히 섰다. 전균이 두 여인들을 훑어보고는 고개를 끄덕였다. 젊은 환관이 조용히 방문을 열자, 은후는 대야를 든 나인을 따라 안으로 들어갔다. 임금은 등창으로 인해 바로 눕지 못하고 엎드려 있었다. 환관과 어의가 임금의 곁에 조용히 앉아 병세를 살폈다. 은후는 함께 들어온 나인과 문 앞에 자리를 잡고 앉았다.

"음, 으음…."

간간히 임금의 신음소리가 들려왔다. 그때마다 어의는 목을 길게 빼고 임금을 바라보았다. 얼마나 지났을까? 어의가 은후가 앉아 있는 곳을 바라보며 손짓으로 불렀다. 옆에 있던 나인이 대야를 들고 임금 곁으로 다가갔다. 은후도 뒤따라 일어나 앞으로 몇 걸음을 옮겼다. 은후에게서 수건을 건네받은 나인이 물을 적셔서 임금의 얼굴에 난 부스럼 주위로 흐르는 진물을 조심조심 닦아냈다.

"으음…."

수양은 인상을 심하게 찌푸렸다. 또다시 통증이 밀려오는 듯했다. 은후와 나인은 뒤로 물러나 다시 제자리로 돌아와 대기했다. 문밖에서 환관의 목소리가 작게 들려왔다.

"전하, 병조판서 입시하였나이다."

수양은 대답이 없었다.

"…."

또다시 환관이 아뢰었다.

"전하, 병조판서께서 들었사옵니다."

수양이 눈을 부스스 뜨며 겨우 몸을 움직였다.

"들라 하라."

옥음은 밖으로 전해지지 않은 듯했지만, 문은 어김없이 열렸다. 늠름하게 생긴 병판 남이가 성큼성큼 안으로 들어왔다.

"전하, 신 병조판서이옵니다."

엎드려 누워 있던 수양이 몸을 일으키려 하자 환관이 부축해 자리에 앉혔다. 남이가 걱정스러운 얼굴로 여쭈었다.

"전하, 오늘은 좀 어떠하옵니까?"

"음, 낫는 병이 아니지 않는가."

"전하…."

"그래, 어쩐 일인가? 참, 내가 불렀지."

수양이 남이의 얼굴을 들여다보며 나직하게 옥음을 내렸다.

"병판은 들어라."

"예, 전하."

"나에게 무슨 일이 생기면 세자를 잘 보필하여 사직을 지켜내야 한다."

남이가 방바닥에 납작 엎드렸다.

"전하, 어찌 여부가 있겠나이까. 부디, 성심을 굳건히 하시옵소서.”

“들어라, 어….”

수양은 가쁜 숨을 몰아쉬며 말을 이었다.

“누누이 말하지만 정난공신들에 대한 경계를 늦추어서는 안 된다.”

“예, 전하.”

남이는 엎드려 대답만 할 뿐이었다.

“또한 그들을 자극하거나 몰아붙여서도 아니 된다.”

“예.”

“여러 신료의 반대를 무릅쓰고 너를 병판에 앉힌 내 의도를 너는 잘 알고 있으리라 믿는다.”

“예, 전하. 신은 무슨 일이 있어도 세자 저하를 꼭 지킬 것이옵니다.”

수양이 웃음을 머금었다.

“병판은 언제 보아도 시원시원하고 늠름해서 좋아….”

“과찬이시옵니다.”

밖에서 웅성거리는 소리가 조그맣게 들려왔다. 수양이 문 쪽을 바라보았다.

“전하, 세자 저하 들었사옵니다.”

수양이 환관에게 손짓하자 곁에 있던 환관이 뒷걸음질로 물러나 문을 열었다. 곧이어 문 앞에 서 있던 세자가 안으로 쑥 들어왔다.

“아바마마….”

세자 황은 울상을 하며 말을 잇지 못했다.

"왔느냐."

남이가 일어서서 목례하며 자리를 비켜주었다.

"이리 가까이 오라."

황은 아비의 곁으로 다가가 앉았다. 울상을 짓고 있는 아들에게 수양은 근엄한 표정으로 말했다.

"어허, 낯빛을 바르게 하여라."

황은 애써 낯빛을 바꾸려 했다. 수양은 아들의 모습을 마뜩찮은 표정으로 바라보았다.

"세자도 병판처럼 항시 늠름한 모습을 보이도록 애써야 한다."

임금이 병약한 세자와 자신을 비교해서 말하자, 남이는 황송하여 몸 둘 바를 몰라 했다. 세자가 자신을 매서운 눈으로 흘겨보고 있음을 남이는 곁눈으로 알아챘다. 남이는 세자의 시선을 일부러 피하며 더욱 납작 엎드렸다.

"예, 아바마마…."

대답하는 황의 목소리가 그다지 밝게 들리지 않았다. 자주 남이와 비교를 당하는 그로서는 썩 기분이 좋을 리 없었다. 수양은 세자와 남이를 번갈아 바라보았다. 그리고 아들이 남이처럼 늠름하면 아무런 걱정 없이 편안히 눈을 감을 수 있으련만, 하고 생각했다.

수양이 남이에게 손짓했다.

"병판은 그만 물러가라."

"예, 전하."

남이는 조용히 일어나 물러갔다. 세자에게 말을 하려다 말고 수양은 주위를 물렸다.

"잠시 물러가라."

곁을 지키고 있던 환관과 어의가 일어나 밖으로 나갔다. 수양은 멀찍이 문 근처에 앉아 있는 두 나인에게도 눈길을 보냈지만 그녀들은 물리지 않고 그냥 내버려 두었다.

"세자는 아비가 하는 말을 잘 새겨듣도록 하여라."

수양은 근엄한 눈빛으로 세자를 바라보았다.

"예, 말씀하시옵소서."

"이제 아비의 병이 끝에 이르렀다. 세자에게 전위를 할 것이니, 그리 알라."

세자는 어찌할 바를 몰라 이제는 울먹이기 시작했다.

"아바마마, 그 일은 불가하옵니다. 명을 거두어 주시옵소서."

수양은 목소리에 힘을 주었다.

"아비의 명이다. 죽어가는 아비의 말을 어길 셈이냐!"

"아바마마…."

"네가 보위를 이어받으면 원상들이 잘 보필해 줄 것이다. 하지만 그들과 잘 지내되 너무 믿지는 말라."

"명심하겠나이다…."

"그리고 또한 젊은 신료들을 가까이 하여 원로대신들을 견제하는 것도 잊지 말라."

"예, 아바마마."

"후우…."

수양은 보위에 오를 어린 자식이 미덥지 않은지 긴 한숨을 토해냈다. 그는 문득 형님의 얼굴이 머릿속에 떠올랐다. 어린 아들을 자신에게 간곡히 부탁하던, 형 문종 임금을 생각했다.

"황아…."

수양이 자상한 목소리로 아들의 이름을 불렀다. 황은 눈물기 어린 눈으로 장작개비처럼 마른 아비를 바라보았다.

"예…."

"너는 어떤 임금이 되고 싶으냐?"

예상치 못한 물음에 황은 머뭇거렸다.

"예?"

"네가 보위에 오르면 어떤 임금이 되고 싶으냐고 물었다."

"아직… 아바마마께서 계시온데, 어찌…."

황이 조금 긴장한 목소리로 말을 흐렸다.

"너는 곧 보위를 이어받을 몸이 아니더냐. 괜찮다. 네 생각을 말해 보거라."

잠시 머뭇거리던 황이 조심스럽게 입을 열었다.

"백성들의 기억 속에 오래오래 남는 그런 임금이 되고 싶사옵니다."

세자의 말이 끝나자 수양의 눈동자가 조금 커졌다.

"허허허…."

어린 줄로만 알았던 세자에게서 의외의 답을 듣게 되자, 수양은 자신도 모르게 크게 웃었다. 그는 대견스러운 눈길로 아들에게 당부했다.

"황아, 백성들을 아낄 줄 알아야 한다. 너는 부디 성군이 되도록 하여라."

"예, 아바마마."

수양은 잠시 말을 끊었다가 다시 이었다.

"지난번에도 말했듯이 항시 사관들의 존재를 잊어서는 아니 된다. 백성들의 기억은 그리 오래가지 못하느니라. 임금은 오직 사관들에 의해서만 천년 뒤에도 기억된다는 것을 명심하여라."

"예, 무슨 뜻인지 잘 알겠사옵니다."

수양이 또 한숨을 지었다.

"계유년의 일이 실록에 어떻게 기록될지 걱정이구나. 노산군의 죽음에 대해서는 더더욱 그렇고…."

수양은 아들을 붙잡고 넋두리하듯 중얼거렸다.

"너무 염려치 마시옵소서. 소자가 잘 살필 것이옵니다."

"황아, 이 아비가 죽고 나면 실록청이 세워질 것이다. 담당자를 누구로 하면 좋겠느냐?"

황은 또다시 울상을 지을 뿐 대답을 하지 않았다.

"…."

"고령군과 상당군을 영관사로 삼는 것은 어떠하겠느냐?"

"오랫동안 아바마마를 모신 신하들이니, 그분들을 담당자로 삼는 것은 지당할 것이옵니다."

"임금은 실록 편찬에 관여할 수 없기 때문에 처음부터 담당자를 잘 골라 뽑아야 하느니라. 그러니 고령군과 상당군을 실록청의 최고 담당자로 삼는 것이 좋겠다."

"분부 받들겠사옵니다."

수양은 피곤한 기색을 보였다. 그의 눈꺼풀이 점점 내려오고 몸이 흔들렸다. 세자가 문을 바라보자, 은후 옆에 앉아 있던 나인이 일어나 문을 조금 열었다. 그러자 밖에서 대기하고 있던 환관과 어의가 재빨리 안으로 들어와서 수양을 뉘였다.

"…사록은 영원히 지워지지 않는 기억과도 같은 것이다. 부디 명심하기 바란다…."

수양은 중얼거리듯이 말하며 천천히 잠들었다. 잠든 아비의 모습을 내려다보고 있던 세자 황이 일어나려고 할 때, 갑자기 문이 열리면서 도승지 권감이 다급한 모습으로 들어왔다.

"무슨 일입니까?"

권감의 표정을 보고 세자가 물었다.

"전하께 급히 아뢰어 올릴 일이 있기에…."

세자가 아비를 바라보다가 다시 고개를 돌렸다.

"내게 말해 보시오."

"예, 저하. 지난번 괴서사건을 일으킨 무리를 찾아냈습니다."

"그래요? 대체 어떤 자들이요?"

"아직 그들의 정체는 모르지만 본거지는 밝혀냈습니다."

"어딥니까?"

"동소문(혜화문) 밖 오 리쯤 떨어진 곳에 공장工匠들이 모여 일을 하는 임시 거처가 있는데, 바로 그곳입니다."

"도승지, 그럼 그들을 당장 잡아들여야 할 것이 아니요?"

"예, 저하. 모레쯤 야음을 틈타 기습하려 합니다."

"모레요? 그사이 도망이라도 가면 어쩌려고요?"

"아무래도 힘세고 날쌘 군사들을 뽑아 단단히 준비를 하려면 하루 정도는 시간이 필요한지라, 또한 임시 거처에 머무르고 있는 자들이니 당장 도망을 가지는 않을 것이옵니다."

"음, 알겠소. 어쨌든, 반드시 그자들을 붙잡아 엄히 문초하여 정체를 꼭 밝혀주시오."

"예, 그리 하겠나이다."

도승지 권감이 물러가고 난 뒤 세자 황도 조용히 방을 나갔다. 은후는 나인과 함께 여전히 문 근처에 앉아 있었고, 환관과 어의는 임금의 병세를 살피며 곁을 지켰다.

오후 들어 주요 당상들이 빈청에 모여들었다. 저자에 괴서를 뿌린 자들의 본거지를 알아냈다는 한성부 판윤의 보고 때문이었다. 마침 임금의 병세가 위중하여 주요 신료들은 대부분 궐에 대기하고 있었다. 광화문 밖 의정부 관아에 있던 영의정 이준이 소식을 듣고 부랴부랴 달려와 빈청에 들었다. 그는 당상들과 인사도 나누지 않고 먼저 한성부 판윤에게 물었다.

"그자들이 있는 곳을 알아냈다고요?"

"예, 영상 대감."

"고생이 많았소. 한데, 그자들이 있는 곳이 어디요?"

"동소문 밖 오 리쯤 떨어진 곳입니다."

"도성에서 그다지 멀지 않군요. 대체 어떤 자들입니까?"

"아직은 알 수 없습니다."

대사헌 양성지가 물었다.

"한데, 그들의 본거지는 어떻게 알아냈소?"

"지난번 인산군 대감의 집에 서신을 매단 화살 하나가 날아들지 않았습니까. 그것이 단서가 되었습니다."

좌중은 무슨 말인지 감이 오지 않는 눈치들이었다. 자신의 이야기가 나오자 홍윤성이 불쑥 나서며 물었다.

"내 집에 날아든 화살이 단서가 되었다니요? 소상히 말씀 좀 해보세요."

"그때 한성부에서는 서신의 내용에만 몰두했지 서신이 매달린 화살에 대해서는 별 의심을 하지 않았습니다. 그런데 나중에 알고 보니, 그 화살이 사냥을 할 때 쓰는 대우전이 아니라 전장에서 군사들이 쓰는 착전이었습니다."

홍윤성이 고개를 끄덕였다.

"맞아요. 한성부에서 그 화살을 가져갔었지요."

한명회가 이거영을 보고 말했다.

"계속해 보세요."

"화살에 대해 의심을 품게 된 한성부에서는 민간인이 착전을 가지고 있는 것에 주목하였습니다. 군사들이 아닌 이상 착전을 가지고 있을 법한 무리는 바로 화살대를 만들어 관아에 납품하는 자들뿐이라는 것을요."

"그들은 화살촉이 없지 않소?"

"화살대를 다듬기 위해서는 얼마간의 화살촉이 필요한 법이지요. 그들이 가지고 있는 화살촉이 아마 제법 될 겁니다."

좌중은 말없이 고개를 끄덕였다.

"…."

"납품받은 화살대를 조사해 보니, 인산군 대감댁에 날아든 화살대와 아주 비슷한 것들을 발견하게 되었지요. 하여 그 화살대를 관아에 납품한 곳을 은밀히 기찰해 본 결과, 의심스러운 점이 한두 가지가 아니었습니다. 심지어 그곳 공장들이 군사들처럼 병장기를 들고 훈련을 하는 모습도 보였습니다."

좌중이 모두 놀랐다. 영의정 이준의 표정이 보통 심각해 보이지 않았다.

"허허, 그렇다면 그들이 틀림없는 것 같군요. 반드시 붙잡아야 합니다. 단단히 준비하여 차질이 없도록 해주세요, 판윤 대감."

이거영이 대답하려고 할 때 밖에서 다급한 목소리 들렸다. 좌중의 시선이 모두 문을 향해 쏠리는 순간, 동부승지 한계순이 문을 활짝 열어젖히고 다급히 뛰어 들어왔다.

"수강궁에서 급보가 당도했습니다. 전하께서 명일 전위를 하시겠다고 합니다."

한명회가 벌떡 일어났다.

"그, 그것이 사실이오?"

병조판서 남이도 벌떡 일어났다.

"그럼, 빨리 수강궁으로 가야겠습니다."

한계순이 재촉했다.

"어서들 서두르시지요."

좌중은 지체 없이 빈청을 나서 수강궁으로 향했다.

세자 황이 보위에 오른 다음 날 오후 늦게, 한성부에서는 군사들을 몰고 괴서사건을 일으켰던 무리들을 추포하기 위해 동소문으로 떠났다.

한편, 군사들이 엄중한 경계를 펼치고 있는 수강궁은 긴 침묵에 빠져 있었다. 조정 대신들은 집으로 돌아가지 않고 수강궁에 머물며 초조하게 임금의 마지막을 지켰다.

갑자기 하늘에 혜성이 나타났다. 그 무렵, 조카 노산군을 떠올리고 있던 임금 수양은 의식이 차츰 멀어져 가고 있었다.

그날 밤, 임금이 훙薨했다.

1부 끝-

왕을 기록하는 여인 **사관**上(전2권)

지은이 박준수
발행일 2015년 11월 25일
펴낸이 양근모
발행처 **도서출판 청년정신** ◆ **등록** 1997년 12월 26일 제 10—1531호
주 소 경기도 파주시 문발로 115 세종출판벤처타운 408호
전 화 031)955—4923 ◆ **팩스** 031)955—4928
이메일 pricker@empas.com